JN113766

水上勉 社会派短篇小説集

不知火海沿岸

水上 勉

大木志門
掛野剛史
高橋孝次
編

田畑書店

刊行にあたって

本書は水上勉が一九五九年から一九六二年の間に書いた短篇小説から八作品を選んで編んだものである。

この時代の水上は『霧と影』（一九五九年）でいわば二度目のデビューを飾り、『海の牙』（一九六〇年）で日本探偵作家クラブ賞を、『雁の寺』（一九六一年）で直木賞を受賞、そして『飢餓海峡』（一九六三年）を発表するという充実期に入っていた。読書界は推理小説ブームを迎えており、その中で過去の『フライパンの歌』（一九四八年）のような私小説路線から松本清張と並ぶ社会派推理小説（当時の言い方だと「社会派」）の作家へと転じた水上は一躍売れっ子作家となったのである。

本書に収めたのは、この「社会派」時代に数多く発表された短篇小説である。『飢餓海峡』が代表的だが、水上の社会派推理小説には長篇に傑作が多いことが知られている。しかし、これらと並行して矢継ぎ早に発表された短篇にも、現代から見て価値の高いものが多い。これらは多くが絶版でまたおそらくは水上の意思で全集未収録であったため、そのまま埋もれさせるには惜しいと考え、刊行を企図したのである。

これらの作品が描かれたのは、敗戦による占領の時代がようやく終わり、好景気の中で一九六四年の東京オリンピックへと向かってゆく高度経済成長期の真っただ中である。少子高齢化の中で縮小する国家にいる現在の我々から輝かしく振り返られるその繁栄の時代は、同時に急速な都市化と資本主義化による秩序の混乱によって多くの犯罪を生み出し、その裏側には繁栄から取り残された者たちが数多く存在した。水上の短篇は、そのような世相を敏感にキャッチし、刺激的なアイディアを巧みに取り入れることで構成されている。

現代の推理小説はトリックの面白さ、謎解きの見事さを競ういわゆる「本格」の系譜に人気の中心があるようだが、これに対して「社会派」は犯罪者がその事件を起こした動機を重視するもので謎解きに主眼はない。さらに、当時の「社会派」は純文学と大衆文学の間を狙った「中間小説」の成立の中で、間口の広い芸術小説を目指した、言うなれば戦後の「純粋小説」（横光利一）運動であり、ルポルタージュなど小説外の作品をも包含する呼称であった。とりわけその一翼を担った水上の「社会派」小説は、純粋なジャンル小説とは異なる物語性や問題意識に満ちている。そのような認識から、本書のタイトルには現在一般に用いられている「社会派推理小説」「社会派ミステリー」ではなく「社会派」のみを冠することとした。

本書には企業が引き起こした公害である水俣病をいち早く題材にした『海の牙』の原型であり、これまで水上個人の単行本には一度も収録されなかった「不知火海沿岸」（一九五九年）を初収録した。また、地上げや企業戦争、安保闘争など高度経済成長期の都市部に生じた様々な事件を扱った作品をセレクトした。いずれも現代から読み直すと強烈な「昭和」の香りが漂う作品ばかりであり、たとえば悪漢や女性の描かれ方などは類型的で時に古くさく感じられるかも知れない。しかしそれは当時の読者がそのような物語を望んだということであり、また水上が戦後社会から掴んだ人間の姿でもあったのだ。発展する戦後日本の猥雑な魅力として味わっていただきたい。

編者らはこれまで水上勉文学の再評価を目指して研究活動を続けてきており、水上の生誕一〇〇年記念として刊行した『水上勉の時代』（二〇一九年）に引き続き今回も田畑書店に出版の労をとっていただいた。また、芥川賞作家の吉村萬壱さんから心のこもった序文を御寄稿いただいたこと、水俣病の問題を生涯考え続けた石牟礼道子さんの水上論を収録できたことは望外の幸せである。なお戦後の「都市」と「犯罪」をテーマにした作品集である本書の姉妹篇として、同じ時代の短篇から「地方」と「人間」に焦点を当てた『水上勉社会派短篇小説集　無縁の花』が刊行されている。併せてお楽しみいただければ幸いである。

編者代表・大木志門

目次

序　薄明りの文学

吉村萬壱

私は最近、自分が小説で時々使ってきた「頭の鉢の大きな」という言葉が、実は水上勉の影響だったことに改めて気付いた。これは『雁の寺』の寺の小坊主慈念や『瀋陽の月』の中国人の少年たちなど、貧しい子供のシルエットを表すのに水上勉が多用した表現で、子供の悲しさをこんなに的確に表した言葉はちょっと他に思い付かず、ずっと無断借用していたのだった。影響力のある作家というのはかくの如く、他の書き手の筆の中に知らず知らずの内に染み込んでいく力を持っているものであろう。他にも「男好きする女」や、被害者の親族や刑事が犯人に思いを馳せつつ口にする「そいつの顔が見てみたいと思いますな」といった、他に私が借用したに違いない語り口もその最初の出所は十中八九水上勉だ。

私が初めて水上作品を読んだのは大学時代で、恐らく『霧と影』（一九五九年）か『飢餓海峡』（一九六三年）だった。最近『飢餓海峡』を再読したのだが、一旦読み始めると最後の頁までどうしても逃れられない強烈な引力と、欲望と愛と怯えといった人間の宿業の哀しさ、淋しい日本の風景へのノスタルジーといったものに今回も完全に心を持っていかれた。

当時の水上勉は本屋の文庫棚の一角を占領する押しも押されもせぬベストセラー作家だったが、今は余り読まれなくなっているのが不思議なほど、今でもこの作家の作品は全く色褪せないどころか、寧ろ渋味が出て骨董品のような風格が備わっている気がする。

質量共に、その影響力の大きさから考えて再評価の間違いない作家である。

この短編集『不知火海沿岸』に収められた作品は、一九五九年から一九六二年にかけての社会派小説であり、一九六一年生まれの私は何よりここに息づく昭和の空気が無性に懐かしかった。昭和への郷愁は水上作品の大きな魅力の一つだが、その時代は二度と戻らない独特の時空だったと思う一方で、昭和を知らない若い世代にとっても、現代社会や自分自身の根っこにある風景として「あ、これ知ってる」と肌で感じることが出来る類のものだろう。我々の社会は、政治体制を始めとしてまだ昭和という時代を色濃く引き摺っているのである。

八つの作品の中でも、最も早く水俣病を取り上げた小説として「不知火海沿岸」は記念碑的なものと言える。この短編は加筆されて長編『海の牙』（一九六〇年）となる。この二作品を照らし合わせてみると、大幅な改稿の痕はなく、短編を書き継ぐ形で長編へと膨らませたことが分かる。最初から長編のつもりで書き始め、ひとまず前半部だけ短編として発表したものかも知れない。

水上勉は妥協しない書き手だ。

一九六二年に『眼』という長編を刊行しているが、これは「蒼い渦」という二百五十枚の連載小説を完全に書き直して解体し、その上に三百八十枚の新稿を追加したものだ。その「あとがき」に彼の創作への姿勢がよく表れている。

「[……]私は、不満なものをそのまま単行本にするよりは、それぐらいの苦労をしなければ、読者にすまないと思った。自分に鞭打って書き直しを続けた。六百枚余りの長編になった時、私は、またここに一つの仕事をしたという喜びを味わった。書き直しもまた自分の文学への愛情というものであろうか」（『眼』「あとがき」光文社文庫）

この創作姿勢から推して、水上勉は短編「不知火海沿岸」に不満はなかったに違いない。もし不満なら徹底的に書き直しただろうからだ。「不知火海沿岸」が水上勉個人の単行本や全集に未収録なのは、従ってこの短編が『海の牙』に完全に吸収されたと彼自身が見なした結果だと思われる。

しかしこれを単独の短編小説として読んだ場合、当然長編『海の牙』とは随分印象が違ってくる。『海の牙』の序章「猫踊り」に出てくる印象的なウメコのシーンは、この短編ではごく僅かしか出てこない。浦野幸彦と結城宗市・郁子の関係も短編の中では解明されないし、関東軍を背景として太古前重義と郁子とが繋がっているのではないかという推理も『海の牙』を読まなければ正しいかどうか分からないなど、幾つかの伏線は回収されないまま残る。これを物足りなく感じる読者がいるかも知れない。しかしまた、回収されないままの伏線に刺激される想像力もあろうかと思う。何より我々は『海の牙』によって「答え合わせ」が出来る立場にあるのである。

そしてこの短編では、木田医師の次の言葉に水上勉の「思想」が集約されているように思う。この言葉は『海の牙』では全体の三分の一辺りに出てくるが、短編ではラスト近くに出てくる。従って同じ言葉でも一層強く、読者の心に余韻が残る。

「奇怪なことはいっぱいあるよ。そのことは水潟の奇病にだっていえるんだ。犯人が誰かわからないのに、ばたばたと大勢の人が死に、また今日も死にかけているじゃないか」

これは、なぜいつの時代にもこの国がこの種の奇怪さに覆われているのかということへの鋭い告発になっている。公害問題、原発事故、自然災害といった大きな出来事に於いて犠牲者を生んだ「犯人」がきちんと特定されることのないまま、いつの間にか責任の所在が有耶無耶になってしまうのがこの国の常態なのではないか。恰も責任というものが現場の人間から上層部へ、上層部から企業という組織体へ、企業から国へと受け渡される内に最終的に蒸発してしまうかの如きこの国の異常さ。まさに昭和からずっと変わらぬその異様さを、この短編は時代を超えて現代の我々に問うているかのようである。たとえば、新型コロナに感染し、充分な医療的措置を受けられないまま国民が死んでいくという事態についてあなたがたはどう考えているのかと。

「「チッソってどなたさんですか」と尋ねても、決して「私がチッソです」という人はいないし、国を訪ねて行っても「私が国です」という人はいないわけです」と緒方正人はその著『チッソは私であった　水俣病の思想』（河出文庫）に書いた。

水上勉自身、「国といわれても実体が見えない」と書いている。（『文壇放浪』）真に責任を負うべきは、一体誰なのか。

水上勉は先の言葉に続けて木田医師に、「要するに、ここでくじけて捨てちゃいかんということだ」と言わしめているが、しかしそれは、加害者である東洋化成工業水潟工場を絶対悪として糾弾すればそれで済むということを、実は意味しない。寧ろ加害者側にも被害者と同じ弱さを見出そうとする点にこそ、水上勉の「思想」の深さがあるのである。水潟市の人々の生活は、奇病の加害者である東洋化成工業水潟工場によって成り立っているという側面がある。奇病に奪われる人々の生存と企業に依存する人々の暮らしとを秤に掛けることは、実は病人の命と労働者の命とを天秤に掛けるということなのである。この構造は新型コロナ禍に於ける、経済活動を自粛すべきか再開すべきかという議論の構造と何ら変わらない。加害者と被害者とのどちらの中にも、我々自身が内在しているのである。緒方正人はアウシュヴィッツについて、「〔……〕自分がもしドイツにその時いたとしたら同じことをしたじゃなかろうか〔……〕」（前掲書）と想像する。十九歳の時、国策に乗って満州に赴き、監督見習いとして中国人を酷使した経験を持つ水上勉もまた、チッソという企業に対して義憤を覚えると同時に、自分がチッソの側にいた可能性について緒方正人同様自覚的であったに違いない。加害者と被害者とは常に入れ替え可能なのだ。それが水上勉の小説の持つ思想であり、深い文学性だと思う。

「黒い穽」の山西刑事の言葉は心中した殺人犯浜木について、鶴田刑事にこう語る。

「浜木も俺も、同じ小っぽけな人間だ。それが何で、お互い、追いかけたり、追っかけられたりしなきゃならんのかなとね――年をとって気が弱くなってるのかな。何だか俺たちが殺したみたいな気になってくるんだが……」

これに対して鶴田刑事は、浜木を殺人の凶器として使ったものの存在を指摘した上でこう語る。

「浜木をつかった奴は捕まえるわけにゆきませんよ」

なぜか。それはその巨悪もまた我々自身であり、それはこの社会そのものだからである。このやり切れなさは、どの水上作品にも付き纏って暗い影を落としている。絶対の悪人もいなければ絶対の善人もいない。いるのはただ生身の人間であり、それが暗い影の中で互いに絡み合いながら亡者のように蠢いているのがこの世界なのである。そしてまたこの薄暗い影こそ、絶望の淵へと転落するギリギリのところで我々の魂を繋ぎ止めてくれる微かな光の存在を証するものなのではなかろうか。なぜならどんな影であろうと、影のあるところには必ず光が存在するからである。しかしまた、餓死寸前の人間に豊かな食べ物を与えると死んでしまうように、深い心の傷を負った人間が強い光を浴びると致命傷になりかねない。加害者にしろ被害者にしろ弱った魂には弱い光が最も適っており、水上文学が放つ薄明りほど、これに相応しい微光はないと言える。だからこそ一度その世界に触れた読者は、何度でもそこに戻りたくなるのだ。そして何よりこの薄明りは、現代の我々にこそ必要なものなのではないかと私は思う。ここに収められた全集未収録の短編は、どれもそれぞれに水上作品のエッセンスを備えている。傷んだ魂に作用して少しでも楽にしてくれる作品に、読者は必ず行き当たるに違いない。

吉村萬壱（よしむら　まんいち）
一九六一年、愛媛県松山市生まれ。京都教育大学卒業。二〇〇一年、「クチュクチュバーン」で文學界新人賞を受賞。〇三年、「ハリガネムシ」で芥川賞を受賞する。著書に『臣女』（島清恋愛文学賞受賞）、『ポラード病』、『死者にこそふさわしいその場所』などがある。

水上勉社会派短篇小説集

不知火海沿岸

水上勉

不知火海沿岸

不知火海沿岸の水潟市には奇病が発生し、市内の医師木田民平は治療にあたっていた。木田は患者の元へ東京の医者が奇病の研究に訪れたと知って声を掛け、東洋化成工業の工場排水が奇病の原因ではないかと意見を交わした。その夕刻、碁仲間の勢良富太郎警部補が木田を訪ね、東京から来た保健医が行方不明になっていると告げた。

本作は、水上が『霧と影』（河出書房新社、1959年8月）での再出発後、自ら現地取材に赴いて書きあげた最初の作品である。その後大幅に加筆・書き直しがおこなわれ、書き下ろし長篇推理小説として刊行されたのが『海の牙』（河出書房新社、1960年4月）である。

※

初出＝『別冊文藝春秋』1959年12月号
初収単行本＝水上勉他『日本代表作推理小説全集4 残酷・復讐篇　不知火海沿岸』（光文社、1965年5月）。今回はそれ以来の単行本収録。本文は初収単行本のものに拠った。

水潟市は南九州の鹿児島県と熊本県境にちかい海岸にある。海は不知火の名で親しまれている八代湾である。水潟市は県境の山系から流れてくる水潟川の河口にあるが、近辺には大小多数の岬が、海にむかって櫛目になって没している。入りくんだ幾つもの小湾は、内海らしい落ちついたたたずまいで、波も荒らくないし、いつも紺青の水が静かな山影をうかべている。

この市は工業都市である。しかし、目立った工場は一つしかない。東洋化成工業水潟工場というのがそれである。工場は駅前の卵形になった広場から、百メートルほどはいった地点に、巨大な軍艦のような相貌で建っている。硫安、塩化ビニール、酢酸、可塑剤などが、生産の中心になっているが、そのうち、塩化ビニールが主力だといわれている。透明な風呂敷や汚れの落ちるテーブルクロスが繊維を革命したように、その原料である塩化ビニールはこの工場の伸展の原動力になったし、水潟という小さな漁師町が、人口五万の市に昇格したのも、革命といえないこともなかった。この事件の起きた年度は、五万の人口のうち約半数が、工場関係労働者であり、この市の市民であった。

市の駅前に工場がでんと正門を構え、幾本もの高い煙突から黒煙が吐きだされている。市の空が灰色に染められているありさまは活気にあふれていた。が、市には工場から出る化学薬品とカーバイトの残滓の臭いがそこらじゅうに満ちていた。その臭気は鼻腔につきささるような臭いがある。花粉のように舞いおりる石灰が、家々の屋根を灰色にしているように、この臭気はどこの台所をもふく風に溶けこんでいた。

しかし、市の背後は屏風のように、三方から山がかこんでいる。緑濃い広葉樹と針葉樹が豊かに茂っている。岬もまた黒々とした樹林である。その岬が山ふところに入江を抱えこむあたりに、急傾斜な断崖が見え、裾のほうには散在した漁民部落が見える。漁師の家はトタンや杉皮ぶきの粗末な小屋のようなもので、背中を向け合ったり、横向きになったりして、まちまちに建っていた。

昭和三十一年の四月はじめに、水潟市から南へ三キロほどはいった地点にある星の浦という部落で、九歳になる女の子が、とつぜん、物が握れなくなり、四肢がふるえだし、関節が急にきかなくなり、ものもろくに喋れない、という奇妙な病気にかかった。この娘の父親は、前日、娘が、日ごろから顔色が悪かったので、あわびを取ってきて食わせた。あわびのはらわたは薬だといわれていたからであるが、そのときは、まだ病気の徴候はなかった。翌朝、朝飯のときに、娘は茶碗をぽろりと落とした。何度持ちあげても落とした。と、急に、娘の体にけいれんが起きた。おこりがきたように、ふるえるのである。歩こうとしても、足がふるえてすすまない。声が出にくくなり、顎がはずれたように口もとを半びらきにしたまま、苦痛を訴えはじめた。両親は大慌てで医者にみせたが、日本脳炎だといわれて隔離病院へ入れられた。が、その症状がどう見てもおかしい。娘は体をよじるようにして這うのだ。手足をけいれんさせ、口からよだれをだしはじめた。瞳孔がうるみだし、何も見えなくなった。これは猫の病気と似ていた。猫は昔からこの地方で、逆立ちをしたり踊り狂ったりする病気で死んでいたのである。

「猫踊り病に人間がかかったとです」市民は噂をした。ところが、この同じ病状の者が、つづいて星の浦に出た。こんどは成人の女がかかったのである。噂は大きくなった。と、すぐ隣接部落の湯堂(ゆどう)にも、茂堂(もどう)にも、米の津(こめのつ)にも、丸島にも、といった具合に、どれもこれも似たような病気が発生しはじめた。猫は人間よりも魚をたべる。それで猫は気ちがい病にかかるのだと部落ではいっていたが、人間がかかってみると漁師たちは恐怖におそわれはじめた。すでに猫と同じ死に方で死亡者が出はじめたからである。「魚に毒があるんじゃ」という声がしだいに蔓延していった。南九州大学の医学部に『水潟奇病研究班』というのが自発的にできたのは、それから半年ほどたってからのことである。患者は大学病院へ入れられ、臨床学的にも、病理学的にも調査は開始された。すると、どうやら、東洋化成工場の排水口に近い湾にドベ（海底泥土）が三メートルも沈澱している。その中に水銀が含まれている。このドベで汚染した海水中に生息する魚介が、有毒化しているらしいことがわかった。奇病患者は猫のつぎに魚をたべる。漁民だけが奇病にかかるというのも、その証明の材料であった。ところが、驚いたのは東洋化成工場側である。そんなはずはない。日本にはまだまだ塩化ビニールの工場は他にもあるし、水潟にかぎって奇病が出るというのはおかしい。だいいち、十年も昔から湾に排水しているのに、今日になって病気が発生している。何か他の原因だろう、と反駁してきた。この対立は、病因究明が解決されていないために、紛争は今もまだ続いている。が、しかし病人はふえる一方で、四年後の今日では八十名のうちで三十名が死亡するという事態になった。世間で問題にしはじめたのは星の浦の娘が死んでから三年後のことである。

木田民平（きだみんぺい）はこの水潟市内の八幡（やはた）という所の川沿いの地で、外科医を開業していた。彼はその年四十一歳。開業してから十一年目になっていた。木田は二五〇ccのオートバイに乗って往診にゆく。くぼんだ目と小鼻のふくれた顔に愛嬌があり、どこかぶっきらぼうで磊落（らいらく）なところのある木田は患者に受けがよかった。請われて彼は水潟市がまだ町制時代からの警察嘱託医もかねていたし、学校にも関係していた。治療も親身だと評判がよい。しかし、いくら評判がよくても、町医者であるから、繁栄はしれたものである。市には市立病院、工場には付属病院、その他種々の公共医療施設が整ってきだすと、木田の台所もそうぜいたくはできなかった。木田は二人の子供と妻静江(しずえ)との四人暮らしである。木田はよく働いた。玄関横の待合室にテレビがある。十畳の治療室には塗りかえた白壁と清潔なベッドがある。それらはすべて南向きの窓をうけて明かるい。『木田外科医院』と書いた白地に黒のトタンの看板は、八幡の土手の向こうからも見えるように、水潟川に沿った屋根の上に高々と掲げてあった。その看板は本線の汽車の窓からも見えたし、橋の上からも見えた。

　木田民平はその日、湯堂部落の漁師鵜藤治作(うどうじさく)の家へ治療にでかけた。

治作とその息子は奇病にかかっていた。娘も奇病だったのだが、これは前年の春に病院で死んでいた。奇病は病因がわからないうえに、治療方法もわからなかった。で、いったん罹(かか)ってしまうと、死ぬのを待つしかない。どうせ死ぬのならば病院にいるより自宅のほうが死に場所としてはいい。鵜藤治作は娘の死んだことで考えが変わり、息子と二人で周囲の止めるのもきかずに、病院を出てきたのであった。これが前代未聞の病魔に対する治作の抵抗だった。しかし、漁師だった彼には畑は少ない。そのうえ漁業は中止の状態である。収入は工場から出たいくらかの見舞金らしいものだけである。妻のかねがつくる畑の芋が主食だった。かねは畑仕事のあいまは看病人になった。息子は手足が完全に不能になっている。半廃人だが、治作はまだいくらかものは言えた。それにふらふらしながらでも、いくらか歩けた。そのよちよち歩きが今回の怪我のもとになったのだった。十月初めのある日、庭先の蜜柑をもごうとして、治作は踏みはずして石垣の上から転落した。右肘を骨折する重傷を負ったのだ。

木田は駐在所から電話をうけ、治作の治療にあたったのだが、それから今日まで、ずうっと治療に通いつめてきていた。奇病患者の治作に憐憫を感じたせいもあったが、別に木田にはある興味が、あったのである。

それは、ひと口にいうと、奇病患者を訪問してくる人間に関心をもったことである。最近、テレビまでがこの奇病の実態を報じたり、新聞雑誌がさかんに書きはじめた。以来、治作の家にはかなり来客がある。治作は、言語障害をおこしているが、少しは喋れたし、それに、奇病患者を代表して物をいう気骨ももっている。木田が治療している日、関西からきた四十年輩の男がきて、「私は三年間水潟奇病のために深山にたてこもって、特殊草根の栽培に成功しました。そしてその球根から霊薬を発見しました。これを朝晩のご飯の上にぱらぱらとふりかけておたべ下さい。きっと快癒されると思います」と説明した。その男は、霊薬仙丹草(せんたんそう)という漢方薬を置いていったわけだが、木田は見ていて不快になった。

彼らは漁師が朝も晩も米を食っていると思ってやってきているらしい。この山ふところの傾斜地に米はどこで作れるのか。芋しかないのだ。麦は少しはある。が食料の大半は芋と魚なのである。魚が主食なのである。魚ばかりたべてきたからこそ奇病に取りつかれたのだ。

ところが、その日の客は、少しちがっていた。茶色の背広をきた都会風の男だった。三十歳前後だろう。木田が庭先にはいると、男は縁にすわって治作と妻のかねから何か話を聞いてノートに筆記していた模様だが、木田のほうをみてすぐやめた。そうして遠慮深げに会釈して辞去して行った。痩せた男であった。新聞社の男かな、と木田は後ろ姿を見ながら思ったが、べつに話しかけなかった。すぐ治療にかかった。が、男のことが妙に気になった。

「あん人は誰だっじゃ」

男が見えなくなってから、木田は治作に訊ねた。

「東京から来んさったお医者さんじゃ」

「医者？」

木田は消毒する手を止めて、道をみたが、もうその男の姿はなかった。

「奇病の研究ばしにおいでなさったとですばい」

「奇病の研究？」

木田は治療をすませた帰りに部落を上って、国道を走るとき、バスに乗る茶色の背広をみとめた。治作の家の縁先で、男が木田を見た目は、陰鬱で、しかも光のある目だった。

翌日、木田は、その男と崖の上の道でまた出会ったのである。バスを待っているらしい。木田は車上からちらと男の目を見た。やはり陰鬱な目だった。昨日よりも疲労感の出た弱々しい顔つきだった。男は木田に会釈したように見えた。

「今日も、湯堂でその医者に会った」

夕食のとき、木田は妻にいった。

「東京から自分で奇病の研究にきているらしい。奇病もずいぶん有名になったもんだ」

「大学のかたですか」

「治作の話によると、東京の保健所につとめているとかいう話だ」

「じゃ、まだお若いのね」

と妻は言った。

「ひまと金のある奴にはかなわん。湯の子の温泉に泊まって奇病部落の実態調査らしい。奈良屋にいるとかいった」

「あんたも、たまには温泉につかりたい、というんでしょ」

「そういえば、ずいぶん湯の子にもゆかんな」

ごろんと横になって、木田は新聞を見て、急に目を光らせた。

〈水潟にふたたび不穏な気配
十日の漁民大会にダイナマイトで工場爆破説！〉

「またか」

とつぶやいて、木田は、見出しから本文に、目を転じた。

〈去る二日、水潟奇病による沿岸漁業の危機を訴えて東洋化成工場に団交を申し込み、これが拒絶にあって激怒し、暴民と化した不知火沿岸漁民代表三百名は、同工場大門で応援警官隊と激突、二十数名の負傷者をだす不祥事をひき起こしたが、それから三日目の四日午後一時、またまた県警本部に漁民攻勢第二波の物騒な噂がキャッチされた。確実な情報通の語るところによると、県漁連はきたる二十日に水潟市公会堂で、東洋化成工場排水停止促進大会をひらき、そのあと漁民大会のデモにうつるが、この日は漁民側より代表者を工場に送り、漁業補償と排水停止の回答を強硬に迫るものとみられる。当日もし、工場側が二日のごとき一方的硬化の態度に出た場合は、全漁民は天草(あまくさ)、葦北(あしきた)、八代地方より約三千の船団を組んで水潟市に上陸する。漁民のうちには、ダイナマイトを用意して工場排水口の爆破もやむなしとする過激人員も多数加わっている模様である、というもの。この情報がはいると県警本部は緊張し、境本部長を中心に四日夜本部長室で緊急会議をひらいた。それによると本部長は非公式に漁民出の県議を招いて、十日の大会には絶対に不穏な事態をひき起こさぬよう、漁民の説得方を懇望した模様である。一方、水木東洋化成工場長、樽見水潟市長、刈谷水潟警察署長とも連絡して当日約三百名の応援警官を待機させるなど、騒動にそなえて万全の準備に取りかかる旨公表した〉

「またひと騒ぎおこるそうだ」

「たいへんだわね、あんた」

と妻はいった。

木田は二日の騒動のとき、治療室に八人の血だらけの負傷者を収容していた。その中には頭を割られた者や、手を折られた者もいた。警官にも漁民にも、それはあった。木田は狭い治療室で、この両方の負傷者を治療したのであった。

「八幡の排水口が爆破されたら、うちの家も吹っ飛ばされないかしら」

「ばかなことをいえ。石灰山のハッパぐらいで、ここまで被害はあるまい。ガラスの三、四枚が割れる程度だ。それよりオキシフルのストックがあったか、見ておいてくれ」

木田は細君に命令した。

その翌日、また、木田は、東京の痩せた男に出会った。湯堂の部落だった。調査に熱心な男とみえて、治作の家に三日つづけて来ていたことになる。

包帯をまきながら、木田は治作に訊ねた。

「東京のお客さまは、まだ調査がすまぬのかね」

「今日はな、飴玉ばもって来てくださったとですばい」

「飴、東京の飴かね」

「はい」

木田は、治作の右肘の油紙からはみ出たイヒチオルをふき終わったとき、その飴の罐が、縁先にあるのをみとめた。

「なるほど、栄次郎飴か」

木田はひろげた包装紙の印刷文をよむために取りあげた。かすかであるが香水の匂いが鼻を打った。伽羅の匂いである。

木田は石垣の坂道を見上げた。その男は頭だけ垣から出して上ってゆくのが見えた。

木田は急いで追いかけた。

男は岬のはなの曲がり角で佇っている。木田を待っていたのかもしれなかった。


「奇病の実態を見られて、どう思いましたか」

木田はうしろから、勇気をだして話しかけた。

「そうですね」

と男は微笑して木田をみた。眼下には不知火海と、大小の岬と、それに水潟の市街が、絵のように浮かんでいる。眺望のきく場所だった。男は鼻梁の高い横顔をみせて、じっと街を見ていた。昨日とくらべていくらか憔悴しているのが、木田の目をとらえた。

「米の津や、星の浦へもゆきましたか」

と木田は訊いた。

「ええ、だいたい自宅療養患者はみな訪問させてもらいました」

喋ってみると感じのよい男だった。

「ひどいでしょう」

「ひどいですね。東京で考えている以上でしたよ。市立病院の専門病棟はいつ完成しますか」

「だいぶかかるようだ」

木田はたばこを取りだした。男を観察しはじめた。男は紺色の上着を着ている。昨日はたしか薄茶色の上下服だった。病院のことなどもすでにしらべたとみえる。

「どうです、一本」

『いこい』を半分抜いてさしだすと、

「ぼく、喫いません」

と男はことわった。が、すぐ、

「先生、やっぱり犯人は工場ですね」

と唐突に言いだした。くぼんだ月が光っていた。木田はその質問にひき入れられた。木田は説明した。

「南のほうから順番に湾の名前を教えましょう。百間、丸島、八幡、湯の子、津奈木です。ごらんなさい。いちばんこっちの湾が百間ですが、ほら、今、トラックが通る橋が見えませんか」

木田は男の顔に指をつけるようにして教えた。

白蟻のように走ってゆく小さなトラックを男はみとめた。木田はいった。

「あすこの橋の下に排水口があるのですよ。あすこへ工場は十年間も汚水を流していました。百間湾の海底にはドベが三メートル以上は沈澱しているはずです」

「ドベといいますと」

「カーバイトと鉱石の滓ですよ。塩化ビニールの原料はいろいろありますが、主としてカーバイトの残滓が流れて海底にたまっているのです。海水の汚染度はひどいもんですな。ここの魚をたべると、猫や人間が奇病にかかるわけですよ」

「排水口が近くなら、原因はもう証明されたようなものですね」

と男は活気づいたように木田を見た。

「排水口に近い部落に患者の出たことは事実です。星の浦が最初に患者を出していますし、出月、湯堂、茂堂、と順番に湾に沿うた漁民だけかかっています」

「今では二十九名も死亡者が出ているとききましたがほんとですか」

「昭和のはじめに、浜松のあさり中毒事件というのがありましたが、あの死亡率よりも今度は高いというから、まったくコレラ級ですね。二十九名は事実ですよ」

「百間でなく、北のほうにも出たというのは、潮流のかげんでしょうか」

　と男は興味ぶかい目もとで訊いてきた。

「それは、工場が排水口を移転したからですよ。ほら、今、送電線づたいに山から不知火湾へ川が流れこむ地点が見えますね。三角になった河口の近くです。あすこを八幡ちゅうんです。あすこへこの八月から、夜になると工場側は人目を盗んで排水をはじめました。百間へばかし流していると、奇病部落がうるさいからですね。すると、こんどは新排水口近くの八幡と船津から患者が出たのです。やっぱり手足の末端異常と脳障害でした。このうち一人はすぐ死にましたな。いちばんひどかったとです。ほんとに猫みたいに狂死しましたよ」

「排水口をうつすたびに患者の地図がかわったのなら、完全に工場が犯人じゃありませんか」

「しかし、ご存じかもしれませんが、アリバイがあるんです。この犯人は、目撃者がいてもアリバイがあるとです。つまり工場の流すのは無機水銀です。なぜ魚の体内で有機水銀になるのかわからんとですよ。病因がはっきりわからないのに、犯人を全面的に買って出るわけにゆかないというのが工場の硬化する理由ですね」

「漁民の激怒する理由はよくわかりますね」

「同感です。私もわかりますよ。いま、魚が売れないので、沿岸漁業は死滅直前ですよ」

と、木田はそう言い終わってから珍しく興奮して喋った自分がわかって、かすかに悔いに似たものを感じた。しかし、木田は奇病の原因について自分の意見を述べ終わったあとに感ずる快感も味わっていたのである。


蜜柑林のはずれにバスがくるのが見えた。

「埃をあびるのがいやですから、先にゆきますよ」

また会いましょう、という目つきをして木田はアクセルをふんだ。

ふり向くと男はバスにとび乗るようにして乗るのがみえた。かるく木田に向かって会釈したようであった。バスのあとになってはたまらなかった。

木田はスピードを出して崖道を走った。

この日、その男を見たのが、最後になった。

木田には碁仇で話相手でもある勢良富太郎という警部補がいた。水潟警察の刑事主任といっても、田舎警察のことだから走りつかいの刑事のような仕事もしていて、勢良は何かにと忙しい。それに、水潟警察署は、今や市ができて以来の多忙の最中にあるといえた。二日の漁民騒動は二十数名の負傷者で済んだからよかったものの、事態は新聞にも出ていたように不穏なものをはらんでいた。いつダイナマイトで工場が襲撃されるかもしれない恐怖の前夜ともいえる状態だ。工場側も話合いに応じようとしないし、漁民の怒りも今や頂点にきている。騒動があって以来、勢良の足は遠ざかっていた。刑事主任も忙しいのだと木田は思っていた。と、その勢良が夕刻訪ねてきたのだ。

「忙中閑ありかね。どうだ、久しぶりに一番やるか、二目の角番だったな」

木田は碁盤をもち出した。

「それどころじゃないんだ。ちょっと耳に入れたいことがあってね」

顎の角ばった勢良富太郎の顔は陽焼けして黒ずんでいた。刑事らしく目もとがきつい。今日はその顔が、いっそう人相がわるいようだった。勢良はいった。

「妙な問合わせが迷い込んできたんでね」

「問合わせ？　どういうことかね」

いつになく、勢良の目が角立っているので、木田は勢良の口もとを見て、耳をひらいた。

「東京からきた男なんだ。なんでも奇病の実態を記録にきていたらしい。その男が行方不明になったんだ」

「えっ」

木田民平は息を呑んだ。

「くわしく話してくれ、俺はその男と会っているよ。保健所の男だろ」

勢良は逆にびっくりして木田を睨んだ。

「どこで会ったのだ、あんたは」

といった。


水潟警察署へ東京から照会してきた手紙は、東京都文京区富坂二丁目十七番地に住む結城郁子という女からの問合わせだった。文意の大要は次のようなものである。

結城郁子の夫は宗市といって、三十一歳になる医者である。専門は神経科である。東京の江戸山保健所に勤務している。この結城宗市は、十月一日に東京を発って、水潟市へきた。約十日間の予定で水潟市近辺の漁民部落に発生している奇病の実態を見聞するためであった。宗市の目的は、奇病患者と直接会い、その病状を記録し、原因説で騒がれている東洋化成工場の排水路や、その他の事情を実際に見たいという目的であった。宗市は、それまでに、すでに、南九州大学の研究班が発表している印刷物や、新聞雑誌にあらわれた記録などを切り抜いたり、スクラップしたりして相当集めていた。が、どうしても一見して来なければわからない諸点が生じ、持ち前の探査欲もあって、彼は十月一日から保健所へ休暇願を出し、一年分の休暇をもらって水潟へきたというのである。宗市は、二日の四時すぎに、『霧島』で到着したらしい。宗市はバスに乗って近くの湯の子温泉にゆき、奈良屋旅館に投宿した。そこを根拠にして、宗市は毎日、部落訪問をはじめたのである。宗市は到着してから三通のはがきを東京へ出していた。到着の夕刻には電報も打っていた。しかし、音信は四日の日付でとぎれた。そうして予定の十日がきたが、音信もないばかりか、東京へは帰ってこなかった。今日は十六日である。すでに彼が到着してから二週間余がすぎている。所持金二万五千円は費い果たし、滞在費も不足する時期であることは細君のほうでも想像できるが、しかし、保健所にも自宅にも、宗市からのなんらの文通はなく、心配の色が濃くなってきた。何か起きたのではないか。警察で調査してほしい。もし異常が起きているならば、すぐにでも貴地へ出発するつもりである。云々。

「奈良屋旅館に問い合わせたかね」

木田はまず訊いた。

「電話で照会してみたよ。主人が出てきて、結城宗市という人は、たしかに二日に投宿して七日までいた。しかし、七日の夕刻七時ごろ宿を出たまま帰ってこない。貴重品もあずかっていることだし、身回り品も部屋に置いたままになっていますが、奈良屋としては、当人が熊本へでも行って、目的が奇病の研究であるから、つい時日が過ぎているのではないかと、不安ながらも、心配はしていた。今日のうちにも警察へ届けるつもりでいたというんだ」

「妙な話だな」

「俺は叱りつけたが、電話だからしかたない。主人は平謝りに謝っていたよ」

木田は聞いていて、その男は、治作の家で会った男だとはっきりわかった。木田は指で三日間を繰ってみた。すると木田は三、四、五日と三日ともその結城宗市と会っていることになった。しかし、結城宗市は木田に米の津も星の浦も、奇病患者の家々を訪問してきたと語った。と、すると、この三日のあいだに結城は湯堂だけでなく、諸所を回り歩いたわけであろう。それにしても、その東京の細君の文面では、宗市から四日の日付まではがきをうけているらしかった。と、すると、宗市は七日までの三日間ははがきを書かないで滞在していたと見ねばなるまい。しかし、それはうなずけることでもある。

が、宗市は、七日の夕刻に宿を出て、どこへ消えたのか。身回り品や貴重品をそのままにしているのだから、遠い所へは行ってはいまい。奈良屋の言うとおり、熊本か、あるいはせいぜい出掛けて行っても福岡か、鹿児島ぐらいではないだろうか。だが、福岡にも鹿児島にも奇病調査についてそう必要な個所があるとは思えない。あるとすれば、熊本市の県漁連本部や、水産関係庁や南九州大学ぐらいが要点にはなるだろう。よしんば宗市がそこへ出張して調査したとしても、二週間の日数は長すぎる。何かの事故に遭遇したことは明瞭と見ねばならなかった。

しかし、木田は最近、水潟市近辺で、そういう事故死だとか、何かの変事にあった旅行者の出た話はきいていないのだった。もちろん勢良警部補も同様、心当たりはなかったのである。

「妙な話だな。それであんたは、どうするのか」

と、木田は好奇な目もとをつくって、また勢良の厚い唇を見ながら訊ねた。

「俺は署長に報告したよ。署長は漁民の騒ぎ以来、頭にきている。一人ぐらいの旅行者の行方不明事件にはあまり関心がないんだよ。しかし、俺はちがう。明朝、さっそく、湯の子温泉へ飛んでみるつもりだ」

と勢良はいった。彼は碁は打たなかった。

勢良が帰ってから、木田は湯堂の部落で会った男の顔をゆっくり思いだした。結城宗市の話しぶりは正義漢らしく非常に熱意が感じられたと思う。木田自身もそれにつられてだいぶ喋ったのだから、あの感じでは自殺は想像できない。しかし、あの明かるい崖の上の道で、海を背景にして立っていた宗市の顔は、初対面の木田にもどこか暗い感じのしていたことを見のがすわけにゆかなかった。すき透ったような、冷たい、しかも陰鬱な目つきが気になった。あの男が行方不明になる。不思議でならなかった。

翌日から、木田民平はこの奇妙な事件にまきこまれていった。

水潟市から北へほぼ四キロほどのところに、その湯の子温泉はあった。温泉は、戸数四十戸ほどしかない漁民部落だが、海べりに、都会風な旅館が、十軒ほど建っていた。この温泉は明礬泉である。神経痛やリョーマチに卓効があるというので、近在からもかなり、湯治客が集まってくる。江戸時代からというから、湯の歴史は九州でも相当古いほうだったろう。部落は旅館と絵はがきや土産物を売る二、三の店のある目抜きをとりまいていて、傾斜になった段々があり、褐色の石垣が美しく見え、入りくんだ湾口には島もあり、風光はよかった。

翌朝、勢良富太郎はこの温泉部落のいちばん北の端にある奈良屋旅館を訪ねた。

五十すぎの小柄な当主と女中の民江という三十すぎの女が応対した。民江は結城宗市が泊まった『竹の間』の係り女中である。

「結城宗市が泊まっていた当時の話を、まずして下さい」

勢良は厚い唇を一文字にして、不機嫌な目つきで訊いた。民江がこたえた。

「はい、学者らしいおかたで、気性は顔に似合わず明かるうございました。しかしどこか神質な点も見られましたね。お泊まりになった夕刻のことですが、ご膳に伊勢えびと鯛の刺身を出しました。『これはお湯の窓から見えた水槽のえびかね』とおっしゃいました。私どもは伊勢えびを水槽に飼っておお客さまにお見せしたうえで召し上がっていただいております。とにかく奇病がはやりまして以来、お客さまは魚には敏感でございますからね。『うまいえびだ』といって結城さんはみんな召し上がりました。ところが翌日から急に『魚や貝は何もたべられない』とおっしゃいます。無理もございません。奇病にかかった患者を見てこられたのです。『手足をふるわせてよだれを出して這いまわっている患者を見てきたら何ものどにとおらない』とおっしゃいます。水潟の街でさえ、商人のかたたちは今は奇病を恐れて罐詰の魚以外はたべていないという時節です。私もそれで結城さんが気の毒になりましたので主人に頼みまして、鹿児島の川内の分店から送ってまいりました霧島の鮎のはらわたをお出ししました。が、これもおたべになりまっせん。結局、ご滞在中は、山芋と卵だけしかあがらないのでございますよ。私どもは唐津や鹿児島の沖でとれた魚をお出しして、近海の魚は出さないことにしておりますが、結城さんはいくら説明してもあがらないのです。神経質なかたですね」

「どうかな。それでは結城宗市の態度から急に自殺をするというような感じはなかったかね」

と勢良は訊いた。

「さあ、そのようなことは思われませんでしたとです。東京の奥さまに毎日ほどはがきを出されましたし、玄関横の売店で絵はがきをお求めになりましてね、お宅の話などなさいましたが、たいへん明かるい話しぶりでございましたよ」

と民江はいった。まなく勢良は民江に案内されて、『竹の間』にとおった。この奈良屋は新館と本館とにわかれていた。『竹の間』はその中間にあって、八畳と四畳半とのつづき部屋になっている。海に面して広縁が出ていた。縁から下駄をつっかけて十歩ほど歩くと、そこは波打ちぎわになっている。そこはコンクリートで固めた腰高の波よけであった。上にあがると、二十メートルほどの崖が落ちこんでいるのが見える。のぞくと巨大な岩がごろごろしている。荒波ではないが、波濤（はとう）が小きざみに打ち寄せていて、始終しぶきが上がっていた。

「ずいぶんあぶない所だな。ここは遠浅じゃないのか」

と勢良は訊いた。

「はい干潮のときは浅うございますが、満潮ですと危険でございます」

「誤って落ちた人はいませんか」

「いいえ、まだ、そぎゃんことはありまっせん」

と主人がこたえた。勢良はそのとき、崖下の水の深さを目測していた。泳ぎのできないものが落ちれば死ぬことは必定だろう。岩に掴まろうとしてもすべってひっかからない。それほど水苔（みずごけ）がひどかった。その夕刻、結城宗市はどうした訳か玄関を出たまま、それっきり戻ってこない。海を見ていて、踏みはずしたのではないか。このころから勢良富太郎は、結城宗市がすでに死んでいるのではないか、という疑惑をもちはじめていたのだ。

「その夜は酒を飲まなかったかね」

「いいえ、夜はノートを出して勉強ばしておられて、五日間ともお酒は召し上がりません」

と民江はこたえた。

「結城さんの滞在中、誰かたずねてきた人はいなかったかね」

「はい、それが」

と、そのとき、民江は傍にいる主人の顔つきをうかがうように見てからこたえた。

「ございました。一人いらっしゃいましたとです」

「なに、訪問者があったのか」

勢良警部補の目が急に光った。

「なぜ、それを早くいわんのか」

「はい」

民江はおどおどしてこたえた。

「七日の六時すぎでしたとです。結城さんは毎日、九時にでて、奇病部落を回って、判で押したように五時のバスでお帰りになっていましたが、その日に限って二十分ほどお帰りは早かったとです。ご膳をひき下げたのが六時ごろでしたから時間ははっきりおぼえております。五十すぎのクリーム色のジャンパーを着た、太った背のひくい男の人が見えたとです」

「その男は、それからどうしたのか」

もどかしそうに勢良は訊いた。

「玄関へきて、結城宗市さんに会いたいとおっしゃいます。『今日街で出会ったとき打合わせしてあるから』といって、つかつかと上がってこられたとです」

「ちょっと待て。その男はすでに結城宗市の部屋を知っていたのか」

「いいえ、玄関から廊下がみえます。部屋の前のスリッパが見えるとです。私が指ばさしましたら、すうーっとはいってゆかれましたとです」

「それから」

「三十分ほど、部屋の中で何か話ばしておられました。が、まもなく帰られました」

「そのとき、あんたはお茶か何かを出さなかったのかね」

「たずねにゆきましたら、よろしいと結城さんがおっしゃいました。何かこみ入った話でもあるのか、と思ったものですから、そのまま下がりました」

「何か、その男に特徴はなかったかね」

「はい、声がかすれたようなひくい声でしたよ」と民江は活気づいていった。「ズボンは黒っぽい色でしたとです」

「男が帰るとき、何も持って出なかったかね」

「はい、手ぶらでした」

「結城さんはまだ、そのときは部屋にのこっていたんだな」

「はい、それから二十分ほどして結城さんは玄関の横にある広間（ホール）へ来なさったとです。私は見ませんでしたが、同僚のまきさんが見ていました。どこへゆくともいわずに、洋服を着かえておられてちょっと行ってくる、といって手ぶらで出られたとです」

「そのまま帰って来なかったわけだな」

「はい」

民江はすまなそうに顔を伏せた。客がそのまま消えているのに、貴重品袋をあずかっているからといって二週間近くも放置しておいたことは、手落ちもはなはだしい。しかし、いま、そんなことを叱りつけていてもはじまらないのであった。

勢良警部補はさっそく結城の身回り品をしらべた。ボストンバッグと黒皮の鞄である。旅行者のもつ型どおりの着かえや下着類のほかは何もなかった。結城が机においていたというノートはなかった。ノートがないのは勢良の疑惑をまた深めた。結城宗市はどこへノートをやったか。その夜持って出たのだろうか。貴重品袋から二つ折りの財布がでてきて、中をみると二万三千円はいっていた。これは細君からきた手紙と符合するのである。二千円は交通費などに費ったものと見てよかった。勢良警部補は、謎の訪問者であるクリーム色のジャンパーを着た五十すぎの男にこだわらざるをえなかった。

その男が宗市をおびき出したにきまっている。そうでなければ、七日にかぎって外出するはずがない。五時にかならず帰ってきて、夜食後は机に向かってノートを整理していた結城が、散歩に出るにしては、すこし時間がおそすぎはしまいか。その男とつながる何かの糸が生じたためだ。ノートがそれに関連しているかもしれない。

勢良富太郎は奈良屋を出ると、十軒の旅館を虱つぶし（しらみ）に聞込みを開始した。

湯の子温泉の目抜きは、二百メートルほどしかなかった。道をはさんで海べりのほうに旅館がならび、反対側には土産物屋がある。道はここだけ打ち水をしたアスファルトになっている。土産物屋はどこの温泉でも見られるとおりの、絵はがき、こけし、名入りタオル、人形、玩具、寄木細工、郷土民芸品などを店先の床几（しょうぎ）の上にならべて客呼びしていた。しかし、このごろは閑散な毎日だっただけに数少ない湯治客の出入りには敏感で、通行人にはすぐ目がゆくはずである。しかし七日からはすでに二週間近くもたっているためもあって、その夜の該当者の記憶をもっているものはなかった。勢良警部補はバス停留所の待合所をもかね、土産物屋を開いている店に立ち寄った。七日夕刻の記憶を思いだしてもらったが、夕刻に、奈良屋から結城宗市がバスにのって出た記憶はないといった。しかし、これも曖昧な返事だった。相手が六十すぎの老婆だったからである。もちろんクリーム色のジャンパーを着た男も見かけていなかった。勢良はバスの車庫のある水潟駅前の事務所へ電話して、当日の出番の女車掌にも訊ねてみた。車掌は、七日まで奈良屋に泊まっていた東京の客が、奇病部落へゆくのをのせた記憶はあるが、その夜、湯の子へ戻ってゆくのを乗せた記憶はないといった。クリーム色のジャンパーを着た五十すぎの男についても同様であった。とすると、熊本へなぞ結城宗市は出かけていないことになる。これはそう思ってよかった。バスの車掌は、奇病でさびれてきた温泉部落へくる客には、どちらかというと敏感であった。最近は十軒の宿はお手あげだ。いつもひまだ。女中はごろごろあそんでいるほどだ。バスはしたがって満員になるということはない。そのうえここは終点でもある。山ふところのいちばん端でもあるのだ。女車掌は毎日七時から本線の終列車まで二度往還しているが、その夜の帰り客には記憶がない、とはっきりいったのである。

勢良はちょっと失望した。しかし、逆に疑惑がふかまったのだ。この山の袋の中へはいってきた五十すぎの男は、それでは、いったい、どこからやってきて、どこへ消えたのか。勢良は最後の旅館宇津美荘(うつみそう)を訪ねた。ここは崖の上にできた新しい宿で、湯の子では三流であった。旅館街から離れた松林の中にぽつんと建っていた。しかしこの宿には東京から来たという二人の男が泊まっていた。そういわれて、勢良は目を犬のように光らせた。しかし、どうやら目的の男とはちがっているようであった。ジャンパーにも黒いズボンにも、この客は関係はなかった。二人の男は、東京の北都(ほくと)大学の工学部教授とその助手だったからである。だが年齢は教授のほうが五十二歳という点が似ていた。体つきも、太っているという点も符合していた。しかし、大学の教授だということは、どこか労働者風に見えたという該当者と遠い感じである。が勢良は訊いた。

「何日にひき払ったかね」

「はい、先月二十八日にいらっしゃって、八日の朝出発でした」

と小柄で頭のはげあがった主人がこたえた。

八日は、結城の失踪した翌日ではないか。勢良はつづけて訊いた。

「何しにきていたのかね」

「なんでも、不知火海の奇病に関心をよせていらっしゃいました。騒がれている東洋化成の工場排水で、海水が汚れているのを、試験してしらべてみるのだとおっしゃってました。『水質分析』だといわれました。毎日、船にのって海へ出かけておいでございました。今回は下検分の程度で、来年春には大々的に分析試験をやってみる、とおっしゃいまして」

「奇病の原因の海水分析かね」

と勢良はますます疑惑から遠ざかるのをおぼえながら訊いた。

「さようでございます。先生のほうは工学博士浦野幸彦とおっしゃいますし、助手のおかたは錦織季夫とおっしゃいました」

「太った人だといったね」

「さようです。体格はずんぐりしておられましてな。なんでも工場側や新聞社にも知られないように秘密に分析したい。この分析はなかなか独自の立場でやるのがむずかしい。費用もかかるがしかたがない。奇病の根源を見つけ出す一助にでもなれば幸いです、とおっしゃって、二人が泊まっていることをあまり口外しないようにと口止めなさいましたとです」

「ちょっと宿帳をみせてくれんか」

勢良は主人のさしだしたうすい短冊型の和紙の上に、鉛筆で走書きしてある草書体の達筆な字を見た。工学博士浦野幸彦、助手錦織季夫。住所は一人分だけ書かれ、それは博士の住所らしかったが、東京都世田谷区大原(おおはら)町三番地としてある。

「この字はどっちが書いたかね」

「さあ」

といって主人は女中をよんだ。係りの女らしく三十をすぎた太った背のひくい女が出てきて答えた。

「若いお客さまのほうが書かれました」

「七日の夜に、博士はどこへも出かけなかったかね」

女中は首をかしげた。が、しばらくして、

「お二人ともお部屋にいらっしゃったようです。書きものをしていらっしゃいましたよ。ノートやら原稿用紙を出して」

「ノート？」

「はい」

「その夕刻、よそから誰か博士をたずねてきたものはなかったかね」

「はい、ございませんでした」

女中は不審げに勢良を見ながらこたえた。

「海水を見にゆくときには、ジャンパーを着てゆかなかったかね」

「いいえ、先生は鼠色の背広で、若いほうのかたは紺色のカーディガンでした」

「つぎの行先はどこともいってゆかなかったのだな」

「東京へ帰るとおっしゃっていました」

「その博士の声を思いだして下さい」

勢良はかんじんのことを忘れていたのに気づいて、訊いた。

「そぎゃんですね。わりあい、はっきりしておりましたな。江戸っ子弁で……」

女中もそうこたえた。

かなり急な坂になった石ころ道を、勢良富太郎は歩いていった。陽ざかりの南九州はまだ白昼ではじりじりするほど暑い。勢良は坂の途中で汗をふいた。石ころ坂は両側が石垣であった。その石垣はみな褐色に汚れていた。勢良は事件の不可解さに困憊（こんぱい）していた。遠く眼下にみえる湾の水が、紺青に光っている。しばらくぼんやり眺めた。

〈工学博士が結城の失踪と関係があるというのだろうか。しかし、まったく関係がないとは言い切れないではないか。どちらも奇病の研究という糸があるのだ〉

勢良は木田にこのことを相談してみようと思った。


夕刻、勢良は木田医院に立ちよった。

「疑惑が晴れたか」

診察室にはいると、木田はまずそういった。

「まあ、聞いてくれ」

勢良は湯の子温泉でしらべたいっさいを話し、そのあとで、

「おかしいとは思わないか。七日の夜のバスでは誰も温泉から出ていない。ジャンパーをきた五十男なぞ、みたこともないというんだよ」

「駅前のハイヤーを訪ねたかね」

「今、ここへ来る途中、駅前によってみんな聞き込んできた」

「奈良屋へその男がはいってきたのが事実なら、足があったはずだぜ。幽霊みたいな話じゃないか、まるで」

木田は疲れの出た勢良の黒ずんだ顔をあわれむように見ながらいった。

「どうだ、いっそのこと署長に報告してみたら」

「署長に？」

「ああ、そうだ」

と木田はいって黙った。がすぐ、

「松林の中の旅館はなんといったかね」

と訊ねた。

「宇津美荘だ」

「そこで十日間も水質検査の下しらべをしていたという先生は本物かな」

「本物？」

と勢良は木田の猜疑にみちた視線をあびた。

「宿の話だからまちがいないはずだ。偽証はせんじゃろう」

「この春、東京R大学の堂間博士が化成工場近くで一カ月ほど水質試験をしたのを知っているかね」

「知っている。あれは四月はじめだったよ。あれは通産省からの依頼じゃなかったのか。たぶんあれと似たものじゃないのかな、こんども」

と勢良はいった。

「事実ならそうだろうな。堂間博士はその後、東京で発表した。奇病の原因が有機水銀だという南九州大医学部の研究発表と真向(まっこう)から対立したことになった。学者だから意見の食いちがいもあっていいわけだが、われわれがみてもこの対立は、ちょっとおかしな点がある」

「というと……くわしく教えてくれないかね。どうも有機水銀だとか無機水銀だとか、専門外の俺にはわかりにくいんだ」

「つまり南九州大側は、奇病の原因は、工場の排水を含んだ海水中に棲んでいる魚介類が、有毒体に化しているというんだな。これをたべた烏(からす)や猫や人間が、水銀を呑んだ状況と酷似した脳障害を起こし、前代未聞の病気にかかるという説なんだ。南九州大は、この奇病に名前のつけようがなくて、『水潟湾に棲息する魚介類を多量摂取することによって起こる食中毒』というような長たらしい名前をつけているほどだ。ところが工場側は、排水に含まれた水銀は無機水銀である。それがどうして魚介を媒介する途中で、有機水銀になるのか説明してくれ、とひらき直るわけだ。この説明はまだ大学側ではできていない。原因が学術的に究明されてもいないのに、奇病の犯人を全面的に買って出るわけにはゆかないというんだ。漁師との衝突はここからきているわけだ。そこへ向けて、R大の堂間博士の説が生まれたわけだ。つまり博士は、不知火海の水はそれほど水銀を含んでいない。魚介が有毒体となるのは、工場排水のためでなくて、もっと他の理由があるのじゃないか、というわけでな。しかし、南九州大のある学者は、すでに水潟湾には六百トンの水銀が沈澱しているとさえ発表している。同じ研究でもこれだけ違うわけだな」

「へーえ、水銀は高価なものじゃないのかね」

「高価だよ」

「そんなものを六百トンも捨てている今時の工場があるのかね」

と勢良は興味ありげにたばこを取り出した。

「事実だからしようがないな。工場もこの点、病原の有無にかかわらず排水還元処理の設備に取りかかることになったらしい。しかし海を汚してしまったあとだから、奇病にからむ問題としては泥縄の感がなくもないのだが」

「ところで水銀でなかったら、ほかに何があるのかね」

「工場側のいうところでは、あんたはまだここへきて日が浅いから知らないだろうが、古木島の向こうに戦時中航空廠があった。そこの爆弾を海に埋めたというのだが、これはどうもでたらめだったことがわかった」

「工場はいいかげんなことをいったわけか」

「塩化ビニールの工場は、日本海へんにもそのほかに数多くある。が、どこにも水潟のような奇病は起きていないというのも事実だ。反証として、そんないろいろな例もあげているわけだな」

「それじゃ、湯の子に泊まっていた北都大学の浦野博士は、どっち側につくのかね」

と勢良は訊いた。

「はじめて聞く名だからわからんね。しかし宿の主人に内証にしておいてくれとたのんだのは、前回の堂間博士の研究は工場側に踊らされているというような妙な噂もとんでいるので、厳正中立の立場を保持したいために、その博士は予防線を張ったとみえるね」

「それでわかった。博士たちは、独自で研究にきたわけだ。道理で十日間毎夜ノートと首っぴきだったそうだ」

「水質をしらべるって、どこをしらべたのかな」

と、そのとき木田は言った。が、すぐ言葉をつづけた。

「気にかかることがあるよ。それは宿帳の署名だ。自分の名前を書くのに、わざわざ工学博士と書くものがいるかね。俺も十年前に博士号をもらっているが、まだ自分で医学博士と署名した経験がない。屋根の上の看板に書いているぐらいのもんだ」

「そのことは俺も変に思った。で、誰が書いたか訊ねたんだ」

「そしたら？」

「助手だそうだ」

「助手が？」

と言っただけで木田民平は黙った。そのまま治療室の白壁を睨んでいた。やおら木田は言った。

「疑惑は残るね」

「呼び出した男はその博士なのか、やっぱり」

と勢良は急に目をかがやかせた。

「だいいち、あすこはバスも道路も終点だ。こっちへ帰れても向こうへは行けない。その袋の中から消えたとしたら、二人は変装していたにきまっているじゃないか」

「なにっ」

この言葉で、勢良富太郎の角張った顎がぎくっと動いた。

「変装？　結城宗市が変装したというのか？」

木田は興奮した勢良の目をちらとみて、ゆっくりいった。

「そうとしか思えんじゃないか。バスの車掌の証言はあたっているだろう。翌朝八時か九時のバスで博士たちは東京へ帰るために堂々とバスに乗って出たわけだね。これはちゃんと背広を着て乗って出たわけだ。しかしジャンパーは鞄の中に持っていたかもしれないね。結城はそのあとでバスか、あるいは何時ごろかのハイヤーで水潟へ出たのだ」

「結城宗市が変装して湯の子を出るのはおかしいじゃないか。だって身回り品も何もかも置いているのだぜ。それに体をかくす必要がどこにある？」

と勢良は活気づいた口調でいった。

「それが問題だな。もしそうでない場合はどこかへ結城は消えたのだ。たぶん、結城は死んでいるはずだ」

「場所は？」

「あの黒い海だよ。崖の多いね」

翌朝、勢良富太郎は東京へ二通の手紙をかいた。一通は問合わせの書信をよこした結城郁子への返事である。それと一通は富坂警察署長にあてた調査依頼状である。北都大学に工学博士浦野幸彦と助手錦織季夫が在職しているや否やの問合わせである。この返事は、電報でくれるようにと、勢良は書き添えた。

翌日、木田民平は午前中の外来患者を治療し終わるとオートバイを駆って、湯堂部落の鵜藤治作を訪ねた。

治作の右肘の包帯を取りかえる日がきていたのだ。木田の応急処置で治作の傷口は化膿せずにすんでいた。しかし、ホルムガーゼは代えてやらねばならなかった。だが木田が治作の家へゆくのにスピードを出したのは、治療よりも治作の口から、もっとくわしく、結城宗市について訊いてみる必要があったからである。

だが、木田が訊ねても、治作と妻のかねの答えには、別に新しいことはなかった。結城がここへ来ているときに、クリーム色のジャンパーを着た男と出会ったかどうかも期待してきたのだが、治作の家へそんな五十すぎの男はきていない。

「ここで、結城先生の来とんなさったときお会いなさったのは、木田先生、あなただけですとばい」

とかねがいった。

木田は苦笑した。この調子でゆけば、結城宗市が訪問したであろう奇病患者の家を、全部回ってみなければならないことになる。

木田はしかし、それを決行してみようと思った。結城の歩いた道は、だいたいわかっていた。それは奇病の発生した部落ばかりだ。そこで結城はその男に遭遇したのである。ジャンパーの男は街で会ったと説明して奈良屋の玄関を上がったそうだ。が、結城は街で男と行をともにしていたとしても、その男と会ったのは奇病部落か、それとも途中のバスの中かどちらかであろう。そうだ、この自分自身でさえ、崖の上で、最初に話しかけたではないか。あんなふうに、東京の珍しい旅行者にささやきかけた誰かがいたのだ。

木田は治作の包帯をしめ終わったとき、ふと縁先に、栄次郎飴の空罐が、ころがっているのをみとめた。木田はあの日、包装紙の印刷文をよんでいた。そうして、包装紙から、ぷうんと匂ってくる伽羅の匂いをかいだのを思いだした。木田は治作に訊いた。

「この空罐を包んできた紙があったろう。あれどうしたね」

「さあてな」

と治作は不審な目つきでいった。かねが思いだしたように奥へはいった。と、すぐ出てきた。その見覚えのある紙をたたみながら出てきた。

「ありましたとです。先生、こんなものば、なんにしなさっとですか」

木田はいった。

「これ、くれないかね。空罐もほしいな。安次がおもちゃにしているのだったら、うちからエキホスのもっと大きいりっぱな罐をもってきてやるよ」

治作とかねは笑った。木田はポケットに入れしなに包装紙の匂いをかいでみた。

木田は失望した。香水の伽羅の匂いはなかったのである。が、逆に木田は目を瞠（みは）った。〈香りが抜けている。すると香水の移り香が包装紙についていたのだ。移り香は時日がたてば消えてしまう。すると、あの日の前日か、それとも前々日まで、香水のある場所にその飴はおいてあったとみていい……結城宗市は男性である。伽羅の香水をつかうだろうか。それは否に近い。すると、前々日ごろに、誰か女とあっていたのではないか〉

木田は、また、あの崖の上で結城と会った三日間の記憶をおもいうかべた。日がたつごとに、結城の顔が力なくひ弱そうに見え、目がすきとおり、陰鬱な光をたたえていたことを見たはずである。しかし、その結城は、木田が奇病の発生経路を話したとき、まるで人がちがったように活気づいて質問してきたのだった。

〈女がいるとしたら、それは誰だろう。水潟へきて会った女か。それとも東京から尾いてきた女なのか……かならず香水の持ち主がいたはずだ……〉

木田は他人（ひと）よりも大きなあぐら鼻を大きく動かした。

「お前、香水持ってるか」

と、その夜、木田は妻に訊いた。

「香水？　おかしな人ね。あんた、あたしに香水なんか、買ってくれたことあったかしら」

妻の静江はそのとき、洗濯した包帯の山をときほぐし、廊下の端にわたしした針金にかけていた。

「そうね、むかしのならあったかもしれないわね。なんにするのですか」

と静江はきいた。

「少しでよろしい。ちょっと実験してみたいんだ」

木田は妻の捜しだしてきた、親指大の透明な小瓶の底にたまっている黄色い液体を振ってみた。

「ついでに、ハンカチを貸してくれ」

ハンカチにそれをしませた。木田は包装紙とハンカチを密着させて枕の横に置いて寝た。

「おい、あしたの朝まで、こいつを蹴っとばしたら承知しないぞ」

と木田は言った。

この実験はある事実を教えた。移り香は翌朝から夕刻まであり、七時ごろに消えたのである。するとあの栄次郎飴は前夜香水といっしょにあったと見ねばならない。その前夜は六日である。奈良屋の結城の泊まった『竹の間』ではないか。

〈とすると話はおかしくなってくる。結城宗市は女を奈良屋へよんでいない。どこから女をよびよせただろうか。どうして、飴の罐をその傍においていたのか。これは、どこか間尺に合わない。飴は東京の老舗で誇る著名の店の飴である。すると結城の鞄の中にすでに東京から結城の細君の香水がはいっていたか、あるいは細君のハンカチがあったかもしれないではないか
……〉

木田はさっそく勢良警部補に電話をかけて訊いた。勢良はおりよく署にいた。

「奈良屋で、身回り品をしらべたといったな」

「うん」

「そのとき、香水のようなものか、女もちのハンカチか何か、香水のついたものに気がつかなかったか」

「そんなものはなかったな」

と勢良は言った。

「男の持ち物ばかりだった。さるまたやワイシャツや洗面道具だったよ。バッグをひっくりかえしてみたからまちがいはないよ。何をまた変なことをきくのだ」

と勢良は言った。反対に向こうは何か言いたそうに思われた。すると勢良はいった。

「こっちはまたえらい地獄耳だなとびっくりしたよ。いまそっちへゆこうと思っていたんだ。東京から電報がきたんだ」

勢良の声は上ずっている。

「富坂署か」

「そうだ。それによると、驚いた。ホクトダイガクニ、ウラノモニシゴリモナシ、コウガクハカセメイボニモナシ、マタセタガヤノガイトウジュウショニモミアタラズアトフミ、とある。とにかくそっちへゆくよ」

木田は受話器をおく自分の手が奇病患者のようにふるえるのを見た。

湯の子温泉の宇津美荘に泊まっていた教授と助手の二人は、北都大学に関係しないばかりでなく、偽名とでたらめの住所を書いた偽博士であるとしたら、これは意外なことである。

木田は目の色をかえて飛んできた勢良をむかえると、まず、表に置いた車をガラス越しにみて、

「ジープか?」

と訊いた。

「そうだ」

「そいつに俺も乗っけてくれ。話は湯の子へゆく途中でもできる。とにかく宇津美荘へ飛ぼう」

と気色ばんで言った。すでに外は暗くなっていた。二人を乗せたジープは、飴色の幌をパタパタ音立てながら、水潟川の土手を矢のように走った。

「すると、どういうことになるのだ」

と勢良がまず、木田の耳へ口をつけるようにして訊いた。石ころ道なので車輪の音がひどいのだった。

「偽者だとしたら、ずいぶん計画的な潜伏者たちだな。しかし、考えてみると、これはなかなか巧妙に盲点を衝いている」

勢良はまた耳に口をもってきた。

「俺は半信半疑がつよいんだ。どういう目的で潜伏していたにせよ、あんまりだな。奇病の原因である海水分析がネタだぜ。女中もいっていたが、毎夜、机にむかってノートと首っぴきだったそうだ」

「だまそうと思えばそんな芸当もやらねばならないよ。なに、机に向かうぐらいはたやすい詭計だ。詭計といえば、うまく考えた奴らだな。嘘の博士と助手は試験管に水を汲んで宿へもって帰ったかもしれん。下検分だからそれでもいいわけだ。宿の無知な主人や女中をだますにはいちばんいい方法だな」

「しかし、誰かが噂をきいて、博士に会いたいといってきたらどうするかね。すぐばれてしまうじゃないか」

「だから秘密にやらねばならないということを重々主人に前もって言っておいたわけだ」

「なるほど」

「あんたは外国のえらい作家がいった言葉を知っているかね。木の葉を匿すには森の中がいい。森がなければ、森をつくるまでのことだ、というような意味だった」

「とすると、湯の子が森なのか」

「そうだ。湯の子は盲点なのさ。だいいち警察署長は奇病対策会議と漁民の暴動ばかりに目をひからせて他のことは度忘れしたように気にもかけない。いちばん緊張している警察ほど、またいちばん大きな油断をしている警察はないということだ。ここを衝いたわけだ。混乱の街へきて、混乱の静けさを利用したのだ」

「とすると、潜伏する目的はなんだろう」

「それは犯罪だ。しかも相当の背後があるね。詭計がすぐれているし、知能が高い。たぶん犯罪は船と関係しているよ」

「船？」

「そうじゃないか。宇津美荘の主人は、彼らが毎朝九時ごろ宿を出て、湾に船を出し、五時ごろに帰ってくるのを日課にしていたと言ったろう」

「すると海で何をしたのか」

「海はあんたも知っているとおり、すでに死んでいる。水潟の海には昔のように漁師の船は一艘もない。海には死にかけたような魚がうようよしているだけだ」

「すると、なんの目的だ」

「もったいぶってはいても、魚や水質をしらべることではないんだよ。ひょっとしたら、これは奇病とはまったく別のことをたくらんでいたかもしれないね。水質試験の検分だと称して彼らはひそかに沖へ出たかもしれぬ」

「沖へ」

「あるいは天草の向こう側だ。死んだ海に用はないはずだし、船をうかべておればすぐわかってしまう。海上保安庁も、今は沿岸漁業の密漁船を見張る巡視船を減らしているはずだから、彼らは、その虚を衝いたんだ」

勢良富太郎の目は餌を盗まれたセパードのように怒りをうかべてきていた。それはうす暗いジープの幌の中でもわかった。

「よし、とにかく、宇津美荘へ行って、どこの船に乗っていたか訊くことだ」

勢良はもどかしそうにいった。ジープは坂道にかかっていた。

木田はジープの幌のあいだから、崖にさしかかる前方の白い勾配の夜道を睨んでいる。海は岬の向こうで黒く板を敷いたように動かなかった。

〈その偽博士の潜伏者と、結城宗市はどこで交差したのだろうか……〉

木田は考えた。木田はその糸の上に女を嗅いでいるのである。香水の主なのだ。その女はどこに潜伏しているのか。奈良屋を訪ねてきた五十すぎのジャンパーの男は偽博士を名のった浦野幸彦の変装であろう。十中八、九までそれはあたっている。

〈浦野幸彦が現われて、結城宗市と何か話をした。三十分の会談ののち、浦野は先に帰り、結城はそのあとを追った。そこで何かが起きた。結城は殺されたのか――浦野幸彦は翌朝、博士のままの姿で何食わぬ顔で助手をつれてバスに乗ったのだ。仕事は終わったのである。彼らは東京へ帰ったのだ。それともどこかへ消えたのだ。駅へ出れば鹿児島本線が待っている。列車にはいれば仮面をぬぐ。それでもうしめたものではないか〉

木田は重苦しい空想のつぎにこう推理してみた。

結城宗市は女を識った。六日の夜である。あるいは、六日の昼でもいい。香水の残り香が適合する時間にである。この女が、偽博士たちとの線を結んだのだ。

「湯の子の芸者は、いま何人ぐらいいるかね」

木田はこんどは勢良の耳に口をつけて大声で訊いた。

「妙なことを訊くな。このあいだ防犯協会の連中と宴会をやったとき、芸者は四人きた。まだほかに六、七人いるはずだ」

「十人もの芸者はどこにいるのだ」

と木田はまた大声できいた。

「置屋さ。だいたい、あすこの置屋は土産物屋だとか、雑貨屋を兼業しているよ」

「奇病のために温泉客は少ないといったな」

「宿はお手あげだから、芸者もひまだろう。たまに東洋化成が東京の連中とかお得意をよんで宴会をやるぐらいだ。しかし、今では化成もお客が食べ物に敏感なので、魚の食える人吉か霧島へ招待するそうだ」

「湯の子温泉も東洋化成から見はなされたのか」

「それはそうだ、罐詰料理ばかり食わされて温泉でもないだろう」

「なるほどな」

木田はだまった。木田は気づいた。

〈土産物屋に芸者がいる。ひまな連中だから湯治客の出入りは窓から数をかぞえてまで見るはずだ。その芸者が、長滞在の結城宗市か浦野幸彦、錦織季夫に気づかぬはずがあるまい。浦野たちは潜伏者だからよせつけなかったにしても、結城宗市はわからないではないか……〉

「勢良君、君の目にも、一つだけ見落としがあった」

木田はしかし、これは、心の中でいったのだ。

ジープは岬を曲がった。


宇津美荘を訊問した結果は、勢良警部補が最初に聞き込んだことに加える新事実はあまりなかった。しかし、二人の男たちが、非常に来客を気にしていたという事実があった。これは彼らの後ろ暗さを物語っていた。また彼らの口から、一、二度津奈木という村落の名前が出た事実もわかった。津奈木村は水潟市から北へ七キロほどの地点にあるかなり大きな村だった。急行は停車しないけれど、本線の駅もあった。この津奈木村は、最近新しい奇病患者も出たし、漁業の中心村でもある。彼らはここで船を借りたのかもしれなかった。木田は頭のはげ上がった主人に訊ねた。

「船を借りたのはどの家かわからんかね」

「さあ、知りまっせん」

「毎日、どこへ出かけるといわなかったですかね」

「はい、津奈木とおっしゃったようにも思えるんですが、なにせ信用しておりましたから、気にいたしませんでした」

「ところで、あんたのところへ、その東京の客が滞在中に芸者をよばなかったかね」

「そのお客さんがとですか」

「もちろんだ」

「ありません。ただ、東洋化成のお客さまがおよびになりました」

「化成？　それはいつか」

「四日でございました」

「なんという芸者がきたかね」

「染七（そめしち）と蘭子（らんこ）です」

木田はその名前を頭にきざみこんだ。そして訊いた。

「東洋化成はあなたの宿も利用するのですか」

「さようでございます。うちのような離れたところでもごひいきにして下さいます」

と主人はぺこりと卑屈に頭を下げた。化成工場は、接待客を、不景気な十軒の旅館によろしく分配しているのであろう。それはしかしうなずけることであった。

木田は宇津美荘を出ると、勢良といっしょに奈良屋にいった。主人と民江が出てきた。

「結城さんの身回り品をもう一度見せて下さい」

木田は勢良の不審がるのもよそに性急にそういった。民江がボストンバッグと黒鞄をもって出てきた。木田はみなしらべた。板の間にさらけだして徹底的にしらべた。紺の上着はあった。木田はすると茶色のほうを結城は着て出たのであろう。だが目的の香水もハンカチもなかった。木田は、そのさるまたやワイシャツの着かえに鼻をつけて嗅いだ。目的の香はなかった。

「妙なことをするね」

傍で勢良が笑った。木田は民江にきいた。

「結城さんが飴の罐をもっていたのに気づかなかったかね」

「飴?」

民江はきょとんとした顔つきだ。

「栄次郎飴という赤い罐入りのものだ。白に赤と青の模様で印刷した包装紙があったが……」

「さあ」

民江は、気がつきませんでした、とこたえた。木田はさらに訊いた。

「二日から七日の間に、誰か女の人が訪ねてこなかったかね」

「結城さんに、女の人が、さあ知りませんね」

「それではその期間に、他の客が泊まっていたでしょう」

「はい、新館に東洋化成のお客さまがお泊まりでした」

「どういう年配の人かね」

木田の目はあやしく光をおびていた。民江の顔をじっと見つめた。

「東京のお客さまですよ」

「東京？」

「そうです。工場の秘書課から電話がありまして、あれは三日のことです。なんでも今度、化成の工場に耐火煉瓦の部門が新設されるのだそうです。ただいま、水潟川の河口に工事中だとか。そのほうの土木の関係だとかおっしゃって、重役さんらしい四十四、五ぐらいの人と、三十七、八の技師のかたでしたが」

と民江はこたえた。

「何日間泊まりましたか、二人は」

「六日まででした。四日間、お泊まりになったので記憶しています」

「その人たちは、ここから水潟へ毎日出ましたね。そのときバスに乗りましたか」

「いいえ、工場からのお車でした」

木田は、民江の顔をなおも見つめながら訊いた。

「そのお客さんは、芸者をよびましたか」

民江はここで、ちょっと特徴のある彼女の受け口の下唇をほころばせた。が、すぐまたもとの顔になって、

「はい、四日間ともお呼びになりました」

とこたえた。

「誰と誰ですか、その芸者は」

「染七さんと、蘭子さんと竹子(たけこ)さんでした」

と民江は思いだすように時間をかけてよみあげた。

「そのとき結城さんが、芸者さんと廊下で会うとか、何か話をしていたのを目撃しませんでしたか」

民江はちょっと考えるように、首をかしげていたが、

「そうですね、ピンポンをよく芸者さんがするとです。そんときに、結城さんもいなはったよ

うな気がしますとです」といった。

木田は微笑した。勢良のほうを向いていった。

「勢良君、せっかくここまで来たのだ、お湯へはいって帰らないかね」

勢良富太郎はちょっとしぶるような顔つきになった。

「どうぞ」

と民江は微笑していった。

「職務上の必要からだ。俺は共同風呂が見てみたいのだよ」

木田はぽつんというと、先に歩きだした。勢良も尾いてきた。

その共同風呂はかなり広かった。海ぎわにせり出していて、岸に沿うて広い一枚ガラスの窓がとられている。窓に面して細長く湯舟がある。大きな伊勢えびが壁面にとまっている。しかし、それは陶器製の模造品である。赤褐色の伊勢えびは、口から湯をはき出していた。湯口は、いっぱいになった湯舟へ滝のように熱湯を落としていた。白い湯気が、開けた窓を走るように抜け、海の色の中に染まっては消えてゆく。

首までつかりながら、木田は顔の横へ、前をかくし湯舟を跨いで足を突っ込んできた勢良にいった。

「今日はひまのようだね。どこで訊いても相客は化成の客ばかりだった。とすると、人吉や霧島へも接待はするが、ここへまで客を配分しているわけだ」

「そういうことだな。奇病で魚が食えんからといって、そうむげにできんからな。この温泉には、化成はだいぶ厄介になっているはずだ」

「持ちつ持たれつというところかな。いわば化成のベッドルームだ。ところで、宴会で染七と蘭子をあげたことがあるかね」

「あるが、あんまりいい女じゃないな。二流どころだ」

勢良は湯舟から上がりながらそう言った。

「へーえ、二流どころをよんだのか。それにしても、宇津美荘にも二人がよばれていたぜ。たまの客なのに一流はどうしたのかな」

「日奈久温泉にでも枕を抱えて遠征だろう」

「なるほどな。その染七と蘭子に帰りに会わせてくれ」

と木田はいった。

「どうしてだ」

「宇津美荘と奈良屋を結ぶ女は、この二人しかないからだ」

木田は桶に水を汲みあげ、腰掛けにすわった。瞬間、木田ははっとした。足の裏に何か金属品がささったのである。見ると黒い鬢止めであった。木田は拾いあげた。

〈染七も蘭子もこの風呂にはいったかもしれない。結城もその場にいあわせても不思議ではない。どちらかが、長滞在の珍客に話しかける。結城は蒼白い顔を紅潮させて何か喋る。湯の中である。何かの会話がはずんでも不思議ではないのだ。……〉

〈これは宇津美荘でもいえる。博士と助手が夜おそくはいり込む。共同風呂だから、染七か蘭子がいてもいい。このときはどちらか一人のほうがいい。芸者は酔っている。ごろんと横になる。湯気が濃霧のように女の体を包む。あとへはいってきた二人は湯気の中の女に気づかない。何か喋りだす。「どうだ、ぼつぼつ引きあげどきだな」「いつまでも偽博士は気苦労だね」「早くけりをつけなきゃ」芸者がむくむくと起き上がる。二人はぎょっとなる。……〉

重苦しい推理から木田はわれにかえった。

〈これはちょっと思いすぎかな。しかし、女が不在でどうして香水が出てくるのか。宇津美荘と奈良屋を結ぶ線はこの芸者以外にはない気がする……〉

勢良が湯舟のわきに寝ころんで五木（いつき）の子守唄を歌いだした。

〈この万年警部補め！　のんきな男だ……〉

木田は大声で、勢良に、もう上がろうといった。その声で湯気が割れた。

奈良屋の帰りに木田民平は染七と蘭子の置屋に立ちよった。二人とも『松島屋（まつしまや）』という土産物屋の二階にいたが、染七のほうは歩合制で、蘭子のほうはまだ借金が残っていることがわかった。しかも、その蘭子のほうが不在であった。木田は四十六、七のおかみに訊ねた。

「どこへ行ったのかね」

「それがね、八日の朝から熊本へゆくといって出たまま帰ってこないんですよ」

「八日の朝？」

木田は愕然とした。が、すぐそのあとで心の中でつぶやいた。

〈しかし、これはあまりにも符合しすぎる。何かが嘘なのだ……〉

木田民平は推理癖があるけれど、勢良警部補のように探偵業ではないのである。彼には外科医という職業があった。彼はその翌日、そのことを思い知らされたほどの外来の患者をうけていた。

それはまず三人の血みどろの若者であった。この男たちは、夜明けの六時すぎ木田外科医院とかいたすりガラスのドアをたたいた。

木田は寝ぼけた顔で応対に出てびっくりした。シャツ一枚の二十一、二の男は袖がちぎれている。上着をきた二十四、五の男は、胸から横腹にかけて血のかたまりだった。もう一人は頭を割られたとみえて、玄関わきのたたきにすわってうつぶしていた。木田は妻をおこした。たいがいの怪我ではおどろく木田ではなかったが、喧嘩らしいことがわかると、手当てをしながら訊いてみた。

「いい年をしてどこでやったのだ」

「工場の労組の奴らとです」

「労組？」

頭を割られた傷のいちばんひどい男は目に涙をためていた。

「そぎゃんでっしょう。先生、あれは御用組合でっしょう」

若者はとぎれとぎれにつづけた。

「組合といったって……あれは、……先生、工場の味方でっしょう。……資本家の側の組合でっしょう……」

「どこで、やったのだ」

「栄町ですとばい」

「君たちはどこの者か」

「米の津から飲みに来たとです」

喧嘩のいきさつを簡単に話すと、――米の津は、湯堂の先の海岸にある漁師村だが、若者たちは、漁師ではなかった。沿岸漁業が不景気になって以来、水潟市へきてトラックの上乗りをやっているという。給料をもらったその夜、市の盛り場で安ウィスキーを飲み、そのうちの一軒で化成工業の職工と衝突したのだった。

「化成労組の藤崎だ」

と相手はいったそうだ。近在の次男坊や三男坊は化成に就職するのを夢にみるほど、工場の待遇はいい。しかし、職員組合は、工場排水の影響で困っている漁民の疲弊には無関心だったのである。

〈この腰抜け組合員め！〉

若者たちが反感をおぼえたのは道理といえた。瓶が飛び、椅子が投げられた。相手は四人いた。七人が大暴れをしたのである。二十分ほどの乱闘の後、三人が気づいてみると、相手は逃げていた。すでに夜があけている。三人は傷口を手でおさえて土手へ上がった。屋根の上の『木田外科医院』という看板がみえた。彼らはすっとんできたのだ。

「ばかな奴らだ」

木田はそういって、三人を眺めた。

と、そのとき、電話のベルが鳴った。静江が出た。勢良警部補であった。

「警察からです」

と静江が言うと、三人の若者はしゅんとなった。木田は微笑しながら電話に出た。

「今日の計画だがね」

と勢良はいった。

「津奈木村の漁師と芸者の蘭子がどこへ消えたか、この二つを徹底的に洗ってみるよ」

「あの二人は、津奈木からたしかに船をかりているはずだ。それから蘭子だが、熊本へ電話で捜査依頼をしたらどうか」

「それも、もう手配はすんだ」

と勢良はいってから、

「あんたに頼みがあるんだが、今日はひまかね」

と訊ねた。

「ひまどころか、朝早くから喧嘩をした奴が三人ころげこんできてね。今ようやく応急処置で血止めをしたところだ」

「喧嘩？」

「そうだ」

「また喧嘩かね。商売繁盛で結構な話だ。俺は今日は喧嘩の取調べどころじゃない。津奈木村だ。頼みというのは、東京から電報がきているんだよ」

と勢良はいった。

「電報？」

「結城宗市の細君からだ、今日の四時の『霧島』で水潟へ着くらしい。署長宛にきているが、このとおり忙しいんだ。すまぬが会ってくれんか」

と勢良はいった。木田は即答した。

「よし、俺が迎えにゆこう。うちへつれてくるよ」

電話を切って、治療室へはいると、妙なことが起きていた。怪我をした若者のうちの一人で、静江に、三角巾で左腕を吊ってもらった二十一、二の小柄な男が急に叫んだのだ。

「しまった。財布がない。たしかにあの店を出るときにポケットを見たはずだがな」

二人が同音でいった。

「よく捜せよ。お前、来る途中で落としたんじゃないのか」

「おかしいな」

とまた小柄な男がいった。

外は明かるかった。道は白く光っている。小柄な若者は困ったような顔つきで玄関を出た。そこからあたりを捜すらしい。まぶしいような目つきで、若者は夜明けに歩いてきた道をうつむいて歩きだした。

「ここが突当たりだ。こっちからきたんだから、途中に落としたんだ。上着をひきずったからな」

若者のいうのがきこえた。二人の男は待合室の窓から、それを見ている。落とした男は小さくなるほど、道を向こうまで捜しに行ったが、やがて戻ってくるのが見えた。断念したらしい。

「ないらしいな。どんな財布だった」

と待合室の一人がいった。

「奴のは茶色だよ。汚ない古いやつだ。いくらはいっていたんだ」

若者は玄関へきてから落胆した顔つきを土手のほうへ向けた。と、そのとき急に大声でいった。

「あ、あすこにある！」

木田は見ていて、その声に何がなし救われた。二人の同僚もそのほうを見た。若者は土手を上がってゆく。青草の生えた傾斜を、尻をこちらに向けて登った。と、その途中でそれを拾ったらしかった。

「おかしいな。俺はここを通らなかったはずだ。この道はここで突き当たりだ」

若者はそういったが、しかし、うれしそうに財布を片手にもって走ってきた。

木田は微笑した。

若者たちが帰ると、木田は静江の耳へ言った。

「午後はすまぬが休診の札をぶら下げておいてくれ」

東京からきた結城宗市の妻郁子は、水潟駅のプラットホームに降りると、しばらく人混みの中で佇んでいた。この時刻は熊本へ出かけた婦女子が、戻ってくる時間でもあり、かなり『霧島』到着ホームは混雑した。しかし木田は前方の特二車両から降りた黒いスーツに灰色のボンネットをかむった貴婦人スタイルの郁子を見のがさなかった。木田はやがて郁子のスーツが上品なジャージーの細かい編み地に優雅な模様を浮かせているのをみとめた。皮膚のうすい、いくらか弱々しそうな顔だった。宗市のようにこの女も鼻梁が高かった。

「結城郁子さんじゃありませんか」

と木田は売店わきから近寄った。女はちょっと警戒する目つきで足を止めた。が、木田を見て、すぐ、

「結城でございます」

といった。その声は、どこか、人ずれしたような意外な感じを木田にあたえた。

「私は水潟警察の嘱託医をしている木田です。お迎えにきました」

結城郁子は、こころもち安堵の色を頬にうかべた。

木田は駅前に待たせておいた車に郁子をのせた。

「どこか宿が予約してありますか」

「夫の泊っていた奈良屋は遠うございますか」

と結城郁子はきいた。木田は山を越せばすぐですよ、と湯の子温泉のありかを教えた。

木田の家の応接間で、郁子はすわった。木田は、これまでの宗市についての捜査報告をかいつまんでしたあとで、今日も勢良警部補が、そのことで走りまわっていることを述べ、

「奥さんは宗市さんが東京を出るとき、栄次郎飴をもたせましたか」

と訊いた。郁子は瞬間、目もとを不審げにちょっと変えた。が、すぐ、

「いいえ」

といった。

「結城が何かそんなものを……」

「いや、お持たせにならなかったのなら結構ですよ。実は結城さんは東京で買ってきたらしい飴を、患者の少年にプレゼントしています」

「患者の？」

「はい、奇病の子供です。ところで、失礼ですが、奥さんは香水は何をお使いでしょうか」

と木田はぶっきらぼうにきいた。

「香水？　私は木犀が好きなのです」

と結城郁子はいった。

木田は鶏の足跡のような目尻のしわを一本にたたんで、

「そうですか、それでは、失礼ですが、宗市さんは女のお友だちはなかったでしょうね」

と訊いた。結城郁子は顔色を少しかえた。やや口もとをひきしまらせるような表情になって、木田を見た。

「いいえ、夫にはそんな浮いた話はありませんでした」

木田はつづけた。

「水潟市には宗市さんの知人は誰もありませんか、男の人でもですが」

「ございません」

「それでは、宗市さんは最初に水潟へきて、奈良屋に泊まりましたね。この温泉のことは東京で話していましたか」

「そうですね。結城は出発する前日、九州の地図を買ってきました。そして水潟近辺の地点を見ていて、♨がついている湯の子というのがある、ここへ泊まろうかな、といっていたことはおぼえております」

「それだけですね」

「はい」

と郁子はきっぱりいった。

「最後に訊ねますが、宗市さんのこのたびの旅行目的は奇病の記録にあったようですが、宗市さんはこの記録を、東京へ帰ってから、何かの雑誌だとか、研究誌へでも掲載するつもりでしたか」

「さあ、それは存じません。とにかく夫は三年ほど前から、まだ、水潟の奇病がこのように騒がれていないころから関心をもっておりました。そのことは、署長さんへの手紙にも書きましたが、ただ、もう、目でじかに見たかったのだと思います。東京で読まされる新聞や雑誌には工場と漁民との争いが中心になっていて、女の私でさえ、こわい病気らしい、ということはわかっても、それがどんな病気なのかわかりませんでした。結城はこちらへついたはがきにも、その病人をはじめてみた感激と驚きを書いておりました」

「よくわかりました。奥さん、それでは湯の子温泉まで送りましょう」

「結構です。私が一人でまいります」

といって結城郁子は辞去した。そのとき静江が、きれいなひとだな、という目つきで玄関の靴をそろえた。結城郁子は上品なかがみ腰をつくり、靴をはいた。と、そのとき、木田は彼女の髪が長く、淡い茶色の粉で染められているのを発見した。髪の根が黒く、上部だけが色がかわっていた。しかも、その髪の耳の上部に、黒い鬢止めが、落ちかかりそうな心もとなさで、あった。

木田は玄関でふりむいて会釈するとこの女と別れた。

結城郁子の顔を見たのは、これが最後になった。

そのころ、勢良警部補は津奈木村にいた。

津奈木村は前にもふれたように、近在ではわりとひらけた村である。水潟市から海岸沿いに北へ七キロ。水潟湾と少しちがった鍾乳洞型の入江が深く入りくんだ奥の平野にあった。平野といってもそれほど広くはないのだが、崖のある傾斜や、山の上に散在している漁民部落にくらべて、いくらか、水田もあり低地にあったというにすぎない。

この入江は近在でも漁業の中心であった。船置場も広かった。漁師の数も多いし、遠洋にでもゆける五、六十トン級の漁船もある。しかし、大半は沿岸漁業だから大きくても二トンぐらいである。しかし、その船置場は、閑散としていた。船は乾いていた。丸木舟は横向けに寝ていた。ひところのにぎやかな漁獲風景はみえない。この村もまた奇病の恐怖におそわれていたからである。

漁民が多いから、恐怖に対する動きもまた大きい。二日に起きた騒動の原動力は、津奈木村の漁民であったといわれる。これは同情できないこともなかった。この湾は水潟湾の隣りの湾である。ついにここまで奇病が蔓延してきているのだ。水潟湾にある漁民は東洋化成の占める市民が従来の顧客であった。すなわち丸島という水潟河口の市場が荷揚げ場所であった。ここで売られた魚はまず水潟市民の食膳をにぎわし、ついで他市へ流れた。ところが、津奈木村はあまり水潟市の恩恵には浴していない。彼らは昔から熊本や八代に向かって販路をのばした。ところが奇病が出たとなると熊本も八代も魚を買ってくれない。水潟もまたしかりである。その年の八月県南生魚仲買人組合は津奈木湾と水潟湾の一切締出しを決議していたのだ。東洋化成工場は最初、百間湾に排水したが、新排水口を北の方に設けたことはふれておいた。この影響が北部の津奈木の海に及んだのである。潮流は磯を洗ってめぐる。汚れた海水はそこだけに止まっていることを知らない。とくに不知火海は、地図を見てもわかるように、九州本島と天草列島に囲まれた内海である。鹿児島県下になっている黒瀬の戸という、蟹の爪をせばめたような狭い入口のほかには水のはけ口がない。潮流は水ひけのわるい鉢の中の壁面を回って外海へ出るわけだ。全海が奇病の危機にあるといっても誇張ではない。その証拠に、津奈木の崖の多い岸辺には、死にかけたぼらやちぬが泳いでいた。ぼらやちぬは元気のある魚である。いつもなら海の上をぴちぴちとはね泳いでいなければならない。その魚類が、腹をうかせ、よたよたと岸辺に寄っていた。魚たちは汚染した水を飲み、ドベに寄生したごかいをたべるために、完全な有害体となって浮いていたのである。この魚に漁師たちは見向きもしない。獲っても売れないどころか、病気にかかるからである。この魚を目ざすのは鳥であった。鳥たちは、南九州の山のどこかからか集まってきていて、津奈木と水潟の境界にある黒々とした広葉樹の森にいた。彼らは空を群れをなしてとび、海に浮いた魚を急襲するのである。水苔のついた岩や、洞窟に、はらわたをえぐられた尺余の魚が骨を出して死んでいた。鳥が食ったあとであった。それらはどの岩にも、どの磯にも見られた。

勢良警部補は、津奈木村の駐在所によった。村の中央部の四辻にある米屋の軒先が駐在所になっている。ここには宮内（みやうち）という巡査がいた。

「漁師仲間で誰かに船を貸したような者はいなかったかね」

勢良は事情を説明して訊いた。すると宮内巡査はすぐいった。

「背広をきた太った男と痩せた人でしょう。その人なら、浜の久太郎（きゅうたろう）に出入りしていましたな」

巡査は何かのときにそれを目撃したことを話した。

「ずんぐりした男だったかね」

「そうです。五十年配の」

勢良は元気づいて、久太郎の家の地図を訊いた。それは海沿いのいちばん北端であった。

「トタンぶきの小さい家ですよ。奇病で女房を死なせてから急に元気がなくなり、毎日ぶらぶらしていますよ」

「奇病で女房を亡くしたのか」

「今年の九月の末でしたよ」

と宮内はいった。

「なかなか男まさりの女で、久太郎は尻に敷かれていたようでしたが、その女房が死んでしまうと、急に抜け殻のようになったとです」

「おかしなものだな……」

と勢良警部補は、ほかのことを考えている目つきで宮内巡査をみた。

「とにかく行ってくるよ」

勢良は十分ほど浜づたいの小道を歩いて、久太郎の家を見つけ出した。小高くなった竹藪の下にその小屋のような家はあった。

勢良が訪ねると、久太郎は、ひと間しかない莚(むしろ)敷きの六畳にごろ寝していた。寝ぼけた顔で応対に出た。

「久太郎さん」

勢良は単刀直入にきいた。

「東京の博士たちはどこへいきなさったね」

瞬間、勢良は久太郎の黒ずんだ小造りな髭面に、さっと走る影を見た。

「いや、何もかもわかっとるんじゃ。そぎゃんな顔をせんでもよか」

勢良はかってに上がりばなに腰かけて、しかし目つきだけはするどく久太郎の顔に釘づけした。

「東京の博士かな。それはこっちが行先を知りたいと思っとりましたとです。どこへ行ったのか、船ば借りたまま見えなくなったとです」

と久太郎はいった。勢良富太郎は思わず腰が浮いた。

〈二人は船で逃げたのだ！〉

久太郎の家へ、浦野幸彦博士とその助手の錦織季夫と名のる人物が来たのは十月一日のことであった。

「黒谷さん」

と、どこで聞いてきたのか、年配のほうの博士は久太郎の姓を敬語でいった。

「しばらくのあいだあなたの船を貸していただきたいのです。実は私たちは、あなたがたの死活問題とつながっている奇病の原因を研究するために東京から来たものです。工場排水で汚染した海水を海上で分析するのです。病因究明は早急の課題です。これまでに水質試験の行なわれたことが一、二度あります。しかし、私たちは、もう少し詳しく調べてみたいのです。たとえば、恋路島付近と大崎岬といった具合に、沿岸のドベの層もちがっていると同様に、汚染度にはかなり差があると思います。これを徹底的に調査することは、あなたがたが今、東洋化成に要求しておられる漁業補償金の問題だとか、患者家族への慰労金の問題とか、種々の問題の重要な資料ともなることなのです」

博士は興奮した口調で喋った。それは教壇で生徒に演説するような調子でしたな、と久太郎は勢良にそのとき言った。

久太郎は博士の人相や助手の風采をみて安心した。しかし、久太郎はいった。

「油はありますか。どうせ船ばあそばせておるんじゃからな」

「油？」

と博士はいって、ちょっと黙った。が、すぐ歯ぐきの見える口を大きくあけて、

「油はありますよ。黒谷さん」

「誰が操縦するかね。わしを使うのかね」

と久太郎は訊ねた。

「いや、実は、黒谷さん、この助手の錦織が免状をもっております。そのために今回はわざわざこの男をつれてきているのです」

錦織季夫は一歩前へ出て、蒸気船の構造と操作について簡単に説明した。久太郎は、博士が手回しよくやっているのに感心した。

「貸し料はいくらくれるかね」

久太郎はかんじんのことを訊ねた。

「とりあえず、ここに十万円あげましょう。この金額はあなたが船を使って海で働かれるときの日当とみて計算してあります。しかし、お願いがあります。このことは誰にも喋らないでほしいのです。というのは、ご存じかもしれませんが、水質試験というものは、非常にむずかしい。工場側のデータでやるのと、独自の立場から、自分でバケツに泥土や海水を汲んでしらべるのとでは相当のひらきがあります。真実のことをしらべるには、誰の味方にもならないで、自分でやる必要があります。学者として、私はお頼みするのです」

博士のこの言葉は久太郎をおどろかせた。久太郎は黒久丸という自分の姓名の頭文字を取ってつけた二トンの蒸気船をもっていたのである。しかし、その黒久丸は、船置場に置きっぱなしてある。久太郎は働く気がしなかったのだ。奇病で沿岸漁業が不振になりはじめたころ、県漁連が失業対策として、対馬のいか釣りに船団を組んで出漁する資金や手はずをととのえてくれたことがある。漁師たちは、内海でしか獲らなかったので、外洋漁獲は素人といえたが、それでも小さな船に旗をたてて出かけたものだ。しかし久太郎はその仲間に加わらなかった。女房が生きていたら、対馬まで出かけたかもわからない。しかし、その女房は奇病で死んだ。久太郎はごろ寝してぼんやり海を眺めているだけであった。それが、今、あそばせてある船を貸しただけで十万円になる。久太郎は二つ返事で承諾した。

「博士は何日から借りたのか」

と、勢良警部補は怒ったような口調で訊いた。

「三日からですばい」

勢良は三日から七日までの日数を繰ってみた。五日間船を借りて海に出たわけになる。

「それで、八日はどうしたかね」

「八日の朝は、浜へ出ると船がありません。それっきり博士は帰って来ないとです」

久太郎は、博士の帰らないのは試験が長びいていると思っていた。十万円ももらったうえのことだし、黒瀬の戸や獅子島(ししじま)付近にまで水質試験にいくとなると、向こうで泊まったほうが便利でもある。そのことは博士も前置きしていた。博士は、何かのことで不便なことがあるといけないから、久太郎の漁業組合員証も貸してくれないかといったそうだ。久太郎は、どうせあそんでいるのだから、いいと思って貸した、と告げた。

「組合員証まで貸したのか」

勢良富太郎はじだんだを踏んだ。

翌日の新聞は、三面の下段の方に、次のような二つの記事を掲載している。
〈奇病を食う謎の二人組、津奈木村から船を詐取
去る一日、葦北郡津奈木村黒谷久太郎さん方に、東京北都大学教授と称する浦野幸彦、同助

手錦織季夫と名のる男が現われ、黒谷さんの持ち船黒久丸（二トン）を借用したいと申し入れてきた。黒谷さんは相手が風采もよく工学博士といううえに、しかも問題になっている水潟湾水域全般にわたる水質試験の下検分のためという理由なのを信用し、十万円で一ヵ月間の使用を許可した。ところが、二人組は七日まで浜に現われたが八日朝から杳として行方が知れず、二十二日の今日になっても音信はない。詐取されたことに気づいた黒谷さんは、同日来合わせた水潟署員に届け出たもの。病因の水質試験を理由とした点で、この種の犯罪は稀有といわれ、不況に苦しむ漁民や奇病患者の生命ともいうべき持ち船を詐取したことは人道的な問題だと世の批判をあびている。水潟署はただちに県警本部に連絡、本部は関係各警察、天草、鹿児島沖の海上保安庁巡視船にも無電連絡し、目下厳探中であるが、なにぶんとも時日が過ぎていることとて、まだ捕捉したという情報に接しない。水潟署では、二人が宿泊していたとみられる湯の子温泉宇津美荘を調べる一方、同船と酷似した船かあるいは五十すぎ鼠色背広の男と三十七、八と思われる痩せた助手を目撃したものは、至急届け出るよう管下いっせいに協力を要請した〉

〈保健医さん行方不明

去る七日、湯の子温泉奈良屋旅館に投宿中の東京都文京区富坂町二丁目十七番地、東京江戸山保健所医師結城宗市さん（37）は、宿を出たまま消息を絶った。十六日夫人の郁子さん

（28）から問合わせがあり、水潟署で捜査中であるが、結城さんの足取りは湯の子付近で消えたまま不明である。あるいは自殺したのではないかと、目下同署で捜索中である。ちなみに結城さんは、去る二日から水潟市にきて、近在の奇病患者を訪問、自身で記録調査中の出来事であった〉

新聞は、二つの事件を別々に取り扱った。ところが、この新聞で二名の目撃者が現われた。それは新聞による公開捜査が、この種の犯罪の検挙に役だつことを物語っていた。最初の目撃者は湯の子温泉の芸者蘭子であった。蘭子は熊本の繁華街上通り（かみどお）にあるバア『カナリヤ』に勤めていたが、新聞を見て、水潟署へ出頭したのである。蘭子は湯の子がさびれたので八日から意を決して家出していた。バア『カナリヤ』で働いて借金を返すつもりだった。だが、二人の潜伏者についての情報を自分だけで胸にしまっておくことができなかった。勢良警部補がこの蘭子の出頭に応対した。蘭子はいった。

「宇津美荘の化成のお客さまによばれて参りましたのは四日の夜でした。私と染七さんと二人です。十時すぎに染七さんと二人で帰ろうとしますと、女中さんが、お湯にはいってゆきなさいとすすめてくれます。お客さまは化成の人でしたが、たいへんしつこい人でした。部屋に室内風呂がありむりやりはいるようにいわれたのを断わってきた手前、女中さんにいわれてもちょっとはいる気がしません。ちょうど染七さんはその日は月のものでしたので、『蘭子さんだけはいりなさい』といいます。私は汗ばんでいたのでお湯を貰う気になりました。私は玄関で染七さんと別れ、一人で広い共同湯にはいりました。宇津美荘は崖のいちばん上にあります。よその旅館ですとお湯の窓から海が横にみえますが、宇津美荘だけは、まるで海の上にあがって空のお風呂にいるような気分になれるのです。私はうっとりしました。お酒がはいっていましたからいい気持ちでうとうとしました。とそこへ二人の男がはいってきたとです。一人は五十すぎの髭面で、ずんぐりしていて胸毛のあるお爺さんでした。もう一人は三十七、八のわりと好男子の人です。二人は私が湯にいるのを知らないで、着かえ所で大きな声で『北海道』とか『札幌』とかいっています。私は北海道のかたかなと思いました。北海道だったら、文字どおり北の端から南の端へきたんだな、と思ったので、よくおぼえているのです」

蘭子はそれだけ言うと、疲れたような顔つきでたばこを喫いだした。熊本へ行ってから無理な働きをしているらしい、と勢良は顔に艶のない蘭子を見て思った。

「それからどうしたかね」

勢良が訊ねた。

「あら、いやだ。それから、何もなかったとです。私は髭むじゃらの人はきらいです。それで、すぐ洗いもしないで出てきたとですばい」

と蘭子はいった。結局蘭子の情報は、この風呂場で会った二人組は偽博士たちに相違ないということと、何か北海道か札幌かに関連しているだろう、というだけのことなのであった。しかし、勢良は、貴重な情報だと思った。蘭子の協力に感謝した。

「君は、これから、また熊本へ帰るかね」

勢良は用事がすんだあとで訊ねた。

「帰るわ。湯の子にいたって、一文にもならないでしょ。お母さんのご飯をへらすばっかしだもン」

勢良はふと蘭子を見ていて木田の疑惑を思いだした。

「蘭子さん、あんた、奈良屋に泊まっていた結城という人を知らなかったかね」

「結城？」

蘭子はまったく知らないといった顔つきで答えた。ハンドバッグをもったとき、蘭子はたばこの灰をスカートに落とした。

それを払いながら、

「知らないわ。そんな人。どうかしたの」

と蘭子はいった。行方不明になった結城宗市の記事は読まなかったのであろう。彼女は船を詐取した二人組の記事だけ読んで飛んできたのだった。それはうなずけないことでもなかった。

蘭子が帰ると、勢良は木田にすぐ電話した。

「君の香水説もどうやら推理の行きすぎらしい。蘭子は知らんといった」

「蘭子が現われたのか」

木田の電話口でしている顔がわかるようであった。

「結城には関係はないようだ。しかし、宇津美荘でやっぱり風呂場が関係していた。この推理には敬服したよ」

勢良は蘭子の供述を説明したあとでいった。

「ところで、奈良屋に泊まっている結城宗市の奥さんはどうしたかね」

「知らないな。朝、電話をうけた。今日の四時に、『霧島』で帰りたいというのだ。勢良さんに会ったかと訊ねたら、会って話だけはしたというんだ。したんだろ」

「うん、三十分ばかりしただけだ。署長にも会ったよ。帰るというものならしかたがない。気の毒だが、早く捜してあげることだな」

と勢良はいった。すると木田が、

「君はあの夫人をどう思うかね」

と訊いた。

「どうって」

と勢良は反問した。木田はいった。

「白か黒かということだ」

「君の猜疑心には勝てんな。まだ香水にこだわっているのか」

勢良は笑いながら電話を切ろうとした。すると木田はいった。

「疑問の余地はあるぜ」

木田は結城宗市の失踪には何か背景があるようでしかたがないのだ。結城宗市は、個人で奇病の研究に来ていた。保健所の医師としてはよほどの勉強家といえないこともない。しかし、木田は奇病の原因は四日や五日の臨床探訪でわかったりするものではないことを知っていた。奇病に関心をもった東京の一医者が、わざわざ見学に来たのだ、と簡単に考えてみれば済むことなのだが、その医師が突然どこかへ消えたとなると問題は違ってくる。四日や五日の探訪でわかりもしない奇病を見てくるといって何か他の用事も宗市はかねていたのではあるまいか、と穿鑿(せんさく)したくなる。

そう思ってくると、木田は、宗市のあのひ弱そうな、鼻梁の高い、目の澄んだ、陰鬱な表情の裏に暗い影を見るのである。その影が、同じ色合いで、宇津美荘に宿泊した潜行者の二人にも投げられているとしたら、どういうことになるだろう。いや、たしかにそうなのだ。そこに何かがなければならない。そうでなければ、奈良屋を訪ねてきた、五十すぎの男と結城宗市の関係が鮮明になってこないのだ。

木田は治療室の窓から水潟川の鉄橋を『霧島』が走るのを見た。汽車は駅を出た直後に橋を渡るので、速度は緩慢である。結城郁子はあの車中にある。東京へ帰るのだろう。山襞へ煙を吐きながら小さくなる汽車を見ていて、木田は郁子と自分は、もう一度いつの日にか会うかもしれない気がした。

ところで、第二の目撃者は早栗(わさぐり)部落の木元又次(きもとまたじ)という漁師であった。この男は二十七歳で、まだ独身である。早栗というのは津奈木村と水潟市の中間にある小さな部落であった。津奈木湾が鍾乳洞のように入りくんでいるとすれば、その湾の南方の隅にさらに小さな鍾乳洞のような小湾がえぐれている。その湾に沿った傾斜地に二十戸たらずの漁師ばかりの家が散在していた。早栗はまた背後に深い山があった。村の名前があらわしているように、そこには栗の密生林があった。栗の密生林をさらに奥へ登ると鬱然とした原始林にちかい広葉樹がつづく。この中に一本だけ樵夫(きこり)が歩く山道が通っていた。この道は森の中を抜けたり崖へ出たりして、波濤の嚙む崖の上づたいに泊京(とまるきょう)という、さらに奥の部落に達する。ここで道は行き止まりになっていた。しかし、この泊京部落から岬を越せば、湯の子温泉の奈良屋の上に出たはずである。地図の上では、そこに道はなかった。

早栗の木元又次は七日の昼ごろ、泊京と早栗との中間の森の中で薪をつくっていた。その山は彼の持ち山ではなかった。しかし、ここは公有林であった。厳密にいうと、一荷の薪を取得しても、それは公共財産を盗んだことになるわけだった。しかし、近辺の漁師たちは大びらで薪つくりをしたのである。又次はそのときひと仕事したあとで、大杉の林の中からかすかに見えかくれする海の方を見ていた。と又次の視界に三人の人物が目にはいった。その地点は例の山道が泊京に抜ける崖の上に出る直前の曲がり角だった。背広を着た男と洋装の女性が混じって向こうへ歩いてゆくのだった。おかしいなと又次は思った。こんな道を泊京へぬけるのかな。それにしても、あの姿はたしかに都会人と見られる。女は灰色のコートを着ている。ネッカチーフを頭にまいている。紅いその布は風にたたかれてうしろへ結びめのはしをなびかせている。ふさふさした髪の毛が感じられるような背のたかい女だった。男の一人はわりに背が低かった。ずんぐりした背広姿だった。背広は鼠色だった。もう一人の男は紺色のシャツ姿のように見えた。又次は最近、泊京の部落から嫁をもらう話がもち上がっていた。そのためもあったが、又次は泊京の十二戸しかない漁師の顔をすべて暗記していたのである。その都会人たちは泊京へゆくのに違いないが、それは泊京以外の人たちであることは又次には断定できた。

木元又次はその翌日に新聞を見ていた。新聞記事は二人組と書いているが、あの時刻にあんな女づれの男を見たことは、ひょっとしたら何かの関連があるのではないか、と思ったのである。

木元又次の応対に出たのはやはり勢良警部補である。

「紺色のシャツを着ていたというんだな」

勢良は助手の錦織季夫が、紺色のカーディガンを着ていたという宇津美荘の女中の証言を思いだして訊いた。

「それは、こんなシャツじゃなかったかね」

勢良は自分のカーディガンをつまんでみせた。

「旦那、シャツじゃなかとですか」

と又次はいった。遠目だからシャツに見えたとしても不思議でない話である。

「女は、靴はどんなものをはいていたかね。ハイヒールか」

「それは見ませんでした。なんしろ遠いもんでわからんかったですばい」

又次の情報は重大であった。男たち二人はたしかに浦野幸彦と錦織季夫に相違ない風采である。浦野は鼠色の背広だったというが、これは裏をかえせばクリーム色のジャンパーになるのかもしれない。

勢良富太郎は木元又次を帰したあとで、木田医院へ飛んできた。

木田はその話を聞いて蒼白になった。

「女づれだな。それが犯人なんだ」

語気つよくそういうと、勢良にむかって、

「勢良君、俺は今日は患者がある。治療がすむのは、おそくなる。明朝一番に早栗と泊京を探ってみないか」

といった。

「よし、俺はあすジープを回すよ」

「ジープにオートバイを積んでくれ。山道はオートバイで二人乗りで走ったほうが楽だ」

勢良富太郎は黒ずんだ顔をひきしめて帰っていった。

勢良警部補が、木田医院を出て水潟署へ帰ったとき、署長の刈谷広助（ひろすけ）がいつになく真剣な顔つきで勢良を呼んだ。

「勢良君、ちょっとわしの部屋へきてくれ」

水潟署の署長室は二階の東南の角部屋にある。一方は水潟川の河口に通ずる水の流れが一望に見え、一方は低い街の屋根と、その向こうに巨大な軍艦のような化成工場が見渡せた。勢良がはいると、署長は、額ぶちにはまったような工場の遠景のある窓を背中にして、椅子をぎいーっと音だてて回した。

「今、県警本部の島本さんから電話があってね、君の担当している津奈木の船を詐取した二人組の件だが、大変な大物らしいことがわかった」

「大物？」

勢良は急に窓の外がかげったような気がした。署長の顔を睨んだ。

「東京の本庁の三課から全国に秘密手配をしていた旧軍閥系の大がかりな密輸組織の一味だというのだが、どうもその片割れ、と思われる男が先月はじめから、別府経由で宮崎か熊本へはいったらしいという情報があった」

「密輸組織？」

「合法的には、運送屋だとか会社員になりすまして、白昼堂々と市民生活をしている。いったん非合法組織で動きだすと、全員が旧軍組織の将校、下士官、兵といった秩序に戻って活動しだす。主として香港ルートだという話だ。全然、犯行の手がかりを残さない連中だそうだ」

「で、そいつは、津奈木に現われた浦野と錦織に年ごろも似ているわけですか」

と勢良は息を吸い込むように訊いた。

「一人だけ、年寄りのほうが似ているんだ」

「署長、そういえば、該当しますね。宇津美荘の主人の話によると、ずいぶん、その浦野という男は、落ちついた男で、図体も太っていて貫禄があったといいましたからね。そいつが上層部の将校じゃないですか」

「県警本部への指令によると、太古前重義（たこまえしげよし）という名前になっている。元関東軍の少将だったらしい。五十五歳というが、若く見えるという話だ。特徴としては、歯なみにジグザグがあって、笑うと歯ぐきが出る」

「署長！　歯ぐきですって」

勢良はいどみかかるような声をだした。

「津奈木の黒谷久太郎の証言によると、その男は歯ぐきを出して喋ったそうです」

「まちがいないな」

「まちがいありません。もう一人の、錦織と名のった男は、それでは、部下ですね」

「どうせその一味だ。あるいは、一味に買われた船員かもしれん」

「で、署長！　いつ本部へゆかれますか」

勢良は意気ごんできいた。

「あす、東京から捜査三課の来栖という警部が熊本へ直行してくるそうだ。境県警本部長から報告に来いという電話だから行かねばならん」

と署長はいってから頭を抱えた。

「ここのところ、わしはついておらんな。化成工場じゃ暴動をやられるし、そのうえ大物を取りにがしとる！　熊本で大目玉じゃよ」

勢良に向けた署長の顔は蒼白になっていた。

夕刻、勢良富太郎は、また木田医院を訪れた。彼は、木田に、署長から呼ばれたいきさつを話した。そのあとで、

「あんたのいう、森をつくった一味は、ずいぶん頭がいい」

「旧軍人関係とは意外な一味だな。しかし水質試験というのはたしかに盲点だよ。しかしね」

と木田は考える目つきをして言った。

「不思議なことがここにある。なぜ彼らが、三日の日に黒久丸を借りていて、すぐ外洋へ飛ばなかったかということだ」

勢良が耳をたてた。

「三日から七日まで、湾に出ていたと久太郎も、宇津美荘でもいった」

「朝、九時に出て、五時に宿へ帰っているね」

「それは、水質試験らしいことを証拠だてるためだったのじゃないのかな」

と勢良はいった。

「水質試験の目的は船を借りるためだったろう。漁業組合員証も借りられれば都合がいい。外洋で訊問された場合、水潟奇病で余儀なく無理な出漁をしているんだといえば大目にみられるからな。しかし、その船と組合員証は一日に手に入れているじゃないか。それなのにすぐ外洋へ飛ばないで、五日間の日数を海へ出て何をしていたのかな」

と木田は気味のわるいといったような目つきをした。

「不思議な話だ」

「海に何か用事があったはずだ」

「死んだ海に何があるのか」

「島だよ」

「獅子島か。まさか、天草へ行ったのじゃあるまいな」

「島に用事がなかったら、誰かの指令を待っていた。宇津美荘でね」

「なにっ」

勢良の目がぎょろりと光った。

「その指令とは何か」

「わからない。東京の一味の首領からのレポかもしれん。それをことづかってきたのは結城宗市だよ」

木田は事件の深部を見つめる目つきをつくって、しだいに語気をつよめてつづけた。

「結城宗市は奇病の視察と、もう一つの用件をもって水潟に現われているわけだ。しかも女といっしょにね」

「結城が、女といっしょに、しかも連絡員だったというのか」

「そうでなければ、俺の推理のつじつまがあわない。結城は任務を終わった。女も終わった。任務はレポを宇津美荘へ届ける仕事だったのだよ」

「しかし、宇津美荘では誰も来なかったといったじゃないか」

「そうでなければ、どこかで会って渡している。女か、それとも結城かがね……」

「ノートかい、それは」

「さあ、それはわからん。しかしだな、任務が終わったときに結城宗市は殺されたのだよ」

勢良は木田の推理に固唾(かたず)を呑んで聞き入った。木田はそこでぽつりといった。

「その死体が、湯の子から消えている。勢良君、俺はかならず結城宗市を発見してみせるよ。それはどこかに匿されているのだ……」

水潟警察署は、二人の潜行者について本格的な捜査に乗りだした。勢良富太郎を中心にして係官が八方に飛んだ。その結果、木元又次の目撃した女づれの男二名に関する情報は確かなものになり、もう一人の目撃者もいることがわかった。それは泊京部落の漁師で岩見金蔵(いわみきんぞう)といい、七日の正午ごろ、女をつれた二人が部落の北端の崖の道をおりるのを見たというのであった。その証言でまた、二人は浦野と錦織らしいことも濃くなった。ところが、連れの女がどこから現われて、どこへ消えたのか、という点になると、かいもくわからない。当局はあらゆる手がかりを求めて聞き込んだが、不明であった。こういう場合、まず水潟駅の改札員の記憶が重視されるのが普通である。しかし水潟駅は最近東京からの下車客が相当あった。化成工場が耐火煉瓦の工場新設のために技術家の社員やその家族をよんでいて、出入りも激しくなっていたし、駅員は、その中からどの切符がその女のであったかなどと十六、七日も以前のことを訊かれても要領を得なかった。注意してみていたわけではないのである。また津奈木の駅も、あるいはディーゼルカーを利用して下車したとも思われたので、調べたが耳よりな該当者はなかった。

ところが、数日後不思議なことが起きたのだった。それは勢良警部補が、東京の結城郁子にあてて、その後の結城宗市の行方について捜査経過を報告するつもりで書いた手紙が返送されてきたことであった。勢良は『東京都文京区富坂二丁目十七番地』へたしかに封書を出している。しかしその手紙は『当所に同名義人の居住なし』という欄に朱線をひいて差し戻されてきたのであった。

「俺は親切心で報告をかいたのだが、おかしなこともあるもんだな」

と勢良はそのことを木田に報告にきた。これを聞いた木田民平の顔は急にゆがんだ。

「結城郁子の行方を至急手配しろっ、おくれたら大変だぞ」

と木田は大声でどなったのである。けんまくがあまり荒らいので、勢良は奥へひっこんだ目をぎろりと動かした。

「それは、どういう意味だね」

「意味は二つあるんだ。その一つは結城郁子の身辺に危険がふりかかるかもしれないということだ。それともう一つは、逆に結城郁子が何かの秘密を握っているかもしれない、ということだ」

「郁子が一味につながっているとでもいうのかね」

「それはありうると思う」

「しかし、その推理はおかしいじゃないか。郁子が最初に宗市の消息を捜してくれと依頼してきたのだぜ」

と勢良は反問した。

「あたりまえじゃないか。宗市は夫だぞ。夫が失踪した事実は奈良屋からやがて世間に知れる。そのとき、東京の留守宅で知らん顔でいる女房はかえって怪しまれるよ。郁子はころあいを見はからって投書してきたのだ」

「えっ、なるほど、二週間近い後だからな」

と勢良は考えた。

「この二週間近い日数には重大な意味があるんだよ。浦野幸彦と錦織季夫の逃亡が成功する手ごろの日数でもあるし、証拠も完全に湮滅（いんめつ）されたころだ」

勢良は聞いていて蒼い顔になってきた。唇がふるえた。彼は署長にまだ、結城宗市の失踪とこの潜行者たちとのつながりに対する疑惑は報告していない。これは推理好きの木田の想像として受け流してきた感がないでもなかったのだ。が、今、勢良富太郎は木田の推理に肯じるものを持ったのだった。一文字にした口もとをふるわせている勢良をみて、木田はまた大声でいった。

「早く東京の富坂署へ急報するんだっ、君」

拝復、お問合わせの件について報告します。当署管轄の表記に居住していた結城宗市の妻郁子は、十月二十四日に移転しました。貴署からの書信を最初に受けました十九日には、郁子はまだ表記にいて、当署係官と話したのですが、二十四日に家を出たまま行先は不明です。当署は都内各署に連絡して、郁子の行方を探索中ですが、現在依然として不明であります。住所は当署より約五分の地で、杉森敏之助という退職官吏が二階の八畳を結城夫妻に貸していたのですが、二十四日、郁子はふたたび九州へ行かねばならなくなった、と告げて、部屋の調度品を古道具屋に売り、トランク一個を持ったまま去ったということです。郁子の言葉を信ずるとすれば、ふたたび貴地へ向かったのではないかと思います。当署はいちおう江戸山保健所に行き、同保宗市氏の勤務中のことなど訊くとともに、郁子からの連絡がなかったかを訊いたところ、同保健所はなんらの報らせも受けていませんでした。そのうえ、不思議なことに、宗市氏は保健所に、九州出張以来、なんらの通信もしておらず、保健所としては困惑している模様でした。また、その節、宗市氏と結城郁子との家庭生活について、詳知している同僚を捜しましたが、宗市氏はあまり家庭のことを他人に話さない性質で、ただ郁子夫人は元陸軍中将の娘であり、終戦後早々佐世保(させぼ)に引き揚げてきた模様であること、宗市氏との結婚は三年前で、住所の富坂二丁目へは約七ヵ月前に越してきた、ということだけ判明しました。富坂以前の住所は、大森のアパートとあとでわかったので、係官を派遣し調査しましたが、ここは管理人が変わっていて、すでに当時の夫婦の状況を知っている者はありません。まったく八方ふさがりの状態から、とにかく知人の話など総合して次の諸点を知ることができたぐらいです。

結城宗市氏は東京大学医学部の卒業で、かつて陸軍士官学校を卒業、終戦直後、東京大学に入学するの便法を得て医学部にはいり、神経科を専攻した模様です。しかし彼には友人関係は少なく、彼の郷里は福井県の敦賀(つるが)市とわかるだけで、郷里では、両親はなく、孤児同様の幼少時代を送っていたのを、叔父に助けられ、上級学校へ進級した模様です。成人してどこから官立大学にはいる学資を入手したかは不明であることなど、少数の友人が話してくれました。保健所では無口なほうで、まじめな勤務ぶりだったということです。自殺するようなことは考えられないといっておりました。また、今回の水潟視察は本人の個人的要求でなされたもので、一日に一年間の休暇届が出ております。

また結城郁子については、宗市氏と結婚する直前まで、新宿のバアにいたとか、あるいは銀座のキャバレーにいたとかいう話もあり、郁子は宗市氏の行方不明を知って、生活上の考慮もあり、昔日のそういう勤めに戻ったのではないかとも考えられます。しかしながら、東京には、何万人というその種類の職業女性が在住しており、大東京で結城郁子をつきとめることは、今や一本の針を捜すに似た感があります。

しかしながら、当署は、追跡の手を一日も休めず、調査を進めてゆく所存です。とりあえず報告しましたが、何かの情報を得しだい、また急報することにします。

富坂警察署

警部　大里実男

「これは、どういうことになるのか」

勢良警部補は、この手紙を木田民平に持参してきて見せた。木田は読み終わると言った。

「結城郁子は浦野幸彦の一味と見ていいな。早栗の崖の上で見た女づれは、ひょっとするとこの郁子の変装だ」

「とすると、どういう結びつきなのか」

「それはわからん。捜査三課の追っている太古前重義と結城郁子。これは太い綱でむすばれている予感がする。どちらも関東軍が背景じゃないか」

「しかし、太い綱があったとしても、夫の宗市の行方不明は俺にはどうしてものみこめない」

「郁子は七日ごろに、かならずこの水潟へ来ているはずだ」

「それにしても、郁子は、そんな悪い女にみえなかったよ。宗市の行方を捜していたのだと思うね」

「俺もそうとは思った。しかし、疑惑だけはあるな。また、湯の子の土地勘だけは、誰かがすでにもっていなければならん。そうでないかぎり、あの水質試験の詭計はできない……」

「郁子が夫を失踪させたか、あるいは殺したか、その一味の幇助(ほうじょ)をしたというのは……どう考えても、奇怪な話だ」

「奇怪なことはいっぱいあるよ。そのことは水潟の奇病にだっていえるんだ。犯人が誰かわからないのに、ばたばたと大勢の人が死に、また今日も死にかけているじゃないか。要するに、ここでくじけて捨てちゃいかんということだ。いいか、君とぼくが、いま、結城宗市の捜索を打ち切ったら、誰がやるだろう」

木田は勢良の顔をはれぼったい目で睨みながらつづけた。

「だが、問題は俺が医者だということだ。こうしている間に、待合室には喧嘩で怪我をしたり、車にはねられたりした人間がかつぎこまれてきているということだ。俺は治療する役目だが、勢良君、あんたはそういうことが起きんようにつとめる役なんだぜ」

　木田はそういうと笑った。このいくらか杓子定規にきこえる木田の言葉を、勢良は微笑して聞いていた。彼は待合室の患者をみながら医院を出て署へ向かった。木田はゆっくりカルテを見ながら、静江に次の患者を呼んでこいといいつけた。

　どうして、この水潟市は怪我人が多いのだろう。狭い道路をトラックが通りすぎるせいもある。一日に三、四人はかならず怪我人がくる。そのときも、治療室にはいってきた若者は、トラックからふり落とされた炭屋の店員であった。彼はタドンの俵の下敷きになったのだ。左腕にかなりひどい擦り傷を負っていた。

「トラックの上に乗っていたのか」

「はい」

「痛いだろ」

「痛かなか」

　と若者は治療のあいだじゅう歯を食いしばっている。妻の静江が治療のあとで包帯をする。木田は若者の三角巾を見ていて、つい先日、喧嘩くずれの三人を治療した日のことを思いだしていた。あの元気な米の津の若者たちは、それからどうしたろう。財布を落としたという二十一、二の男が土手の青草を登っていく真剣な顔つきがおかしかった。

いま、その土手が昏(く)れなずんだ空の下に見える。桜が等間隔に土手の上に植わっている。そこを白いまだらの腹をみせトラックが三台河口に向かって驀進(ばくしん)してゆく。ときどき土埃がたつ。木田はかるい疲労感とけだるいものを感じた。と、木田の目がそのとき、急に光った。

「この道は通らなかった。こんなところになぜ財布が落ちていたのか」

と、あの若者はいったではないか。

人間は落とし物をした場合かならず来た道を戻るものである。落としたのは歩いてきた途中だと思いやすい。しかし、落としたと気づいたその地点で、瞬間に落としていた場合、財布が前方に転げることだってある。気づいたらその地点から前方に品物があるということは知らない、誰だってうしろをふり返る。ない。慌てる。そして元の道へどんどん戻るのだ……。

木田はこの発見に雀躍(じゃくやく)した。

あの袋のような湯の子から水潟へくる途中ばかりに気を取られていた。袋の中で消えたものを、袋から出る道と、出たにちがいないという想像にだけ気を取られ、袋の奥にかくれているということに気づかなかったのではないか。あの湯の子の前方はどこになるのだろう。

木田は電話に走った。奈良屋旅館を呼び出した。出たのは主人であった。

「湯の子のあなたの宿は北の端になって、あそこはあなたの土地で行き止まりになっていましたね」

と木田は性急に訊ねた。

「はい、観音さんの祠(ほこら)がまつってあります。山になっとります」

と主人は変なことを訊ねる人だといったひびきをこめてこたえた。

「そこはもう北の方角へぬけられませんか。つまり泊京の部落のほうですが」

「泊京は地図では隣り部落ですが、あれは津奈木から来る山道の終点ですよ」

「すると、向こう側の終点と、湯の子の終点とは観音さまの祠の岩で切れているのですね」

「岩だけでなく崖になっとりまして、奥はまだ山ですたい」

「その山へはどうしてゆきますか」

「観音さんの岩にトンネルがございます」

「トンネル？」

木田は目を光らし、耳をひらいた。

「人間ばようやく通れるようなこまかな穴の抜け道がありますとです」

木田は愕然として電話を切った。

〈湯の子から、バスにも乗らないで、津奈木へぬける道があった。……泊京、早栗を通って樵夫の通る道がついていたのだ……〉

保健医結城宗市の白骨死体を発見したのは、木田民平と勢良警部補の二人である。結城宗市の死体は、泊京部落と湯の子部落の観音山の崖との中間にある森の中に捨てられていた。

十月二十九日の朝、湯の子でジープを捨てた木田民平と勢良富太郎は、朝靄（あさもや）にかすむ不知火海を右手に見ながら、崖ぞいに観音の祠のある地点に到達し、そこから迂回して細いトンネルをぬけた。なるほど、そこは岩石というよりも、堅い層土の地点を選んで鑿岩（さくがん）したものらしい。眺めは森がすぐ上部にあるので青（あお）の洞門（どうもん）のようなうす暗い感じであるが、トンネルの距離は三十メートルぐらいしかなかった。人間が頭を下げてようやく通れるほどのものであった。しかし穴が曲がっているので奥は暗い。少しゆくと、前方に明かるい出口がみえた。冷たい水滴が木田と勢良の首すじをぬらした。

トンネルを出た二人は、やがて急傾斜の喬木林（きょうぼく）をのぼった。かすかであるが、そこに人の通った、草の倒れた道があったからである。百メートルほどゆくと、やや傾斜はゆるやかになり、道は茨や篠竹のからみつく湿土に変わった。前方に森があった。この森は、湯の子の方角からは観音の祠と崖にさえぎられて見えない個所なのである。

木田と勢良は山道を森に向かって進んだ。

と、急に、森を少しはいった地点にきたとき、勢良がう、う、う、と声をたてて釘づけになった。

前方に、何やら動くものがあったからである。それは黒いものが、数十となくかたまっていた、奇怪ならごめく物の集団であった。

「烏だっ」

勢良が叫んだ。木田も見つめた。うす暗い広葉樹林の底は遠くに白い海の線をほそく引いているだけで、そこまでの途中は、岩や石ころのある草藪で、雑然とした平坦地になっていた。そこに烏がむらがっていたのだ。

人間がきたことに驚いた烏は動きはじめた。黒いかたまりがくずれだした。と、その中の一羽がバタバタと大杉の枝にとんだ。木の上を見た。と、枝という枝に黒い烏が瘤（こぶ）のようにならんでうずくまっていた。しかし、どうしたものか、飛び上がった烏はバタッと首をたてて下に落ちた。そのまま動かなくなった。他の烏は地面の上をバタバタ歩いているだけである。勢良は石ころを投げた。

ゲガ、ゲガ、ゲガ、グガ

ゲガ、ゲガ、ゲガ、グガ

烏は妙な鳴声を発した。一羽が鳴き出すと他の烏がいっせいに鳴き出した。しかし、その声は普通のカアという声ではなかった。烏は奇病にかかっていた。言語障害をおこしていたのである。

「奇病の鳥だ」

木田は叫んだ。勢良がまた石を投げた。

鳥たちはたむろしていた場所からよたよたと歩きながら散りはじめた。羽の抜け落ちた鳥。胸からあばら骨が櫛のようにとび出た鳥。一羽はくるくると地べたで回転した。割箸のような足が、死んだ同僚の肉の細片につきささり、ゲガゲガ、と鳴きながら動けないでいる鳥もある。鳥たちはすでに飛ぶことはできなかった。死んだ海の魚を食った病鳥のなれの果てであった。

「もう少しはいってみよう」

そこらじゅうに死んだ鳥がころがっている道を木田と勢良は二十歩ほどすすんだ。と、そのときだった。二人とも、う、う、うっと声をあげて釘づけになった。目前に、無慚な死体があったからである。二人は背すじに水をあびた。

それは、もはや骸骨に近かった。地についた骨の裏側にだけ肉の細片が少しついていた。洋服はずたずたに破れていた。バンドの輪の通ったズボンが、かるく死体を絞ったかたちで下方へずり落ちていた。鳥が食いちらしたのである。頭蓋骨にくちばしをさし込み、そのまま死んでいる鳥があった。その鳥は腐爛していた。

頭蓋のころがっているわきに、一冊のノートが落ちていた。木田はそれをつまみあげた。

「水潟に起きたる原因不明の食中毒病を探訪するの記録」

と、その表紙には書かれてあった。

と、そのとき、死体の傍に落ちている何かたばこの吸殻らしいものを木田はみとめた。

「勢良君、これは他殺だっ。あの男はたばこを喫わなかった」

腹のわれかけた吸殻をつまみあげて、木田は勢良にみせていった。

「湯堂の崖の上で、結城宗市にたばこをすすめたことがある。あのとき、宗市は気弱くことわったんだ」


熊本県水潟市に県史上空前の惨状を物語る暴動が起きたのは、それから四日目であった。全国新聞は次のように報じている。


〈漁民水潟市で再度の暴挙、団交拒否に怒り爆発。警官と激突、百数十人の重軽傷者！

水潟奇病視察のため来水した国会調査団への陳情と、漁民総決起大会のため、一日早朝から水潟市に集まった不知火漁民約三千人は、正午過ぎ団交申入れが東洋化成工場側の拒否にあったことから、大会を取りやめて、工場に押しかけ、午後一時五十分と六時十五分からの二回にわたって工場内に乱入、施設や器材をたたきこわし、ついに出動した警官と激突、双方に百人以上の重軽傷者を出した。水潟病問題はついに流血の惨事を再度くり返したが、この不祥事は一般市民の強い批判をうながしている。
この朝、船団を組んで百間港に上陸した葦北、八代、天草など不知火海沿岸漁民は、午前十時過ぎ、プラカード、のぼりなどを押し立てて市中をデモ行進、市立病院前に押しかけて、来水中の国会議員団に陳情文を読みあげ「代議士さま、恐ろしい病気で死にかけている漁民を助けて下さい。どうか工場から汚ない毒の水が流れないように、さし止める工夫をして下さい」と絶叫しながら、ジグザグデモにはいり、気勢をあげた群集には、母を子を父を奇病に亡くした家族もまじり、前回デモで検挙された漁民八人が告訴された事実に激昂、急に興奮した集団は大会を取りやめて、東洋化成工場正門になだれ込んだものである。工場内事務所、守衛室、配電室等のガラス、器具、電子計算機などを、かたっぱしから漁民は棍棒で破砕、血を噴きあげた漁民の怒りは、絶頂に達した。今夕、ようやく応援警官の出動で鳴りをしずめた水潟市は、恐怖の夜にはいり、市立病院、市内各医院は負傷者の続出で騒乱をきわめている〉
その後、保健医結城宗市殺人犯人逮捕と、浦野幸彦、錦織季夫両名の捕捉されたという話はまだ聞かない。

真夏の葬列

松戸市矢切町に住む既製服外交員寺島伍助は、集金の途中、隣家の大工大貫長蔵のバイク事故死に遭遇する。追突したのは市川市真間山町の浦谷薬局の店員木内誠だったが、伍助はその刹那を見ていなかった。通夜の席上、長蔵の妻タネ子から、その日の長蔵の仕事場が浦谷薬局の横で、今日にかぎってカンナを取りに家に向かった途上の事故だったことが明かされる。

本作の舞台となる町や主人公の職業、隣家の大工の交通事故死や葬儀はいずれも、松戸で暮らした1957～59年ごろの水上の実体験が反映されている(『冬日の道』中央公論社、1970年3月)。

※

初出＝『日本』1960年7月号
初収単行本＝『うつぼの筐舟』(河出書房新社、1960年12月)。その後『盲目』(角川文庫、1963年10月)、『盲目』(東方社、1966年6月)、『檻を出る女』(春陽文庫、1967年6月)、『盲目』(廣済堂、1968年8月)に収録された。全集未収録。本文は初収単行本のものに拠った。

1

空梅雨の六月がすぎて七月にはいったが、一滴の雨もなかった。ラジオは、気象台設立以来の酷暑が襲うだろうと朝から報じている。

七月なかばの真昼の出来事であった。

千葉県の市川市から、松戸市にぬける十間道路のアスファルトの国道を、近くに住む既製服外交員の寺島伍助が、左手に黒い鞄をもち、右手に垢でそまった黄色いタオルをさげて、ときどき、年齢のわりにひどくはげ上がっている頭の汗をふきながら、重い足どりで歩いていた。

真昼の街道は白く光っている。荷物を満載したトラックが、熱でとろけたアスファルトにタイヤをめりこませるぺたぺたという音をたてて通りすぎた。目くらめくような陽の光が、街道の片側の屋根瓦をギラギラ輝かせている。埃で灰色になった杉皮ぶきの庇が、かわいて紙のようにそりかえっていた。

寺島伍助は、こんな日ぐらいはうちにいて、ゆっくり昼寝でもしていたかった、と思いながら歩いている。彼は、このところ仕事がいそがしくて歩きづくめだった。ひどく疲れていた。

彼は四十五歳である。既製服外交という仕事は、足を惜しんでいては商売にならない。東京の本社へ一日に一度、外交員出席簿にハンコを捺しに行く。あとは、自由に都内や近郊都市の工場、事業場を廻るのだった。そこの従業員に、月賦で既製服を売るのである。主として、契約の仕事が寺島伍助の担当だったが、勤務年数も長かったので、彼は集金も受けもたされていた。

伍助は、市川市と松戸市の地籍境いにある矢切町の、山を伐りくずしたあとにできた簡易住宅街に住んでいた。その日、伍助はおそく家を出て、常磐線松戸駅へ出るつもりで、バス停留所へ急いでいたのだ。午後二時に、日暮里のほうに集金に行く仕事があった。いくら暑くても行かねばならなかった。

彼は、ときどきなま温かいコールタールのふき出たアスファルトに、黒靴の底がくいこむのを不快に思いながら歩いていた。ひどい暑さだ。家を出るとき、シュミーズ一枚になってごろ寝していた妻の、眠そうな目で送り出した姿が頭をかすめた。

妻はこのところ、体に変調をきたしている。三度目の掻爬(そうは)のあとが思わしくなかったのである。暑さに弱いせいもあるのだが、タガのゆるんだ桶みたいにくずれ、肥った軀(からだ)の置き場のない六畳で一日じゅう寝ていた。

伍助は、その妻の連想をふっきると、汗でくさくなっている人造皮のベルトの腕時計を見た。一時三十分を示している。

街道に出ている者は誰もいなかった。どの家も戸をあけはなしているか、ふかく日除けテントを下ろしていて死んだように静かだった。少しの風もなかった。伍助の歩いて行く前方を、よろよろと一匹の大きな赤犬が横切った。トラックも、オートバイも通らない。静かな時間が街道に流れていた。伍助は黒鞄をもちかえ、赤犬が道をそれるのを見ていた。

バスの停留所は左側の崖の上にある。五十メートルほどの高さにせり上がっている地点にあった。しかし、そこは曲がっているので、まだ、伍助の視界にはなかった。崖のある片側は、埃で白っぽくなった草が一メートルほどの幅で細長く生えていた。崖はもともと、この街道をつくるための盛り土をした部分の傾斜なのであった。赤土や小石や瓦礫のまじった層がみえる。

伍助は、崖のほうを歩かずに、反対側の家の軒下を歩いていた。と、うしろから、パンパンパンという激しいバイクの音がきこえた。何げなく、伍助はふりかえった。大工の長さんだった。ひょろ長い顔に手拭の鉢巻をして、いつものように耳の上で横結びにしていた。ちょっと笑みをうかべて通りすぎた。

〈長さんは働き者だな……〉

伍助は「やあ」といって、長さんを見送った。同じ住宅街の隣家の大工である。隣りというだけでなく気心のいい男なので、伍助とは仲がよかった。二人共同で風呂場を建て、両家が使っている間柄であった。

長さんはいま、何もいわずに会釈しただけで通りすぎた。みるみる単車に乗った長さんの体は遠ざかる。

〈どこへ仕事に行っているんだろう、ずいぶんあの男は働き者だな……〉

と、そのとき、後方から一だんと大きいオートバイの音がきこえてくるのを伍助はきいた。盛り土した街道なので、すこし地面がゆれている。黒塗りのピカピカに光ったオートバイであった。うしろと前の荷台に、石鹸箱のような茶色い四角な箱を積んでいる。開襟シャツの胸をはだけた若者が、少し前のめりの恰好になってスピードを出していた。

伍助は、ギラギラ光る街道の地面から、ヤケにスピードを出して走る若者のオートバイを見送ると、ふと前方から目をそらした。

そのときだった。ギイッ、ギイッ、という金属のすれるような音がしたように思った。伍助は音のしたほうを見た。今しがた、スピードを出して走って行ったオートバイが、百メートルほど先で横倒しになるのがみえた。瞬間、若者がはねとばされ、白いハンケチをすてたように、道の真中にころがり落ちた。

〈すべったのかな……〉

伍助は立ちどまった。汗の玉の出る目をふいて先方をみつめた。

若者は倒れたまま、一分間ほどじっとしていた。やがて、ふらふらと立ち上がった。オートバイのそばに歩みよった。しばらく、草の生えている道ばたにしゃがみ込んでいるのがみえる。若者は、じっとそのままの姿勢で崖の下のほうを見ていた。

伍助は、オートバイから白い煙のようなものが上がるのがみえると、不安なものがかすめた。

〈何かあったのか……〉

彼の足は自然と早くなった。

現場に到着したとき、若者は、油と汗でどろどろになった手の甲で、顔の上のほうからふき出ている血をふきながら伍助にいった。

「あんた、見ていたでしょうね。あの人が、不意に右へ曲ろうとしたんですよ、こっちの道へね」

若者はそういうと、右に折れるT字型の道を指さした。はあ、はあ、大きく息をはずませ、やがて草の上にばたりと倒れた。

伍助はびっくりした。

〈俺は何も見なかったぞ……〉

伍助は崖のほうへずり落ち気味になっている草の生えたところに、鼻緒のふとい職人草履が血だらけになって落ちているのを見た。どきりとした。

〈長さんじゃないのか……〉

草の倒れたところから下をのぞいた。長さんの単車が、飴細工のようにひんまがり、崖の途中にひっかかっていた。十五メートルほどへだてた瓦礫の層の上である。白い腹をみせた蜥蜴（とかげ）のように、仰向けになって長さんが手をひろげていた。

「長さあん……」

伍助は、黒鞄を草っ原におくと大声で叫んだ。返事はなかった。

若者は草の中で目をつむり、蒼白になっている。この男も、どこかを打ったらしい。目つきがとろんとしていた。

伍助は、下のほうへ下りようとしたが、崖が険しくて下りきれなかった。

「長さあーん」

また呼んだ。返事はない。と、手をひろげていた長さんが、ぴくりと動いた。

〈生きているな、大丈夫だな……〉

伍助は、瞬間、安心した。草につかまりながら、二十メートルほど崖を下りたが、あとはどうしても下りられない。瓦礫の上に転んでいる長さんはものをいわない。伍助は、はらはらして長さんのほうをじっとみつめた。皁色の顔、額のあたりがいやに白ばんでいる。

「長さあん」

伍助は草につかまり、長さんの心もち横向きになった顔を遠目にみつめていた。下になったほうの耳の穴から、どす黒い血が条(すじ)になって流れている。その血は下の石を染めていた。鉢巻が輪になって、そばに飛んでいた。

〈死んだのか……〉

「長さあーん」

やはり、返事がなかった。薄目をあけた大工の顔は歪んでいる。伍助は、草むらの傾斜をあと戻りした。街道の上をトラックが速度を落して通りすぎた。

うつ伏した若者のほかには街道に人影はなかった。

2

大貫(おおぬき)長蔵は、仮死状態のまま、国府台(こうのだい)の病院に運ばれた。

既製服外交員、寺島伍助の急報で、松戸消防署から消防車がくりだした。手馴れた消防手が、崖下から二人がかりで大貫長蔵の体をかかえあげ、ロープをたらした。消防車の梯子の先に一人がつかまり、ロープをたくみにたぐりよせて長さんの体をようやく崖の上にひきあげた。毛布の敷いてある車上にのせると、超スピードで一キロほどはなれた市川よりの病院にかつぎ込んだ。二時五分頃だった。

一台しかない救急車が折悪しく出払っていたので、このような処置をとったわけだった。国府台病院の外科主任である清野医師は、病棟の個室のベッドに長蔵を収容しながら怒ったようにいった。

「頭底骨の付近で内出血を起しています。消防車で運んだのはいけませんでしたな。こういう場合は、動かすといかんのです。ひょっとしたら致命傷になりますな」

長蔵のベッドのそばには、寺島伍助と、例の追突した若者がいるだけだった。若者は額と肩先にかなりな傷を受けていたが、自分の衝きあたった相手が内出血で死にかけていると思うと、気が気でなかったとみえ、傷だらけの蒼ざめた顔をひきつらせて、伍助のうしろの木のベンチに心配げな面持ちで坐っていた。

医者は、二名の看護婦をつれてきた。長蔵の着ているシャツのボタンを静かにはずし、上半身の打撲箇所を点検しはじめた。

「肩先にも相当の骨折があるようだな」

と医者はいった。伍助が看護婦の間からのぞくと、筋肉のもりあがった職人らしい長蔵の肩が紫色にはれあがっている。

「先生、手もこんなに」

看護婦の一人が、血まみれになった長蔵のだらんとさげた右手をあげてみせた。

「そんなところは大したことはない」

医者はマスクをとり、耳の出血点を一分間ほどみつめていて、つぶやくようにいった。

「相当の出血だ」

医者が耳にさわると、長蔵は、う、う、う、とかすれたひくい呻きを発した。よごれた草色の顔が少しゆがんだ。黄色い歯が出た。

「意識がないようだ。正気なら、痛覚のためにとび上がるはずだ……ひどいことになったもんだ」

医者は、看護婦にともなくつぶやくようにいった。看護婦はてきぱきと傷口の消毒と包帯を終った。インキ瓶ほどあるアンプルが切られ、年輩の看護婦が注射針を長蔵のつやのない黒い尻をまくって、その肉の一部分をつまみあげ、手馴れた動作で薬液を注入した。医者は注射がすむと、長蔵の鼻先や口もとに自分の耳をあててみたり、胸もとに聴診器をあてて目をつむったりしていた。それから、どなるようにいった。

「吸入の用意をしろ」

大貫長蔵は昏酔状態をつづけていた。それは子供が深寝をしている状態と似ていた。ときどき、ガアー、ガアーと大きないびきをかいた。ベッドの棒にくくりつけられたボンベからゴム管が通され、そのゴム管がはずれないように長蔵の口と鼻との間に絆創膏ではりつけられた。管の端が片方の鼻の穴に突っ込まれた。

「耳の出血を止めることですよ。まず絶対安静が必要です」

伍助は、医者が廊下に出て皮スリッパを音たてて医務室に向かうとき、追いかけて行ってよびとめた。

「あの、先生、怪我人は、どういう按配でしょうか」

医者は蒼白い面長の顔を伍助に向け、事務的にいった。

「自信がありません、今日の夜がヤマでしょう。ヤマを持ちこせばしめたもんですがね、家のかたですか?」

「いいえ」

伍助は、仁丹の匂いのする医者の口もとを哀願するようにみつめた。

「家のかたをすぐ呼んできてあげて下さい」

消防夫たちが矢切町を通って松戸へ帰る途中、大貫長蔵の家に報らせてくれる時分だと伍助は思った。家の者といっても、細君のタネ子がいるだけだ。ミチコとヤスコは昼寝している時分だろう。五つの子と三つの子を家に置いて、びっくりして走ってくるだろうタネ子の顔が思いえがかれた。

〈子供はうちへあずけてくれればいいにな……〉

伍助はこのとき、また、自分の家の六畳で、ごろ寝している妻のシュミーズ一枚の姿をチラと思いうかべた。

「あのう」

そのとき、廊下と病室の境い目で伍助に声がかかった。追突した若者だった。

「あのう、この人は、どうでしょうか」

伍助は若者の背の高い蒼ざめた顔を見あげた。

「今夜あたりがヤマだ、危いだろうとはいうとられます。あんたが追突したんだ。あんたはどこの人かね」

「へえ」

若者は、伍助の言葉に反撥するような顔つきになった。

「手エをあげなかったですからな。右へ折れるときは手エをあげてもらわんとわかりません。

スピードを出しとったもんで、あッという間に……」

「あんたも投げ出されていたね」

「ええ、ここんとこを……」

若者はちょっと大げさに肩のうしろを手でさししめした。

「どこの人かね、市川かね」

伍助は血がすでにかわいている若者の顔をみつめ、難詰する口調になってきいた。

「へえ、薬屋です。市川の真間（まま）山の薬屋です」

「真間山の薬屋？」

「へえ、浦谷薬局で……」

「そこの店員さんかね」

「へえ」

「すぐ主人に相談して、きてもらうんだね。あんた、この人が死んだら大事（おおごと）や、殺人や」

伍助はそういうと、若者の顔が白ばむのをみとめた。

「すんません、お家のかたですか」

「いや、わしは近所の者や。通行人や、目撃者や」

伍助がそういったとき、病室のほうで、長蔵が何かいったような声をきいた。看護婦が一人枕もとについて、酸素吸入の加減を見とっている。長蔵が唸ったらしい。

「何か、本人がいいましたでしょうか」

伍助は走りよった。

「いいえ」

看護婦が事務的に答えた。

「よかったですよ、主任さんが清野博士でよかったですわ。今晩、清野先生はお泊まりです。先生がみておられるのですから、安心ですよ」

年輩のその看護婦は、長蔵の足のむれた靴下をぬがして白布をかけた。

「家のかたをよんで、見とってあげて下さいね。わたしは、一日に一人ぐらいは、衝突事故で怪我をした人を看護します。大貫さんの場合は、ずいぶんひどいようです。万一のことがあるといけません。早く家のかたをよんできてあげて下さい」

「万一？……」

伍助は絶句して、うしろにいる若者をまた睨んだ。

大工職の大貫長蔵は、それから三十分のちに息をひきとった。頭底骨折、内出血多量による死であった。

長蔵の妻タネ子が駈けつけてから、十分のちの死であった。寺島伍助は、タネ子と、その息をひきとる瞬間を見ていた。

長蔵はタネ子がきたときも、相かわらず大きないびきをかいて寝ていた。顔色はかつぎ込んだ時からくらべて、やや桃色にあからんだように思えた。その変化が、医者には好転したように見られたのである。酸素を吸いあげる力も激しくなり、ときどき、かすかではあるが、う、う、う、と声を発した。

「かわいそうに、何かおっしゃっていますね」

看護婦がいった。

「大貫さあーん」

看護婦は、長蔵の出血した耳に口をつけるようにして叫んだ。

「大貫さあーん」

タネ子は、部屋に入ったときから震えていた。三年前の流行のプリント生地でつくったワンピースをきていたが、裾の長めなその洋服は、いつもシュミーズ一枚でいるのを見ている伍助には寝巻のようにみえた。タネ子は氷枕の氷をベッド下の洗面器で砕きながら、シクシク泣いていた。

「大貫さあーん」

看護婦がまた叫んだ。長蔵は、う、う、う、となり、ピクリと頬の肉をうごかし、また、すやすや寝入った。

「意識がないのですね、何かおっしゃりたいでしょうに」

看護婦はそういうと、タネ子から氷枕をもらって取りかえた。

異変は三分のちにきた。長蔵は大きく息を吸いはじめた。ボンベの水玉がぷくぷくと乱れだした。看護婦が医務室に走った。清野主任が手ぶらで駈けつけてきた。

「あんたア」

タネ子がそばによって、ベッドの端をつかんで叫んでいた。

「無理でしたよ、消防車が相当ゆれた上に、ひどい内出血だったから……」

医者はそういうと、タネ子の汗の出た顔に、乱れた髪がひっついているのを憐れげにみつめた。

「奥さんですか。お気の毒です」

医者は、長蔵のだらんと力なく胸の上においた手首をにぎって、すぐ胸の上にゆっくり置きなおした。長蔵は、ごくりと大きく咽喉をならしてこと切れた。

薄目をひらいていた長蔵は力なく息をひきとった。窓の外の花壇にある大きなカンナの花に、むらがっていた蜜蜂がとび散っている。午後二時五十分だった。

3

「あんたが、たった一人の目撃者ですからね。あんたの証言ひとつで、大貫さんの家族が生きるか死ぬかの瀬戸際になりますよ」

向こう隣りの運転手の米山民吉がいった。ずいぶん大げさなことをいうな、と伍助は思いながら聞いている。

「とにかく、わたしらが、会社の車を運転していて人を轢いたとします。すると、死んだ場合は会社が三十万円出しますからな」

米山はランニングシャツ一枚で、ふとった腹を撫でていう。

「三十万円？　たった、それだけですか」

わきにいた隣組の小学校の教頭がいった。

「三十万円ぽっちで、長蔵さんの命がかえられるもんですかね。ミチコちゃんも、ヤスコちゃんも、まだねんねだし、奥さんがこれからどうして食べてゆきますかね。わたしらの家もそのとおりだが、大黒柱にぽっくり逝かれちゃったんだから、せめて百万ぐらいは出してもらわんと……」

「わたしも、そう思いますね」

伍助はぽつりといった。

「まったく、人の命は金にかえられませんからなあ」

「しかし……」

運転手の米山が下ぶくれのした顔をあらためた。

「相手の薬局の店員の話ですと、どうやら、五分五分らしいですよ。あんた、新聞みましたかね、夕刊ですよ」

「もう出てましたか」

「出とりましたよ。浦谷薬局の店員の前方不注意と、スピードの出し過ぎだと警察はみとめたようですね。しかし問題は、長さんが不意にあの曲り角で、畑中の道へ入りこもうとしてハンドルをきったらしいんですよ。店員は追い越しのサイレンを鳴らしたといっています。店員の話によると、長さんは、ちょっとうしろを見たそうです。店員は安心してスピードを出した。と、急に長さんは手をあげないで道路を横切ろうとした。それで、うしろからモロに衝突したっちゅうわけですな。あんた、長さんのは自転車にとりつけたバイクですし、薬局のは二五〇ccです。こいつが速力を出してやってきたんじゃ、ひとたまりもありませんや。長さんは、はねとばされ、崖の下へモロに墜落したってわけですな」

「それは、そのとおりらしいです。しかし、わたしは、その瞬間を見なかったんですよ」

伍助は、しょぼんとした目を光らせていった。

「はじめ、長さんが私を追いこして行きましたよ。そのとき、虫が知らせたのか、ちょっと会釈しましたよ。やあ、と私のほうもいったんです。とにかく、今日は暑い日でしてね、頭がくらくらするほど道は焼けてました。長さんの姿が小さくなるころに、二分間ほどたっていましたかな、うしろから、黒のオートバイが超スピードで走ってきました。見ると若い男で、シャツの胸をはだけています。ギイッ、ギイッと音がして、私が前方を見たときには、そのオートバイが横倒しになっていました。店員がひきずられて、道のまんなかにころころ転がるのがみえました」

「そのとき、長さんは?」

教頭は、チョボ髭にさわりながら目をまるくしてきいた。

「もう、下へ墜ちてたんですよ」

「すると、寺島さん、あんたは、衝突の瞬間に長さんが手をあげたかどうかは、見ていなかったんですね」

「見ていません」

伍助はすまなそうにいった。米山がその伍助の顔を見て、

「困ったことだな。もし、店員の意見がとおったとすると、違犯は双方にあって五分五分ということになりかねませんぜ。三十万はおろか、一時金の見舞いでチョンですよ」

「そんな馬鹿な」

教頭は、油ぎった顔をつき出すようにしている米山をみつめた。

「だから、寺島さんに頼むんですよ。警察へ行って、長さんは、あのとき、たしかに手をあげた、その手をたしかに見たと証言して下さればいいんです。店員のいうことはすぐくつがえされますよ。何しろ、寺島さん、あんた以外には目撃者はいないんだから」

「それも、そうだが……」

教頭は、またチョボ髭に手をあてた。

「現場検証は警察でやったでしょうか」

米山がこたえた。

「やっとりました。松戸署から三人巡査がきましてね、主任らしいのが、白墨で道の上に何か線をひいて、メートル尺ではかってましたよ。二時間ぐらいかかって検証を終ったようでした。何しろ、昼ひなかだというのに、そのとき、反対側の商店街や住宅で誰も見とったものはいなかったんだから妙ですよ」

「おかしな話だな。誰か見とったっていいはずだが」

と教頭がいった。

「肉屋のかみさんが外へ出たときは、すでに消防車の音がしていたそうです。何しろ、暑かったから、誰一人外に出ていなかった、みんな昼寝しとったといいます」

「昼寝かどうかは知らんが、とにかくあの時刻は、先生、この街道に犬一匹しか通らん魔の刻でしたよ」

「魔の刻？」

教頭はチョボ髭から手をはなして伍助を見た。

「うまいことをいいますな、あんた。なるほど、そんな時間だったかもしれん。まあ、よく相談して、何とかあとにのこった奥さんとお子さんのことを考えてあげにゃいかん」

「まったくだ、あんた。タネ子さんは長さんの親戚へ電報を打ったかな」

「親戚は一人だけらしいです。今日のひる、打ったらしいですよ」

「タネ子さんはどうしています」

「いま、棺桶のそばで花を飾っとりましたよ。腐るといかんいうて、わたしが、棺の中へビニールに包んだ氷を入れたんですが」

と米山はいった。

夏のおそい陽が、高台のこの団地をあかね色に染めている。

「それでは……」

と教頭はいった。

「今晩、お通夜にみなさんと集まって、いいように相談しようじゃないですか」

「賛成ですな。なんとか三十万円はもらってあげにゃならん」

と米山がいきまいた。

「そら、そうですな」

三人の路傍会談は一応打ちきられた。伍助は朽ちかけた竹の門を入った。自家の玄関の戸をあけると、三畳と六畳のあいだの薄明りの中に、シュミーズの上に皺くちゃのスカートをつけた妻のふとった尻がみえた。

「あんた?」

「俺だよ」

「タネ子さんがね、今晩茶碗を貸してくれといったので、貸したげましたよ。それから、ミチコちゃんとヤスコちゃんは今晩うちであずかります」

食膳に魚の干物の焼いたのがならんでいる。ミチコとヤスコが箸をもって睨んでいた。

「俺もすぐ通夜に行くよ」

伍助はぽつりといい、畳の上に膝を下ろした。ふと、今日のひる、病院で死んだ長さんの足の靴下をぬがした看護婦の白い手がうかんだ。

「ひでえ死にかただった。それにしてもな、人間の寿命なんてものはわからんもんだ。俺だって、いつ、ぽっくり自動車にハネられるかわかったもんじゃない」

「縁起のわるいことをいわないで下さいよ、あんた」

タネ子は台所で金切声をあげた。ミチコとヤスコが食膳をたたいた。まだ父親の死を知らされていないのだった。

「おばちゃん、早よ御飯にしてエ」

4

通夜に集まったのは、隣組から教頭の稲田、運転手の米山、電気会社社員の滝川、メリヤス会社員の佐野、それに寺島伍助の五人である。長蔵の家は六畳ひと間につけ足した半間の玄関しかないので、棺桶が奥のほうの壁ぎわに陣取ってしまうと、にわかづくりの焼香台やら花筒などが相当の場所をとった。通夜の客は一畳に四人ほどの窮屈な坐り方になるしかなかった。

佐野の細君が、ありあわせの精進料理と焼きするめをつくって畳の上の皿にのせると、それでもタネ子は一升瓶の二級酒を用意していて、冷やのまま一同の前にさし出した。彼女は病院では泣いていたが、通夜のころは、普段の下ぶくれした丸ぽちゃの白い顔つきにもどっていた。

「長さんもなんだな、運のわるい人だった。酒も呑まず、タバコもすわずに死んでしもうた……」

と、佐野がいった。

「うちの風呂場をなおしてもらったのが仕事の最後になったが、ひと口も酒はいけなんだな」

「あの人は精の出る人じゃった。そこらじゅうを、仕事して歩いていた。奥さんは、長さんの仕事先をみんなおぼえとるかね」

「わたしですか、それが……」

タネ子は棺桶を見ながら半泣きになっていった。

「どこにどれだけ仕事をしていたか、どこにどれだけ貰い分があるか、さっぱりわかりませんのです」

「タネ子さん、しっかりせんとあかんよ」

教頭がいった。

「これまで仕事しとったところを、よく職人仲間にきいてな、請求書を出して、貰うものは貰わんとあかんぜ。あんたは、これから、小さい子を二人養うていかんならんのじゃからな」

「はい、よろしくおたのみ申します。みなさんに、たいへん御厄介をおかけします」

タネ子は畳の上に手をつき、病院のときと同じ泣き顔になった。教頭がつづけた。

「ところで、わしらは夕方話し合うていたことじゃが、タネ子さん、なんとかしてわしらは薬局から、慰謝料をもろうてやろうと思うとるんじゃ。わしらが代表で行ったげるつもりじゃが、長さんがもし、貯金でもして少し金をもっとるようなら、そんなことは秘密にしておいたほうがええな。明日から喰うに困りますと、ただ、もうひどい目に会っとりますと泣き一点ばりで頼んだほうがええと思うが、どうじゃろうか」

「それはそうですね」

メリヤス商の佐野がひょろ長い顔で、するめの足を口にくわえていった。

「とにかく暮らしに困るといってやったほうがいいですよ。法律的にいっても、慰謝料はもらえるんじゃないですか、あきらかに薬局の店員のほうがわるいようですな」

「ところが、そうはいかないんだ、佐野さん」

米山が口をはさんだ。

「長さんが、あのとき、崖の北側の畑中へ出る道を右に入ろうとして、手をあげずに曲ったという事実があるそうです」

「その事実を誰が見たのですか」

「さあ、店員がそれを主張するわけです」

「しかし、ほかに誰も見たものはないんでしょう。手をあげたかあげなかったか、知っているのは死んだ長さんだけですよ。長さんは死んだからものをいわない、店員はそれをいいことにして、自分に都合のよいようにいうことができますね。そんなことを警察は一方的に信用しますかね」

「さあ、そこですよ。もう一人、目撃者が出てくればいいんですがね」

米山はそのとき、だまって酒の入った湯呑みを口にあてている伍助を見た。伍助は困っていた。

〈自分は、長さんが手をあげた瞬間を見ていない。気づいたときには、長さんは崖の下に落ちたあとだった。しかし、誰も見ていないのだから、自分がたしかに手をあげたのを見たといってもいいわけだ。そのことが、長さんの家に三十万円かそれ以上の金を落とすことになるのなら、いうたっていいことだ……しかし、俺は見ていない。だいいち、長さんはどっちの手をあげたか……〉

伍助はいった。

「みなさんのいわれることはわかります。わたしは正直にいいますと、何も見ていませんよ。しかし、もし警察がたずねにきたら、長さんの都合のよいようにいうてあげますよ。この目で、薬局の店員が超スピードで走っていたことも、長さんの手をあげたことも、ちゃんというたげますよ」

酒が少しまわってきた。疲れているので、伍助は全身がかあーっとほてってきた。口から出たとおり、伍助は警察に偽証する気になった。

「ところで、タネ子さん、長さんは今日はどこの仕事だったのかね」

教頭がするめをかじりながらきいた。

「真間山の西洋軒のはなれですが……」

「すると、あんた、薬局の横じゃろ」

佐野がきょとんとした目でいった。

「中華料理屋の西洋軒だ。そういえば、バスで通るときに建前をしとるのを見たが、あれはいつじゃったか……」

「昨日ですよ、旦那。建前のあくる日だから休めばよかったに……」

棺桶のほうを見て、またタネ子は半泣きの顔になった。

「わたしのきいたところによると……」

と米山がいった。

「どういうわけか長さんは、西洋軒の仕事場で今日にかぎって、すこし昼食がひとよりおそかったそうですよ。一時ごろに食べて、棟の上にあがって、上に忘れていたノコギリを取りにあがってから、思いだしたように、家にカンナを取りに帰ってくるといって仕事場を出たそうですな」

「運のわるいことに、その帰り途か」

「長さんは、こっちの道が工事中なんで、畑中の道をとって家へ廻るつもりだったらしい。タネ子さん、ひるま、仕事場からときどき戻ってくることはこれまでにもあったんですか」

「あんまり、なかったんです。それが、今日にかぎって……この人は……カンナを取りに……阿呆ですよ、そんなものを取りに戻らんでよかったのに……」

そういって、タネ子は泣いた。ワンピースの裾をまくって、うしろ向きになって目をふいている。伍助は、タネ子も自分の妻にひとまわりもする大きな尻をしている、と考えていた。

「なるほどな。薬局のとなりに仕事に行った。その薬局の店員に衝突されたってわけか。どうしても、三十万円はもらってやらにゃならん……」

教頭はごくりと咽喉音をさせて酒を呑んだ。彼も、伍助と同じとろんとした目をタネ子の尻に向けている。

5

西洋軒の仕事場は、表の店から二十メートルほど奥に入った裏の空地にあった。少し勾配になった土地をならして、主人が二階家を建てたのである。請負は長蔵の親方のいる建築会社だが、長蔵は職人頭のような立場で働いていた。

今日の午前十時ごろのこと、大貫長蔵は建前のすんだ棟木にのぼり、明日から仕事にくる手筈になっている屋根師のために下身(したみ)を打つ算段をしていた。長蔵は棟木の上にあがったとき、ちょっと一服した。昨夜の上棟式に親方のあげた上棟札と、榊の葉を結んだしめ縄がゆれていた。

長蔵は、棟木の上から眺めのきく江戸川のほうを眺めていた。真間山町は国府台にくらべていくらか低地になっているが、土手よりは高い。棟木の上から見ると、川は白く光っている。鉄橋を国電が走る。

彼は、そんな遠景を見て坐っていたが、ふと、目の下の隣家のほうに目をむけた。浦谷薬局の倉庫がみえた。

薬局は西洋軒と同じ間口で通りへ店をはり出している。いま長蔵のあがっている新築の部分は、薬局ではすでに倉庫を建てているのだ。倉庫の入口は、石鹸箱や蚊取線香、化粧品類などの大きな梱包箱が積み重ねてある。その戸口が、いま、開け放してあった。

と、長蔵の目が急にひかった。倉庫の前の石畳が急に動いたのであった。

倉庫は普通のモルタル建築の細長い二階家である。その戸口と母屋をつなぐ庭に御影石の広い四角な踏み石があった。その踏み石が一つだけ動いたのだ。

暑い陽がさしている。長蔵は、目がくらくらしたように思った。

〈おかしいな……〉

〈おかしいぞ、あの踏み石が動くなんて……〉

棟木の上から、長蔵は息をころしてみつめだした。まぎれもなく、石が動いてゆく。おどろいたことに、一メートル四方ほどあるかと思われるその踏み石が、マンホールの蓋でもあけるように持ちあがった。と、その地下から、にゅーっと人間の顔がのぞいた。

長蔵は思わず、息をつめた。黒ずんだ目だけがギロリと光る大男の顔が、チラッと長蔵のほうを見た。瞬間、急にその石がかすかな音をたてて閉まった。

〈浦谷薬局は、真間山町では財産家でとおっている。あんなところに、地下倉庫をもっているのかな……〉

長蔵は何げなく、そう思った。そう思うと、今しがた見た動いた石の驚きは何でもない出来事になった。長蔵は腰の釘袋から五分釘をひとつかみ取り出すと口にくわえた。ガンガン板を打ちはじめた。

「あの男が見たのだよ」

薬局の離れの縁に立って、肥った主人が暑いのに閉めきってあるガラス戸の向こうで背の高い店員にいっている。

「旦那、あいつは矢切の大工です」

「矢切の……すると、松戸か」

困ったな、といった目つきをした。それから、黒ずんだ顔にとび出たどんぐり目の主人はギロリとその目を光らせた。

「わかったか」

「旦那、昨日も警察(サツ)がきましたよ。きっと、嗅ぎつけてるにちがいないですよ」

「俺も見たよ。背のひくい、眉のふとい陰気な男だ……目薬を買いにきた男だ」

「旦那のときも目薬でしたか、わしのときもそうでした」

「一日に大瓶の目薬を二本もさす男はいるまい。足がついたのか……」

「あいつさえ口を割らなけりゃいいんですよ、旦那……」

背のたかい店員はぽつりといった。手入れのゆきとどいた見越の松の枝と枝の間に、にょっきりとび出た隣家の棟木がみえる。カナヅチをふっている長蔵はわきめもふらずに仕事をしている。

暑い陽がじりじりと真上にのぼった。

「長さん、一服してひる飯にしようよ」

職人の一人が下から声をかけた。

「俺か、俺はまだ腹がへらねえ、先に喰ってくんな。あがったついでだでな、こっち側の下身だけ打っちまあ」

と、長さんは大声でいった。

6

一升瓶の酒が半分ほどになった。八時過ぎに、長さんと一しょに働いている職人が四人、親方の香奠（こうでん）をもってやってきた。そのころになると、町内からも焼香にやってくる者もいる。みな、夕刊を読んだ連中だった。

このあたりは、まだ昔の習慣がのこっていて、不幸があると、町内は最低十円をつつんで棺を送らねばならない。町内の有志が、翌日十二時の出棺を、すでにふれ廻っている。明日、送れない勤め人や用のある者が、夜のうちに焼香にくるのであった。

せまい家だから、客をあげるわけにはゆかなかった。上がり口に坐っていた佐野が硯と半紙をもちだしてきて香奠受付をひきうけた。焼香は玄関の下駄箱に白布をたらし、その上に香炉をおくことにした。焼香客は奥の間の棺をのぞんで、入口で頭をさげて帰る仕組みになった。

三十分ほど人足がつづいたが、九時ごろになると、虫の声が騒しくなった。あけっぱなしてあるので、電灯のぐるりに虫がとんでくる。大工職人たちは、半間の玄関に俄かづくりの半畳の揚げ間を造りはじめた。仕事はお手のもので、十五分ほどで、四人ほど坐れる場所ができた。職人たちはそこに坐った。教頭が酒をついで廻っている。みんないける口らしかった。教頭は湯呑みに一杯ついだ。

と、そのときだったが、玄関の焼香口へ黒背広の上着をかかえた四十二、三の小柄な男が現われた。

「長蔵さんに昔、普請をしてもらいました角町の佐田でございます」

男は丁重に焼香をすますと、佐野に香奠をわたした。そして、言葉少なに、かすれた声で奥にいるタネ子におくやみをいった。

「角町の佐田さん？」

タネ子は思いだせないらしい。

「いや、これはどうも御苦労さんでございます。死にました長さんは仕事好きでして、もう、家の者にもだまって皆さんのところへ伺っていたようです。急にこんなことになりましたんで、お名前も忘れて恐縮でございます」

　教頭がタネ子のかわりにそういうと、黒背広をかかえた男は陰気な顔つきをやわらげた。職人の今しがた造った俄か縁に腰を下ろして、

「ちょっと、ここで一服させてもらいます」

「さあどうぞ……」

　教頭が酒をついだが、男は呑まなかった。向こうむきになってタバコを吸いはじめた。

　九時になった。

「どうかな、もうぼちぼち、薬屋からあいさつがあってもいい頃だがな」

　米山がぽつりといった。

「店員が追突して殺しておいてさ、主人が何ともいいにきよらん。ずいぶん、おうちゃくな主人だな」

「まったく」

　と、佐野が香奠の金額を目算しながらいった。

「お通夜ぐらいに来られんことはあるまいて。もし来なかったら、わしはあした警察へどなりこんでやる」

「佐野さん」

そのとき伍助が酔いのまわった口調でいった。

「わしも、そのときはお伴しますよ。いくら店員の不仕末とはいえ、主人が焼香に来ないなんて法はありませんや」

職人たちが目を合わせた。みんな伍助の言葉に感心して賛成している。黒背広の男は、表を向いて坐ったままだった。その表情はわからない。しかし話はきいているとみえ、心もち肩先をうごかしていた。

九時三十分ごろになった。

玄関口に、背の高さが六尺もあろうかと思われる髭面の大男が訪ねてきた。ワイシャツに黒サージのズボンをはき、腰に手拭いをさげている。

「我孫子の定蔵です。おそくなりましてな。電報をいただいて、ごたごたしておりまして、いまになって……申しわけありません」

陽焼けした顔を男は部屋の中の明りにさらしながら、奥のほうを見ていった。

「兄さんです」

とタネ子がいった。

「うちの人の、一人っきりの身内ですよ、みなさん」

「そら、上がってもらわんとどんならん。それではもう少し詰めましょか」

教頭がそういうと、兄の定蔵と名のった男は、教頭に通り途をあけられて部屋にあがった。大男なので、畳がギシギシ鳴った。タネ子が棺桶の横にいざり、その男がタネ子のいたフトンに坐った。坐るなり、男はいった。

「七つの時に別れたきりでしてな。三十年会わずに、盆と正月にハガキだけはやりとりして来たっけが、こんなに早よ死ぬるとは、夢思いませなんだ」

タネ子がまたすすり泣きはじめた。

「お兄さん、うちの人は、よく、あんたの話をしとってでしたよ。我孫子の長生寺の兄さんでしょ」

「そうだとも、それがわしだよ、タネさん」

タネ子とも、この兄は初対面らしかった。教頭が、長蔵の奇禍にあったいきさつを話しはじめた。大男はじいっと髭面を伏し目がちにしてきいていたが、教頭が慰謝料の話をすると急に目を輝かしていった。

「そんで、三十万ぐらいは貰えるんですかな」

「さあ、それが……」

米山が話をひきとった。

「ひょっとしたら、ほんの慰謝料か涙金ぐらいの香奠で、おしまいになるかもしれんのですよ。

しかし、その当の主が、まだお通夜にも焼香にもきません」

「けしからん話じゃ」

兄は髭面を振り、埃のついたタオルで何度も顔の汗をふいた。

「わしらの村で、やっぱり、自動車にひかれて死んだ爺がいました。六十の爺さんじゃったが、会社から三十万貰いましたもんな。年とって葬式代つくったいうて評判でしたが……」

兄はそういうと、みんなの顔をじろじろ大っぴらに見はじめた。伍助は、どこか暮らしのらくでなさそうなこの兄の横顔をちらりと見た。我孫子といえば、常磐線で一時間そこそこで着くぐらいの距離である。既製服を売りに行った工場があるのでよく知っていた。

〈そんな近くにいて、三十年も、この兄は長さんと会わなかった……それに、死んだという電報を三時過ぎにうけているはずなのに、彼が到着したのが九時半になっている。それまで、この男はどこにいたんだろう……〉

どこか、くらい感じのしないでもない長蔵の兄に、伍助は不安をおぼえた。不安といえば、先程から、玄関の職人たちの横に坐っている男も変だった。角町の佐田とかいったが、長さんがかつてそんなところへ仕事に行ったという話は伍助はきいたことがなかった。男は、みんなに背中を向けている。背中で話をきいている。ときどき、夜目をすかし、首をつき出して表のほうを覗き見していた。

7

長蔵が棟木から下りてきたとき、職人たちは食後のお茶をすすっていた。普請場は、表通りから入りこんでいる。路地を通る人には丸見えであった。

板の上に西洋軒から沢庵漬とらっきょが皿にもって出されていた。長蔵は、らっきょがきらいだった。みんなのタバコを吸っている場所から一メートルほどはなれたカンナ屑の上にどっかとあぐらをかいて、弁当箱をひろげた。

「一時でねえか」

職人の一人がいった。

「長さん、あんたはらっきょがきらいだったね。沢庵をいただきなよ」

職人の一人が、皿をぐいっと地面の上にずらせた。

「ありがとう」

長蔵は、黄色い染色のきいた甘い沢庵を箸でつまんだ。

昼食のすんだのが一時二十分である。長蔵は茶をのみながら、路地を見ていた。ここは公道なので、ときどき近所の人が普請場を見て通る。

そのとき、黒ズボンにワイシャツ姿のずんぐりした男が二人立ちどまって普請場を見ていた。男たちは四十前後、どちらも目つきのわるい顔をしている。長蔵の目とカチ合うと、男たちはすぐ、いい合わせたように目をそらせた。

〈誰かを待っているのかな……〉

そうでもないらしい。三分間ほどじいっと普請場を見ていて、すぐ表通りに消えた。

「おら、家へカンナを取りに帰ってくる。ちょっとバイクを出すでな」

長蔵は急にそういって立ち上がった。バイクは、みんなの坐っている板の向こうの陽かげに立てかけてある。道へ出すために、みんなは腰をあげて長蔵とバイクを通した。

「すぐ帰ってくっからな、道具忘れるようじゃ一人前じゃねえな」

長蔵はそんなことをいって、路地でサドルの上に腰を落し、パンパンパンと大きな音をさせてふりむいた。それから、ゆっくり表へ出た。

職人たちには、この姿が見納めになった。

長蔵のバイクが普請場を出たとき、薬局の肥った主人が店のはなで、小さい声で店員に耳打ちしていた。

「わかったな、あの崖だ。向こうが死んでも、お前は死なない。いいか、それを信じるんだ」

口をまげ、油汗をながしていた若者は、主人のほうをちらと見てアクセルに足をのせ、シャツの胸もとをぐいっとひろげた。それが合図だった。アクセルが踏まれた。石鹸箱を前とうしろの荷台に積んだ二五〇ccのオートバイは機関車のように動き出した。

まもなく、スピードが出て、登り坂になった真間の林の道を上に消えた。ギラギラ光るアスファルトの上に、火花が散るような真昼である。

8

一升瓶の二級酒が空になっている。

運転手の米山が、家に走ってウィスキーの丸瓶の残りを持ってきて職人についで廻った。教頭は眠そうな眼をとろんとさせ、まだするめの足をかじっている。

「タネ子さん」

佐野が酔いのまわった口調でいった。

「薬屋の主人がきたら、わしはこの席上でどなってやりまさあ。なにね、金がいくらあったって、ひとの心の愛情のほうがよっぽどありがたいってな。金よりも、人間、貧乏してても心のたすけあいがありゃいいってな。あっしゃ、いってやりまさあ、タネ子さん」

タネ子はまた棺桶を見て泣きだした。

「わしも、いってやりますよ、佐野さん。この目で、長さんが手ェあげるのを見たというてやりますわ。いいかげんなことをいうな。いいのがれをするな。あの真昼間の二時前ごろ、崖の上の街道を歩いていたんは、このわし一人しかおらんのじゃぞ、わしが目撃者やぞ、と、佐野さん、わしは証言してやりますよ。警察官になりと、薬局の主人になりと、大声はりあげて証言してやりますよ」

伍助は相当酔ったとみえ、首をあぶなかしく、くにゃくにゃにまげて声をはりあげた。

と、そのとき、玄関先に表のほうから足音がした。肥った五十二、三の大柄な背広姿の男と、若いワイシャツ姿の頭に包帯した若者がならんで現われた。そのうしろに、中背の三十七、八の色白い女が麻のスーツをきてハンケチを手に持って立っている。

「わたしは、真間山の浦谷弥吉郎でございます。ここにおりますのは、店員の木内誠です。それから、これは家内でございます」

その男は二人を交互に前に押し出して低頭させてからつづけた。

「このたびは、店員の不仕末でとんだことになりまして……まことに、何といってよいやら申しわけございません。一切は私の責任でございまして、店員の不仕末を叱りつけたとてせんないことでございます。今宵、お通夜とききまして、ひとまず、心から大貫長蔵さんの御冥福をお祈りする心で御焼香に参らせていただきましたが、とりあえず、御香奠としてほんの些少でございますが、ここに用意いたして参りました。店員の過失のほうは、追って警察のほうから御指示があり次第、それにしたがう所存でございますし、また、警察でおきめになった慰謝料の額も、私が店員にかわってお支払いをお約束申しあげます。御仏前でこのようなことを申しあげて、皆さまにお聞き苦しく失礼とは存じましたが、思っておりますことをいわねばならない性分でございまして……どうぞ、お通夜の席上をお騒がせ申したことをお許し下さい。家内と一しょに、お詫びを申しのべます」

棺桶の前にいた先客たちはしいんとなった。そして、三人かわるがわるに焼香する姿をじいっと見いっている。

教頭が佐野の肩をつついた。香奠がいくら包まれているかを報らせろ、という目くばせであった。伍助も、米山も、我孫子の兄も、タネ子も肩をつつかれ、香奠袋をひっくりかえして額面をよむ佐野の手の指をみつめている。佐野は膝のよこに三本の指を出し、そのあとで、母指と人さし指で丸をつくってみせた。

〈三十万円だッ〉

〈しかも、あとの慰謝料は警察のいうままに出すというのだ……〉

六人の目がカチ合い、電灯にまつわりついていた金ぶんぶんが激しくとび廻って天井に頭をぶっつけた。

「ありがとうございました。明日の御出棺の時間は何時でございましょうか」

と浦谷弥吉郎はきいた。

「は」

教頭がこたえた。

「正午に予定しております」

「それでは、そのとき、またお見送りさせていただきます」

薬局の主人と若者と細君は表の暗やみに消えた。

ふと、そのとき、伍助が気づいた。職人たちのつくった表の半畳の揚げ間に坐っていた黒背広の紳士は、いつのまにかいなかった。

長蔵の家からはみ出ている光りが、団地の高台をうすく明るませていたが、五十メートルほど道をくだると暗がりになった。懐中電灯をもった薬局の主人と細君、若者の三人がバス通りへ出る団地の端の林にさしかかったとき、突然、暗がりから男がとび出てきた。一人、二人、三人。その中に、先程、長蔵の家の玄関で佐田といった男がいた。黒背広の上着を持ちかえながら男はひくい声でいった。

「浦谷弥吉郎さんですね、それから奥さんの須磨子さんと店員の、いや、須磨子さんの弟さんの誠さんですね」

「そうだが、君たちは誰だ」

主人が身がまえるようにしていった。

「警察の者です。お三人とも、ちょっと松戸署まで御足労願いたいのです」

黒背広の男が、いんぎんな口調だが、さびのある声でいった。

「警察？」

「そうです。大貫長蔵さんの死因について、ちょっと調べたいことがあります。お手間はとらせません」

瞬間、暗がりから矢のようにいくつもの懐中電灯が光った。

「俺が、何かわるいことでもしたというのか？」

浦谷弥吉郎は口ごもった。

「署へ行ってからお話を聞きます」

黒背広が合図をすると、二人の係官が走りよって、まわりからとり囲んだ。ジープが松林のはしから走ってくるのがみえた。

翌日の午前十時ごろ、寺島伍助はメリヤス商の佐野と二人で松戸警察署に出かけた。大貫長蔵の死に対する、薬局主人の慰謝料の査定を仰ぐためであった。

二人が警察につくと、若い巡査が二階の応接に通した。署長と、黒い背広をきた男が出てきた。昨夜の男だった。寺島伍助はびっくりして声をたてそうになった。

「御苦労さんです」

その男は伍助を見ていった。

「慰謝料は実はこんどの場合、裁判によって査定されるものと思います。私どもとしましては、できうるだけの資料をととのえて、裁判所にお送りするだけしかお力添えができません」

署長が二人を見てそう答えた。

「というと、長さんが手エあげたか、あげなかったかの証人の問題ですか、署長さん。それでしたら、私が証人になります。長さんは手エをあげたのです。右へ曲るつもりで、たしかに手エあげたのを私は見とります」

伍助は膝をのりだしていった。黒背広が、署長の顔を見て微笑しながらいった。

「たぶん、あなたのおっしゃるとおりでしょう。長蔵さんは手をあげてから右へ曲られたと思いますね。用心ぶかい働き者の長蔵さんのことだから、それはうなずけますよ。しかし、こんどの場合は、長蔵さんがいくら手をあげて交通規則どおり守られていても、あのオートバイは追突したのです。長蔵さんは、殺されたものと思われます」

「なんですって、刑事さん……」

「浦谷と木内誠と、その姉の須磨子は、いまこの警察の留置場におります。今日の正午、千葉検事局に身柄を拘引されます。同時に、浦谷薬局の家宅捜査と、ある重要な人物の検挙も行なわれると思います。寺島さん、あなたの証言を記録しておきますよ。それから、今日の正午は長蔵さんの出棺でしたね。そのころは、容疑者を検事局に送りますので、私たちはこの街道を、あなたたちの葬儀車とすれ違うはずですよ」

黒背広はそういうと、陰気な顔を署長に向けて、また、にやりとほころばせた。

神戸で捕捉された麻薬王の千葉県下アジトについて、約一年近い捜索の結果、市川市真間山町の浦谷薬局が家宅捜査され、弥吉郎、須磨子、弟誠の罪状が暴露したのは、長蔵の葬式の翌日のことであった。検挙は、一大工の奇禍による殺人容疑がその端緒になったものだと新聞は大きく報じた。

黒い穽（あな）

高利貸の柏君夫が、水天宮の貸しビルの二階で殺害された。ビルは階下の時計店主浜木廉が借金から柏に売り渡したもので、柏は入口として一つだけ穽をあけ板塀でビルを囲い、店子に転出を迫っていた。スーパーマーケットを作るという。鶴田刑事が柏に敵意を抱く浜木を疑い聴取するとあっけなく殺害を自供、しかし浜木のアリバイを証言する女が現れる。

松本清張は、罪や不正、陰謀などを暗示する「黒」を好んでタイトルに用いたが、水上にもほかに「黒い誤殺」(『家の光』1961年9月号)、「黒い手帳」(『週刊読書人』1961年10月23日号)、「黒い産室」(『オール讀物』1963年10月号)などがある。

※

初出＝『オール讀物』1961年4月号
初収単行本＝『黒い穽』(光風社、1961年5月)。その後、『おえん』(桃源社、1966年5月)、『螢』(東京文芸社、1966年2月)、『黒い穽』(日本文華社、1968年2月)、『黒壁・黒い穽』(実業之日本社、1978年4月)などに収録された。全集未収録。本文は『水上勉社会派傑作選　五』(朝日新聞社、1972年12月)収録のものに拠った。

1

久松警察署からの電話で、管轄下の水天宮近い貸ビルの一室に高利貸が殺されているという報らせをうけたのは、四月五日の午過ぎである。鶴田刑事の腕時計はたしかに十二時十五分をさしていた。

朝からむしむしするようなイヤな日で、暦の上では彼岸をすぎて間がないのに、気違いじみた陽気が東京の街をおおっていた。空は鉛色にたれ下がって、布をかぶったように街は暗かった。間のわるいことに、鶴田倫也は前夜の呑みすぎがたたって、寝不足の頭をもてあましていた矢先である。

古参の山西刑事とつれだって高井警部のあとから久松署に飛んだ時刻には、もう鑑識からも大塚の監察医務院からも一行がきていた。現場は黒山の人だかりであった。来てみてわかったのだが、月の五日は水天宮の縁日である。下町じゅうの善男善女が参詣する都電通りの森下町に通じる道から右へ少しばかり入った所に、その現場があった。あまりぱっとしない二階建てのビルである。人ごみをかきわけているとき、不意に、事件（やま）は迷宮入りくさいな、と思ったのはほかでもない、よその連中より一と足おくれた口惜しさが、鈍い頭にむくむくもたげてきたからである。

　ホトケを見る眼が、いつもより焦（いら）だっていた。

「ひどい傷ですなア、窓の棚にあった銅製の花瓶で撲（なぐ）られていますよ」

「殺害時刻は？」

「十二時前後、まだ三十分ほどしかたっていません」

　白いガウンを、窓からさしこむうす陽に光らせながら、せわしく動いている鑑識官の説明をきいていると、鶴田は眼が醒めた。

　無残なホトケの顔だった。

　高利貸柏君夫の死体は、埃っぽい十畳ぐらいの洋間のタタキにのけぞっていた。割れた頭蓋からふき出てくる血が、眼も鼻も口もどろどろに光らせている。まるで血の壺に頭をつっ込んだみたいに思える。うしろから後頭部を一撃され、昏倒したところを、さらに犯人は二、三撃力いっぱい喰らわせている。柏は茶色のズボンをはき、背広をきたまま、膝を折ったような恰好で、白眼をむいてうしろへ軀をそらせている。

「怨恨かな」

ぼそりと山西が鶴田のわきでつぶやいた。と、久松署の署長と廊下で何か打ち合わせしていた高井警部が、ドアに手をかけて二人を眼でよんだ。近づくと、

「秘書があっちにいるそうだ」

「秘書？」

「二十六になる女秘書でね。この子が発見している。使いに行って帰ってみると死んでいたといっとる」

山西につづいて、廊下へ走り出ると、つき当りにカーテンのかかった湯沸し場がある。その前の古びたベンチにグレーのスーツを着た女が腰かけている。うす暗いので、血の気のひいた女の顔は、やせて頬骨が出ている。病人のようにみえたが、しかし造作が整っていてかなりな美人である。鼻梁のたかい上唇のうすい顔であった。

「太田さんだね」

高井警部がゆっくりきいた。

「もういっぺん、話してくれんかね」

何どもきかれているので、女の表情にはわずかに拒否の色が動いている。じっと女の表情を睨みながら鶴田は警部のうしろでメモ帳を取り出した。のどに痰のつまったようなかすれ声で女はいった。

「毎日のことですけど、前場の模様を聞きに茅場町の株屋までゆきます。十一時二十分に出ました。そのとき、柏さんにお客がありました。階下の電機屋さんの阿部さんです。あたしが出るときには阿部さんはまだいました。出がけに横のサヴォイヤでコーヒーを二つたのんでおいて、茅場町の鍵谷証券にゆき、帰りしなに、郵便局に廻って、柏さんから頼まれていた現金書留を出してからわりとゆっくり歩いて帰ってきたんです。縁日で人ごみでしたからね。蠣殻町から電車通りを通ってきて……道順はいつもの通りなんです。二階へ上がってみてびっくりしました」

太田三枝子は、その時を思いだしたものか、口もとに手をあてて頬の肉をうごかした。恐怖におびえているのである。

「で、すぐ電話をかけたんだね」

「はあ」

この表情からは嘘をいっている影はよみとれない。先ず、その十一時二十分の来訪者の阿部という電機商会の主人にあう必要があった。柏が死ぬ直前に部屋にいた男だ。一ばん容疑が濃いといえた。

古びたビルの階段を下りて通りに出る。このビルは階下がこまぎれになった下駄履き式の店になっている。出てみて気づいたことだが、工事中でもないのに、ビルの周囲には板塀がはりめぐらされていた。どの店も戸を閉めている。鶴田は、ここへ入ってくるとき、自分はどこを通って入ったかと不思議な気がした。興奮していて気づかなかったのであるが、よくみると板塀の中央部に一つだけ穿（あな）があいている。そこが出入口らしく、穿をくぐってからビルへ上がったものらしい。穿は申しわけみたいに板を二枚はがしたとしか思えないようなあけ方である。鑑識も手つだって、柏の死体が今し方その穿から担ぎ出されたあとである。通りの人だかりはなくなっていた。水天宮の空に大きく花火が一つあがった。

縁日にお宮も花火をあげるようになったのか、重い鉛色の雲のたれ下がった空をみあげて、鶴田は、その下駄履き式になった店の右端にある阿部電機を訪ねた。

2

「あっしは別にあの人に銭（ぜに）を借りてたわけではないんですがね。しかし、やり方がどうもあくどいんですよ。旦那、いいですか。いくら立退き料を寄越したといったって、先のきまらないうちは出て行けっこありませんからね。うらの六兵衛さんもそうだし、山岡さんだって、葉茶屋の安達さんだって、みんな困りあぐねてるんですよ。何しろ、電機なんて商売はあんた、おいそれと引越すたって、このごろは東京じゅうは電機屋さんみたいに軒つづきでさア。いまからわりこんで商売になる町はありゃしませんや。隣の浜木さんだってそうですよ」

阿部藤吉ははげ頭に手をあて、静脈のうき出た皮膚をひくひく動かせて、唾をとばした。

「で、あんたは、柏さんに会って何ていったんですか」

「もう少し待ってくれ、といつもの談判ですよ。すしやの六兵衛さんも店を閉めたし、山岡も、安達も、高松も閉めたから、あんたも閉めて出ていってくれと、頭からいうんで……」

「で、延期してくれと頼んだわけですね」

「そうですよ。こんなひどい話がすぐケリのつくはずがありませんや。イヤな奴でね、柏ってのは。ごらんなさい。店の前に板塀をめぐらされたんじゃ、お客が素通りでさあ。いつもなら今日の縁日は、売り上げも倍になる日なのに……」

と阿部は口惜しそうに板塀のすきまから通りの雑踏をみている。口論の末に発作的に相手を撲りつけたということも考えられるが、口先の悪いわりに、どこか人の好さそうなところのみえる男である。もしそれが事実とすれば怒るのももっともだなと鶴田は思ってみる。しかし肝心の時間の点は問いただしてみた。

「あっしが、十一時すぎに上がったときは、太田さんはいましたよ。しかし、太田さんはすぐ出てゆきました。あっしはものの三十分もいましたかな。半には階下へ下りています。柏は茶の背広でいつものとおりの顔つきで……」

「十一時半に下りていたのかね、サヴォイヤのコーヒーは呑んだかね」

「それはいただきましたよ」

どこか頼りなげな返事でもある。鶴田はしかし手帳にその時刻を明記した。

「太田さんがいつ帰ってきたかは知りませんか」

「知らないですよ、あんた。とにかく、あれは十二時ごろでしょうかね。柏さんが死んでるちゅんで、びっくりしてあがったんですから」

「あんたには誰が知らせたかね」

「となりの浜木さんです。そこの時計屋さんですワ」

阿部はちょっと声をおとしてまだ部分品の置いてある店の棚を顎でしゃくった。

3

刑事たちは手分けして六軒の店に聞き込みに歩いた。どの店も閉めていたし、いうことは阿部電機の主人と似たりよったりである。柏が殺害された時刻に物音をきいたという者はいない。それらしい人影を見たという者もない。白昼堂々と縁日でごった返している表通りをよそにして、古ビルの二階で起きた殺人事件であった。

殺されたのが高利貸だし、現場の模様もさることながら、怨恨の匂いは充分にあるといえた。刑事たちが階下の立退きを命じられている店に疑惑をもったとしても不思議ではなかった。どの店も柏を恨んでいたからである。店々で聞いたことを要約してみると、柏はこのビルを階下の浜木時計店の当主である廉（やすし）から昨年一月に買い取っていた。もともとこの水天宮ビルは時計商浜木廉の父親伊作が建てたもので、浜木は遺産を受けついだものの、持ち前の商売下手と、それに学生時分から結核を病み、房総の療養所に永らく入っていた事情から、二階を借りていた高利貸の柏に金を借りるハメになった。病気がなおってもぶらぶらしているので、知らないうちに利がかさんで、とうとうこのビルを売り渡すことになったのだ。

柏は自分の登記がすむと、すぐに、六軒のタナコに転出を迫った。ビルを改築して、スーパーマーケットをつくりたいといいだしたのである。この思いつきは卓抜だといえた。

水天宮のここらあたりは、芳町、堀留、人形町などと、かなり景気のいい問屋や粋筋（いきすじ）の料亭などもあって、筋のいい顧客を持っている。下町でも屈指の繁華街といえた。二年ほど前から人形町と水天宮までの通りはアーケードをもったし、交叉点から森下町の方にゆく川っぷちまでの通りも、バア、喫茶店、パチンコ屋、食堂、家具店、化粧品店などが出来、それぞれ美しく店をかざってひらける一方である。人出も人形町にまけないほど多くなった。

いってみれば、この電車通りに古ビルのままで汚ない形骸を放置しておくのは勿体ない。柏に説明されてみると、タナコたちは、スーパーマーケットという出来上がった店の形態を頭に思いえがいてみて、その構想に一驚した。

「なんしろ、これからはアイデアの時代だからね。ここはデパートに遠いから、感じのよいマーケットをつくれば、小伝馬町あたりの客までとれることはうけ合いだね」

と柏はいって、六軒の店に取り敢えず立退き料として一戸ずつ二百万円の金額を申し出た。ちょっと手の動く値段であった。六軒の店は、すしや、化粧品屋、葉茶屋、洋品屋、時計屋、電機屋である。水天宮にいなければならないという性質のものではない。まず葉茶屋の安達が判を捺した。彼は即日金をうけとっている。それから、山岡、六兵衛、高松、阿部の順序であった。二カ月ほどのあいだに、柏と個々交渉をして彼らが受け取った契約書は立退き期日が二月末となっている。

浜木の時計屋を除けた五軒はもう行く先もきめて引越しの段取りをきめていたのである。阿部電機も心では行く先をきめていた。しかし彼はごねるだけごねたあとで立退く腹であった。住みなれた店でもあったし、さっさとゆくのも業腹である。二百万円を費消してしまわないうちに引越さねばならないという焦躁もあって、阿部は腹いせに柏をじらせていた模様であった。ところが三月一日に柏はビルのぐるりに塀をつくった。早く転出してほしい気持と、浜木の時計屋に対する面あてであった。

浜木廉だけが、頑として、この追い出しに乗らなかったからだ。彼には父親ゆずりの土地であった。戦後にやってきた他の連中とわけがちがう。事実浜木は引越しの段取りは全然していない。立退き料にも耳をかさなかった。鶴田刑事が浜木時計店を訪ねたとき、蒼白い病み上がりの顔をした当主の廉がいった。

「とにかく、二百万円ぽっちの金で動けますか。五軒の店はまあ、どこにゆかれるかあてはあるでしょう。しかし、旦那、考えてみて下さい。時計屋なんてものは表に出ていてこそ客もくるというもんです。……裏通りにひっこんだら誰がきてくれますか」

浜木廉はごほんと一つ咳をして、うすいせんべい座蒲団の上にやせた膝をそろえて鶴田の顔をみている。

「で、まさか、あんたは、今日、柏さんから何かいわれたわけではないでしょうね」

「私が、今日？　何もいわれなんかしませんよ。とにかくみて下さいよ。店の前にこうして塀をつくって、柏は階段を上がり下りするたびに、睨みこそすれ、会ったってあいさつ一つしたことがありません。イヤな奴ですよ」

浜木廉は蒼い顔に血をのぼらせて吐きだすようにいった。膝の上に置いている手がすき通るように白い。陽当りのわるい店の奥で、一日じゅう軀をかがめて机にむかっているための病人相ではない。一見して、胸はだいぶいたんでいる。

鶴田は浜木の蒼い顔におくられて店を出ると、本部でひらかれる午後の捜査会議に出るため、板塀の穽をくぐった。ふりかえると、その板塀に貼り紙がしてあった。

どうぞお入り下さい。従前どおりつき当りの店で修繕お受けします。——浜木時計店

鶴田はしばらくその貼り紙に見入った。

4

席上で、高井警部がいっている。

「計画的に行われた本事件は、怨恨説が濃いと思う。まず、犯人は、あの水天宮ビルが、板塀で囲まれていたという条件を巧妙につかっている。わざわざ、人通りの多い縁日をえらび、表のざわめきのする中で、白昼、昼飯前を見はからって、太田三枝子が、使いに出るのを事前に知悉(ちしつ)していたものと思われる。三枝子が外出する。阿部藤吉が部屋を出る。柏が一人残ったところへ入りこみ、商談するとみせかけて、スキをみて撲りつける。兇器の花瓶は、指紋が発見

されていない。犯人はハンカチ、手袋を使用したことは判然としている。目星はあくまで高利貸柏に怨恨をいだく者の仕業である。今日調査したところによると、ビルの二階は柏事務所だけでほかは空室だし、階下に立退きを迫られている六軒の店がある。これらのいずれもは、柏に恨みをいだいていることは認められるが、しかし、それらは柏を殺してまで恨みをはらさねばならないような関係とは思えない。ビルの住人の調査も必要だが、柏が外部にまだ金を貸していた者がいたことも想像できるし、あるいは柏の個人的な関係の洗い出しも重要だと考える」

演説調にいうくせの高井警部の言葉を鶴田はきいて、ふと浜木廉のあの蒼い顔を思いだした。警部は、六人のタナコは同様の立場にあるというが、そうではなかろう。浜木だけは、もっと深い怨恨があったはずではないか。

久松署の小野刑事が隅の方からいった。

「太田三枝子の身辺を捜る必要がありますね。三枝子も容疑者の一人といえるはずですし、彼女はいつものように十一時二十分に茅場町へ前場の株値をうつしにいったといいますが、誰かに、そのことを教えたことも考えられませんか。つまり、共犯者がいるという推定です。ビルの二階の状況など詳知しているのは、三枝子が一ばんですからね。三枝子の男関係もしらべないと……」

「あの傷の具合では、女の力では出来ない相談だ。返り血もあびていることだし、太田三枝子はすぐ電話をしている。十分後にパトカーがかけつけている。シロとみていいのじゃないかな」

山西刑事が、持ち前のひくい声でいった。

「時間の点を吟味してみますと、三枝子は十一時二十分に事務所を出て、十二時五分に柏の部屋に帰っています。この間阿部が三十分まで部屋にいましたから、このあとの三十分ちょっとの間に犯行がなされたわけです。入口は板塀のあの穽のようなところしかないわけですからね。犯人はここを入ってここから逃げたにまちがいありません」

わかりきったことをいう男だと、鶴田倫也は、胡麻塩頭の皺のよった細長い山西の顔をみていたが、何をおいても時計商の浜木廉が、六軒の中で、もっとも、柏に敵意をいだいている筈だったということを報告したい。鶴田は高井警部の方をみていった。

「主任、浜木が、療養時代から借りていた金は相当の額になっていたようですし、改めて売り渡したのならともかく、いわば、利子がつもって知らぬ間に高くなって借金でカタに取られたわけですからね。建物は父からうけついだ財産にちがいありませんが、口惜しいことは他の五軒とくらべて倍加しているはずです。それに、会ってみた感じでは、まだ病気はなおってないようです。瘦せて蒼い顔をしていました。むしばまれてゆく軀のことを考えて、ヤケになって階上の高利貸を殺ったということも考えられるんです」

久松署の連中が、鶴田の顔に視線をむけた。高井警部は膝をのりだして、

「病身だという理由は大きいね」

「いや、じつはもう一つ考えられることがあります。それは、いま、山西さんがいわれた板囲いの出入口の穽のことです。あの塀の外には、浜木時計店の貼り紙がしてありました。お客が工事中だと思って素通りするのを呼び込むための紙切れです。よく検討してみますと、あの入口は時計店の前になっていました。二階に上がる階段はその横にあります。他の五軒の家は、半分ばかり越してしまったり、あるいは早晩越す段取りにあったわけです。だから、柏はそっちの板囲いに出入口をつくらなかった。ということは、十一時三十分から、十二時五分ごろまでの犯行時間に、あのトンネルのような穽を通った人間を目撃できるのは浜木以外にはなかったということです」

「ふーむ」

主任はつるりとした顔を緊張させた。

「ご存じのように時計屋というのは、店の間に坐って机にむかっているものです。極小な部品をいじったり、ピンセットではさんだりするようなこまかい仕事です。あたりが騒がしかったりしたら身がはいらない。とすると、表に貼り紙までして客よびしている浜木廉が、あの穽から入ってくる人の気配に気づかないはずはないと思います」

「浜木は知らないといってるんだろ、もちろん」

「否定はしていません。しかしどうだかわかりませんね。このような見地から、私は浜木に対する疑惑を捨てる気になりません」

「鶴田君」

山西がよこから頭をかきむしりながら口をだした。

「奴さんは独身かね」

「三十五になるのに、まだ嫁はありません。このことは、しかし、病気の過去と睨み合わせてあり得ることですが」

「二階の秘書の太田三枝子と出来ていたということは考えられるかね。三枝子はまた柏との間も疑ってみる必要はあるが」

「太田三枝子の素姓ですが」

とこのとき、小野刑事がわり込んだ。

「浮いた話はあまりきかなかったと、他のすし屋やサヴォイヤの女店員などはいっていましたよ。彼女はもと埼玉にいて、両親は北海道に移住したそうです。で、彼女は今は東京で一人暮しをしています。生活に一つも派手なところはないということですし、固い女だとみんなはいっています」

「なるほど」

主任は感心したようにつぶやいた。しかし、ホシの目当ては誰なのか。考えると、眼先が暗くならざるを得ない。

「とにかく、鶴田刑事のいったように、浜木を中心にタナコの追及と、太田三枝子の追及、柏の個人的関係の三つにしぼって走ってみてくれ。いいかね」

高井警部は渋面(じゅうめん)をつくって立ち上がっていた。頭が痛いのだ。本部への報告がのこっている。警部が出てゆくと、久松署の玄関に、「高利貸殺人事件捜査本部」という看板が掛った。四月五日午後四時〇分のことである。

5

水天宮という祠(ほこら)は、縁日の人出がひけてしまった日は、まったく閑散としている。閑散という言葉はたしかにこの祠の形容にふさわしい。都電通りが近いのであたりは騒々しく、門を出るとごみごみした商店がならんでいるが、宮は厚い土塀に囲まれていた。白い砂利を敷いた本殿前の庭は美しく掃き清められていた。紫紺色の羽を光らせた十羽ばかりの鳩がいつもむらがっている。本殿横のおみくじ売り場には鳩豆を売る店もある。ちょっとしたもちの木や常緑樹も植わっている。付近の問屋あたりから子守女が主家の子をつれてあそびにきていたり、老人が陽なたぼっこをしていたりする。

四月六日の夕方ちかくであった。

砂利を敷いた庭の隅にある藤棚の下のベンチに山西刑事と鶴田が坐っていた。

「太田三枝子の件だがね、柏と出来ているかと思って探ってみたのだが、やっぱり久松署の小野さんのいうとおりだったよ」

疲れた埃っぽい顔に山西は苦笑のしわをよせて、

「会ってみると、ちょっと色気のある女だがね。不思議なことに、一人暮しというに、男気はない」

「アパートにもいってみましたか」

「上中里の高台にある清嵐荘（せいらんそう）というアパートだったが、管理人も隣室の人も、男がきたのをみたことはないといったよ。今どき珍しい女だ」

感心したように山西が空をみている。今日は朝から晴れていた。足で働く刑事にもってこいの陽気であるが、鶴田もまたこれといった成果はないのだった。

朝から鶴田は、柏の過去や対人関係をしらべに廻った。誰か、他に女関係でも出来ていて、その女が、刺客をたのんだということも考えられたからである。だが、これといった聞き込みはなかった。鶴田は山西にいった。

「女から愛されないというよりは、女などに気をゆるして、生活を乱されるのを極度に嫌うというタイプの男だったらしいですね」

「柏がかい」

山西は鶴田の方をみた。

「俺がサヴォイヤの女にきいたときもだったが、よく柏一人きりのところへコーヒーをもっていったそうだ。一どだけその娘は手を握られた、どうだ、三千五百円でいうことをきかないか——相談をもちかけられたらしい。三千五百円といったあたりがね、柏らしい」

「なるほど」

高利貸ならありそうなことだと鶴田も思う。

「太田三枝子もいっとったよ。事務的な処理しか考えないような男だったとね」

「島根県に生まれて、両親はありません。かつぎ屋か何かしていて、統制時代にブローカー仲間に入った。紙でうまく儲けた。ケチなところがあったのは、彼にしてみれば、血の出る思いでためた金を貸してるんですからね。あこぎなこともできたわけですよ」

「鶴田君」

山西はあらたまった口調でいった。

「きみは浜木が怪しいといったが、一ど警部のところへつれてきてみないかね」

「そうですね。時間のアリバイがはっきりしません。トンネルの奥のような店の口にいて、あすこを通る犯人の姿を見ていないのが変です。そのくせ、太田三枝子の出ていった姿はみているんですよ」

「おかしいな。すし屋の六兵衛の話では、いつかは柏とはげしい口論をしていたという。口論はしょっちゅうのことでね、柏にしてみると貸し金は返さないし、家も立退いてくれない。代(だい)物弁済(ぶつべんさい)という奴でぐいぐい首をしめてるわけだ。浜木は居住権を主張しとる。居住権という奴は人の家を借りとる場合に成立するもので、あんたの場合は通用しないんだと、柏は法律をあべこべにふりかざして大喧嘩したこともあるというはなしだった」

「そこへむけて病気の軀でしょう。どっちみち先のみじかい命なら、ばっさり殺ってみるということも考えられるんですよ。会ってみるとわかりますがね。ひどく神経質なかんじで、顔も蒼いからそう見えるのかも知れませんが、陰気な感じがするんです。一ど本部へよんで、徹底的にしらべてみますか」

「それがいいだろう。どうだ、今日はそれを主任に土産にしよう」

　鳩の下りてくる庭に午後の陽ざしがながくのびている。藤棚の影が濃くなった。

「ぼちぼち帰るか」

　二人の刑事は重い足をひきずって水天宮の砂利の庭を出て、久松署の方へゆく裏道へ出た。

妙なものである。この思いつきが、意外な結果をうんだのだ。

6

久松署の本部に出頭した時計商浜木廉は、取調室で高井警部から二、三の質問をうけているうちに、顔いろをかえはじめた。警部は鶴田と山西の要請で、いちおう浜木の当日の行動を問いただしてみた程度だったが、五日の午前十一時二十分ごろ、太田三枝子がビルの階段を下りて、浜木の店の前を通って板塀の穽を出ていったあと、誰も他の人をみかけなかったか、というと、急にうつむきだした。警部は浜木の顔の変化に意表をつかれた。

「何かかくしてるね、きみは」

警部は語尾に力を入れた。

「はあ」

浜木はうなだれていた。やがて、心もち顔をあげると、ふるえ声でいった。

「すみません。刑事さん、私が殺りました」

向こうから自供したのである。高井警部の方がつきだしていた肘をひいて蒼くなった。

浜木のそれからの供述はこうである。

「私は結核の手術をして、四年ほど千葉県御宿の療養所に入っておりました。もともと水天宮のあのビルは、私が父から相続したものだったのですが、治療費にあてるために、一区画ずつ手離して、最後にいまの時計店の角だけが私の手に残り、それも退院して開業する資本金のために担保に入れなければならなかったのです。柏は以前は山形町の自転車屋の二階にいたのですが、私から二階の一部をカタにとりあげると、すぐ越してきました。柏はスーパーマーケットをつくるために、最初からこのビルに眼をつけていたのです。二階の立退きが完了すると下の五軒の方たちにも二百万の立退き料を出して無理強いに契約書に判を捺させました。私だけがきかなかったのですが、柏は毎日、私に金の返済か、立退きか——しつこく迫りました。先月のはじめに、いよいよ工事をはじめるんだといって、ごらんのように板塀で囲いをつくりました。あれではもう、私の店は商売になりません。私は四月五日の十一時三十分ごろ、阿部さんが二階から下りてくるのを見たあとで、二階の部屋にゆきました。柏はいました。『浜木さん、この辺ではっきりしましょう。私ももうあんたのような弱虫の味方ばかりしている訳にゆきませんからね』といやみたっぷりにいいました。私はせめて、店の前だけ板囲いをはずしてくれと頼みにいったのです。柏はきき入れません。あろうことか、次のようにいうのです。『そうじゃないかね、浜木さん、私は自分の両親もわからないような男だ。もちろん一文なしから出発しました。ところが、あんたは、これだけの物を親からいただいて、ノンビリ学校も出してもらった。そのあなたが、どうして私風情に敗けなきゃならないんだ。それはあんたが弱虫だからだ。怠け者だからですよ』私は歯ぎしりしてきいていました。何も私は自分から怠けたのではない。病気ということさえなかったら、父からゆずりうけた身代を他人にゆずりなんかはしない。柏はつづけました。『そのくせ、あんたは人に文句をつけるだけは一人前だね。自分をどうにもならないところへ追い込んでおいて、それを他人のせいにする。そんなだから返せもしない金を借りようとする。出来もしない金をつくってみせるというんですな……店も取られる、嫁の来てもない、こりゃ当り前ですよあんた』からかうようにいう柏の顔をみていて、私はカッとなりました。窓辺の花瓶が眼についたのはそのときです」

高井警部は、うなずきながらきいていたが、やっぱりそうだった。鶴田のカンが当ったな、と思いながらきいた。

「それで、きみは、うしろから撲りつけたんかね」

「はあ、そうです」

「しかし、指紋はなかったね。花瓶には血がついていたが、ふきとった形跡はない。どうしたのかね」

「はい、手袋をはめてやったのです」

「じゃ、二階へ上がるとき、手袋をもって上がったのかね」

「申しわけありません」

覚悟の上の兇行である。浜木はとうから殺意を抱いていたとみられた。

この自供は当日の夕刊に大きく報道された。「高利貸殺人犯人は時計商」という見出しである。痩せて頬骨の出た病人顔の浜木廉の写真はどの新聞にも出た。

だが、これで事件は落着をみたわけではなかった。

7

久松署の捜査本部は解散する予定で、高井警部をはじめ、山西、鶴田の本庁係官、それに久松署の小野、刑事課員など、本部の室に集まって、浜木の自供裏付けについて話しあっている時であった。本部の部屋へ、入ってきた小柄な巡査が、高井の方に走りよると口早にいった。

「主任さん、妙な女がきています。浜木のことで、新聞の写真をみたといってとんできたといっているんです。会ってやってくれませんか」

「新聞でみて？　何をしらせにきたのか」

「何か、浜木が泥棒したといってるんです」

「余罪か」

「ところが、泥棒したのは、五日の午で、ちょっと、浜木のアリバイに関係しています。山形町のね、薬局のかみさんですよ」

「アリバイ」

高井の顔が歪んだ。小西も鶴田も耳をたてて小柄な巡査をみている。

「とにかく、つれてこい」

高井警部はどなるようにいった。

室に入ってきたのは和服姿の三十五、六、面長で、背のすらりとした女であった。

「宮永千鶴子でございます」

落ちついた口調で女はいった。

「山形町の二丁目で薬局を経営しております。五日のひるに金庫から三千円の金を盗まれました。それが、どうも、夕刊の写真でみた男だという気がしたので届けにまいりました」

「殺人犯の浜木にですか」

「はあ、左様でございます」

宮永千鶴子は袖口に手をさし入れるような仕草をして、高井の方をみていった。

「それが、新聞で拝見しますと、十一時三十分ごろと出ていましたが、その男が私どもへきたのも丁度その時刻だったのです」

「で、泥棒の一件というのは」

「はあ」

宮永千鶴子は落ちついた物言いで考えながらつづける。

「あれは、たしかに十一時三十分だったと思います。いつもきいているラジオ帝都の王徳院炎上というドラマが終ったときでしたから。奥の間にいました。店でごめん下さいという声がしました。出てみると、あの男が立っています。『寒気がするんで何か風邪薬を』とかすれた声でいいました。私は薬を二種類だして、百五十円のと二百円のとの説明をしますと、『これを下さい』って二百円の方をとって、『奥さん、水をくれませんか、すぐ呑みたいのです』というので、私はお客さんによってはよくそんな人がいますので、店の水道にいつもビニールのコップを置いておいたのですが、見当りません。奥へいって、ガラスのコップをもってきて薬と一しょにさしだしました。男は呑みました。男はやがて出てゆきました。ふと化粧品や何やかやの置いてあるウィンドウの中の手提金庫にいただいた金を入れようとしました。と、中は空っぽなんです。男が、奥へいった留守に盗ったにちがいありません」

高井警部は宮永千鶴子の記憶のいい以上の陳述に真実性をみとめざるを得ない。しかし、それが浜木だったとすると、これはどういうことになるのか。浜木は十一時三十分ごろ、阿部藤吉が二階から下りてくるのを見届けてから上がったと自供しているが、すると、この話はおかしくなってくる。

「奥さん、その男はたしかに浜木ですか。見おぼえがありますか」

高井警部は留置場係りの巡査に命じて浜木をよびだした。まもなく、浜木廉がベルトをはずしたズボンをだらしなくずらせて、廊下に出てきた。

「あの男です！」

宮永千鶴子は叫ぶようにいった。室の入口でドアを押えていた巡査がびっくりするほどの声であった。

「まちがいありませんわ、あの男です。はっきりおぼえていますわ」

浜木廉は女の叫び声をきくと、心もち鼻白んだ蒼い顔をもちあげてチラと宮永千鶴子をみたが、棒立ちになって居すくんだ。

〈おかしなことになったぞ……〉

高井警部は、あらためて、別室に薬局の女主人をよんで、ゆっくり訊いてみることにした。

8

「十一時半という時間にまちがいないですか」

「はい、毎日十一時十五分からはじまる十五分番組で、それが終った時でしたから」

「その日の内容を仰言って下さい」

「千姫の妹が前田利常のところへお嫁入りしているのですが、その璋子姫に父の徳川秀忠から、夫を暗殺しろという命令が届いた所でした」

高井警部はうなずいている。

「で、その男は何分ぐらいお店にいましたか」

「そうですね。五、六分だったと思います」

「そうすると、その男が店を出たのは十一時三十五、六分か、そのころということになりますね」

「はい」

「奥さん」

高井警部は腕組みをといて、

「何か、その証拠品がありませんか」

宮永千鶴子はちょっと考えていたが、

「そのコップがございます」

といった。

「薬をのんだコップですね」

「はあ、でも、あたし、男がウィンドウの上に置いたコップを、そのとき、タタキに落としちまったんです。お金をとられて、びっくりしたもんですからね、大声あげて、泥棒、泥棒って表に出た拍子に袂（たもと）でひっかけて落としたんですわ」

「しかし、そのカケラでものこっていませんかね」

「表のゴミ箱に捨てましたわ。ここのところゴミ屋さんがきていませんから、帰ってしらべればあるかもしれませんね」

高井警部は宮永千鶴子をいったん自宅に帰すと、部屋に山西と鶴田をよんだ。

「どうやら、おかしなことになってきた。もし、かりに浜木が薬局で金を盗ったとなると、時間の点で喰いちがってくる。浜木は十一時三十六分ごろ薬局を出ている。山形町のそこから水天宮まではだいぶかかるからね。柏事務所で兇行の行われた時間は十一時三十分前後から、四十五分ごろにかけてと思われるが、すると、浜木は山形町からかけ足でやってきたとしても、相当な強行軍（きょうこうぐん）だ。この距離はどうみても二十五分はかかる。パトロールカーで三分、タクシーで六分はかかる。つまり、どっちも事実だとすると、浜木という男が二人いたことになる」

「浜木をよんでみたらどうですか」

山西と鶴田が同時にいった。

高井警部はうなずいて、先程の留置場係の巡査をよんだ。

「きみ、浜木をここへつれてこい」

浜木廉は、高井警部の前に出ると、打ちしおれた顔を下に向けたままで木椅子にすわった。

「山形町の薬局で三千円の金を盗んでいるね。事実か」

高井警部が押しつけるようにきいた。

「はあ、申しわけありません」

浜木はいっそうなだれたが、やがていった。

「嘘をついていて申しわけありません。じつは私は殺人事件には何の関係もないです」

意外なことをいいだした。

「なに、き、きみはそんなことをいって……」

高井はどなるような声になった。鶴田も山西も浜木の口もとをにらんだ。

「殺人事件に関係のない者が、自白しようと何しようと、それで罪になるはずがないと思ったのです」

「しかし、きみ、嘘をつくにもほどがあるじゃないか。一つ間違えば、死刑ってこともあるんだぜ、きみ」

「はあ、しかし、いつかはきっと真犯人が出てくる筈だと思いました。そうすれば、私は無罪になる。それまでは警察の中にいたほうがいいんだと思ったんです」

高井はあきれた顔を思わず山西と鶴田にむけた。

「何のためだ」

と荒々しくきいた。

「警察の中にいるかぎり、あの店を取られることはないと思ったからです。それと」

「それと」

「本当のことがばれて、盗っ人だといわれることがこわかったのです」

「馬鹿をいい給え、窃盗と殺人とどっちが重い罪だと思ってるンだ」

「それは判ってます。でも、商人にとっては信用が命なんです。私は、あの板囲いをされてからってものは、喰う金にも困るようになりました。動きがとれなくなって、三千円の金をかっ払ったということがしれたら、商人はもうおしまいです。問屋に仕入れにいくことを考えてみて下さい。殺人事件にひっかかって、ひどい目にあったってことは、茶飲話になったって、仕入れの邪魔にはなりません」

高井も山西も鶴田もあっけにとられた。

「すみません。ご迷惑をおかけしたことは充分にお詫びします」

浜木を留置場にいったん下げると、高木警部は鶴田と山西を山形町の宮永薬局に急行させた。

二人がゆくと、宮永千鶴子は店先にいて、表の陽被いの横にすれすれに立っている電柱の下のゴミ箱へつれていった。

「あるといいんですがねエ」

と、彼女は白い腕をまくって、紙屑だの、板ぎれだのの入っている箱の中をのぞきこんで探していたが、やがて、

「ありました、ありました」

拾いあげてさしだしたものは、まぎれもなく割れたコップの底の方の部分であった。刑事たちも破片をあつめて、鄭重（ていちょう）にハンケチにくるんで帰ってきた。

鑑識に廻して所見されたそのコップから、浜木簾の指紋が検出されたのは、その日の夕刻である。

翌朝都内各新聞は意外なこの事実を報じた。「高利貸殺人犯浜木簾は無罪。即日釈放さる」と五段ぬきで詳報した新聞もある。

歯ぎしりしたのは捜査本部である。下ろしかけた看板を掛けなおすと、また、その夜から対策会議がつづく始末であった。

9

捜査本部は解散説どころか大きく動揺していた。もともとこの事件は、浜木を真犯人と断定するにしては物証の裏付けで早晩壁にぶつかることは眼にみえていた。浜木の容疑は情況証拠と彼の自白によるものだけであって、直接の証拠となるものは何もない。この点、宮永薬局から提出された割れたコップ一個こそは、今のところ浜木のアリバイ成立に確固たる物証として浜木のシロを裏付けている。

浜木は今となれば三千円の窃盗罪というだけである。しかも、初犯であったから、拘置期限一杯で釈放されるのは仕方のないことであった。しかし、どこかに穽がないか。本部の刑事たちのうちには、突然、久松署に現われた薬局主人宮永千鶴子は、浜木にとって、全く善意の第三者にすぎないだろうか、と、うたがう者も出た。二人の間をつないでいる糸がありはしないか。浜木釈放の資料となる金鉄の証言を打ちこんだこの女が、浜木のアリバイ偽造にひと役買って出たのではないかとする疑問はもっともといえた。久松署小野刑事がその先鋒に立った。

「どうも、私には、宮永千鶴子のいうことが、できすぎてるように思えてしかたがないんです」

小野は署でも古参の部長刑事である。主任の顔をにらむようにしていった。

「浜木しか動機の濃いのはいないんですよ」

するとお高井は説ききかせるようにいった。

「問題は、宮永千鶴子が浜木とつながっていないところにある。千鶴子は新聞の写真を見て出頭してきている。彼女に作為の影はなかったように思う。浜木真犯人説を固守するなら、アリバイの裏付けとなったあのコップをぶちこわす新資料がないことにはどうにもならない」

「主任、もう一ど薬局主人の内偵の時間をくれませんか」

小野はしつこく口もとをつきだしていった。

「浜木しかあの場合、二階に上がり得る可能性のあった者はないんですよ、主任」

「なにか、宮永千鶴子と浜木の間の糸を嗅ぐ名案があるのかね」

高井は期待うすな眼で小野をみている。小野もそれにこたえる言葉はない。事実、足を棒にしてそのことは調べて廻った。千鶴子は未亡人で、戦死した夫との間に十七になる娘が一人いる。二人ぐらしのつつましい暮しで、男出入りというものはなかった。

山形町の薬局の近所を刑事たちはしらみつぶしに聞きこんだのだ。薬局の前のタバコ屋、横町のすし屋、床屋、喫茶店——浜木廉の写真をもった刑事たちは、千鶴子と歩いていたこの男をみなかったかと聞き歩いた。しかし何もなかった。決定的なことをすし屋の主人がいっている。

「三年ほど前に一ど、あの薬局へすしを届けたことがあります。そのとき男のお客さんがいたことがありますがね。それ以来一どだって、あすこに男出入りのあった話はききませんよ。器量はいい方だしするしさ、町内で婿の世話でもしようかという話も、あっしが先頭にたって持ち込んだこともあったっけが、てんで相手にしない。もったいないったらありゃしない。あのまま後家(ごけ)をとおしてゆくつもりですかねエ、旦那」

炭屋のおかみもいった。

「浮いた話一つないってのはあの人のことですよ。かわいそうに、亭主と一しょにいたのが半月だっていうんだからね。戦争にとられて輸送船ごと沈んじゃってそれっきり。戦死の公報が届いたときにはあの娘さんが五ヵ月だった。それからってものはあんた、ああいう人が本当の日本の女っていうんでしょうかねエ。まじめな奥さんで通してこられたんですよ」

調べた結果はこのようなものである。千鶴子の不利になる証言はどこにもない。刑事たちは、やがて、この追及から遠ざかった。

事件は迷宮入りの色を濃くしてくると、本部幹部は必死である。

どこかで、浜木が笑っているような気がするのだが、刑事連はいよいよ高井警部から解散指示の出たことをしらされると不服だった。小野が喰ってかかった。

「もう一どだけ浜木をしらべさせて下さい」

「本部を解散することが、何もそのまま迷宮に入らせてしまうわけでもなかろう。アリバイをくずす材料もとれずに、漠然といまの状態をつづけていく訳にゆかんのだ」

高井警部はなだめる調子でいった。久松署の小野は語気が荒い。

「しかし、主任、浜木は腹の中で笑ってますよ」

だまっていた鶴田が口をはさんだ。

「小野さん、あなたは自分の心の中で浜木をホシに仕立てようとなさってるんじゃないですか」

「きみのような駆け出しに何がわかるかね。俺は捜査専門の道に十八年もこうして生きてきた。自信があるからいってるんだ」

「私のいっているのはそんなことじゃないんです。必要なのは『疑う眼』だということですが、でも、それに徹し切って人間を信ずる心を失ってしまったのでは江戸時代の岡っ引きと同じですね。浜木はともかくとして、私はあの宮永千鶴子の澄み切った眼を信じます。あれはわれわれを欺く眼じゃないと思いますね」

「青い、青い。きみはずいぶん感傷家だ。人情論も結構だが、それでは動機はどうするのかね。動機が浜木をさしているじゃないか。われわれが三ヵ月も足を棒にして洗い上げた結果はどうしてくれる。残っているのは浜木だけじゃないか」

「それならば、同じ事がいえます。われわれがあれほど浜木と千鶴子の間を疑って調べたが何の立証を得ましたか。ぼくも再々宮永千鶴子をさぐりました。千鶴子は思春期の娘にわるい影響をあたえることをおそれて、女としての幸福を全部捨てている可哀そうな女でした。その女が縁もゆかりもない時計屋のアリバイをでっちあげるために何であんなことをしなければならないんです。十八年捜査の道を歩いてこられたことは尊敬します。しかし、十八年のひた向きな生き方が人間の一番大事なものをゆがめてしまうものだとしたら、私は捜査官であることを恥じます」

小野が椅子を蹴って立ち上がろうとすると、高井警部が、止めろッとどなった。

「いいすぎだ、止めろッ、鶴田君」

鶴田刑事はかまえた軀をくずしてうつむかざるを得ない。本部解散の夜はこのような口論で終った。高井主任は茶碗酒をみんなに廻しながら、

「今日まで、この事件に対する諸君の協力はうれしかった。解散したといっても、これでこの事件がすんだのではない。この水っぽい酒を忘れるなよ。みんなで力を合わせて、これからも真実を捜すんだ」

心もとないしめくくりである。本部員はそれぞれの部署にひきあげた。

10

捜査本部が解散しても、迷宮事件は担当刑事の任意捜査で追及される。だが、日に日に殺人事件のふえる東京は、本庁としても刑事の人員不足が何よりのガンで、ふるい事件に専門刑事を一人ずつ配慮するわけにゆかない。

暦は七月に入った。空梅雨のかげんもあってこの年は五十年ぶりの猛暑に突入している。陽気が気違いじみてくると、兇悪事件も並行してふえるようで、水天宮に起きた高利貸殺人から、七月半ばの約三ヵ月半の間に、大森の通り魔女学生殺し、早稲田鶴巻町の若妻殺人、六郷テニスコートの女給殺し、小岩のバラバラ死体、音羽の女事務員殺し、と合わせて六事件が迷宮に入った。署によっては、三つもの捜査本部の看板をかかげた所がある。

鶴田倫也は都内各署に配属されて、汗だくでかけずり廻っていたが、担当した神田の古書店の流し殺人が解決すると、三日ばかり手があいた。七月二十六日の午過ぎのことである。蔵前一丁目の都電通りで、ダンプカーが二人の男女を轢き殺すという事故が起きた。鶴田は蔵前署に詰めたが、まったく、これは酷暑のために起きている。通りは昨年末から地下鉄工事が継続されていて、それでなくても混雑する蔵前の問屋街である。電車通りにあけられた大きな穽は、石炭のような黒い瓦礫と土壌を吐きだし、休みなしにトラックが運ぶ、鉄骨がぶち込まれている。ミキサーが走る。コンベヤーが廻る。炎天下の工事であるから、めくるめく暑熱で、焼けた鉄カブトをかぶって働く人夫の頭も狂ってくるものか事故が多い。問題のダンプカーは浅草橋の方から走ってくると、いきなり一丁目のあたりから信号を無視して突進しだし、通行中の玩具問屋の店員と銀行員をひっかけた。そうして路面にあいていた工事中の黒い穽に向かって車体を突込んだ。二人の男女は即死だった。乾いた土埃の電車道に死体は血をふきだしながら転げていた。鶴田刑事は無残な現場をみて激しい憤りを感じた。原因は居眠りだった。本人は車体からはじきとばされて、黒い穽の底に放りこまれ、運のいいことにかすり傷をうけただけである。刑事は依田というこの二十二になる運転手が所属する会社の労働時間や雇傭問題に疑問をもって調査をはじめたが、依田運転手の住居をたずねたとき、これが、同じ電車通りの終点に近い人形町だった。忘れていた高利貸殺しを思いだしたのである。任意捜査ということにはなっていても、現在の事件を追いながらの捜査であるから、その後、久松署が、どのような成果をあげたかあまり気を配っていない。本庁への報告はいちいち掲示されるから、新事実の発見があればわかるはずであった。

鶴田は人形町から明治座の方に入った所にある依田運転手の家族をたずねた帰りに、ぶらりと久松署に寄った。

小野部長刑事はいなかったが、顔見知りの栗田という若い刑事がいた。栗田はこんなことをいった。

「うちでも、堀留に一つ殺しを抱えていますんでね、正直、あんまり手が廻らないんですよ。しかし、管下ですからね。ときどき、現場を通るたびに、宮永薬局と浜木の動静だけは探りを入れていますす。今のところ、これといった聞き込みはありません。しかし不思議なことにね。あの水天宮の古ビルは当時の板囲いのままで、工事のメドがつかないらしいのか、放ったらかしなんです。浜木もまだ板囲いの穽の入口に貼り紙をして店をやっていますよ」

「柏の事業を継続する者はいなかったわけですか」

当然のことを鶴田はきいたにすぎない。

「いや、それについてですね、妙なことがあるんですよ。柏と共同出資のかたちでスーパーマーケットを計画していたという黒木という弁護士があります。この弁護士があとのことを差配している模様なんです。妙なことというのは、この男の事務所へ、例の太田三枝子がつとめているんですよ」

「太田三枝子が」

鶴田は耳をひらいた。

「どうせ、あの女は親と離れてね、一人暮しですからね。働かねばなりません。柏が殺されてしまえば秘書などという職業はなりたちませんからな。黒木弁護士が同情して傭い入れた、そのところは知りませんが、彼女はすぐ勤めた模様ですよ」

「栗田さん、黒木という人の事務所はどこにありますか」

鶴田は訊いた。

「京橋だということですよ。交叉点近くのビルの一室が事務所になっています」

汗をふきながら早口に話す栗田刑事の胃腸のわるそうな蒼い顔をみつめていた鶴田は、久松署を出ると、大急ぎで水天宮に走った。なるほど、栗田のいったとおりであった。板囲いは以前のままだし、ビルは汚れたまま放置してあった。真夏の陽をうけて埃っぽいトタンがギラギラ光っていたが、付近できいてみると浜木時計店だけが残り、五軒の店はとうに引越したという。鶴田は浜木に会ってみようかと思ったが、店を見届けてから京橋にとんだ。

太田三枝子に会ってみたかった。

疑惑は充分ある。三枝子がその新雇傭者である黒木弁護士と昔から結びついていたかもしれない。黒木という人物は今はじめて聞く名だが、共同出資だったら、兇行当時出入りしていたことは確実だ。

〈大きな見落としがここにあったのか〉

11

鶴田刑事の疑惑は発見者の太田三枝子が、あの日茅場町の株屋から帰って、柏の死体を発見して電話をかけてきた時刻に問題がありはしないかという点である。黒木という背後人物が、柏を表面に出し、ビルの立退きを完了させる。あとでその柏を消してしまえば、まるまる自分のものになる立場ではないか。悪心があれば動機は充分なりたつわけで、この手先が太田三枝子であったら、警察へかけた電話も詭略が存したかもしれない。

三枝子は男好きのする女である。柏とは肉体関係がなかったにしても、黒木とはわからない。山西刑事は上中里の清嵐荘という三枝子のアパートまでいって調べた。彼女の生活は几帳面で男出入りがなかったということで、いちおう容疑が晴れているが、かりに柏殺人を黒木と三枝子が企んだとすれば、アパートの生活ぐらいは虚偽でつくろうのは簡単である。

鶴田倫也はこの推理を抱くとかなり胸さわぎがしだした。彼は京橋で下りて、弁護士黒木恭介の事務所のあるビルを捜しあてた。その周囲を見届けておいてから、鶴田はひきかえして、まず、この男の素姓を探った。

黒木恭介は私立大学のWを出て三十六歳、弁護士会にも登録しているいわば少壮弁護士の一人である。興国開発産業という著名な会社の顧問弁護士をかねていることが判明した。鶴田がとくに喜びをおぼえたのは、黒木が未だに独身者である点であった。三十六歳ならば独身といってもまだ不思議はない。しかし、株式欄にも載っている興国開発産業の顧問弁護士をしていて、その年で独身であることは腑に落ちなかった。どこかに人間的な欠陥があるか、あるいは公表されていない女関係がつづいているかどちらかであろう。

さらに京橋の事務所を内偵してみると、太田三枝子は柏が殺されてから廿日目に就職していた。その前までつとめていた加納正子という女事務員は解雇されている。原因は加納正子に落ちどがあったためか、それとも三枝子を雇傭するために辞めさせたかその点はまだわからない。

鶴田倫也は七月二十七日の朝、京橋に出て、黒木事務所をたずねた。黒木のこないうちに事務員の太田三枝子を呼び出すためであった。

そのビルは二階建ての小さな貸ビルである。せまい階段を上がって、すぐ表通りに面した十畳ぐらいの洋間が事務所になっている。ドアをノックすると、思ったとおり女の声がして、どうぞといった。刑事があけて入ると、面長で白い顔をした三枝子が立っている。鶴田の顔をみるなり三枝子はもっていた帳簿を胸のへんまで上げて、顔色をかえた。

「ちょっと、柏さんのことで……あなたに教えてほしいことがあるんですが」

鶴田は鄭重にいった。

「あたしにですか、まだ、何か、おたずねになりたいことが……」

三枝子は困惑の表情をした。

「お時間はとらせません」

室内を覗き見してみると、三枝子のほかには誰もいない。ガランとした部屋にはきちんと机がならべてあって、室のまん中に丸テーブルがある。そこが仮応接の役目を果すらしい。ビニールのテーブル掛けの上に、紅いガーベラを活けたガラスの花器が眼についた。

「私がおききしたいのは、柏さんの事業関係のことです。ご存じのように、あの事件は迷宮入りです。第一の容疑者であった浜木さんはアリバイがありました。とすると、犯人はビルの居住者以外ということになります。どうしても、あなたにきかねばならないことが多いのです。柏さんはスーパーマーケットをつくるつもりらしかったが、ここの黒木さんも共同出資者だったそうですね。柏さんと黒木さんのことについて何かとくべつの事情が他にありませんでしたか」

「私は知らないのですよ。もうお話しすることはみんな話したはずですわ」

三枝子はそういうと、何も語りたくない表情を露骨にだした。鶴田はかたくなった表情の三枝子に面喰らった。

「どうして答えてくれないのですか。捜査に協力する意志はないのですか」

と思わず鶴田はつよくいった。三枝子はそれでもだまったままである。よほど久松署の小野が彼女をおびやかしたらしい。

「仰言って下さらねば結構です。しかし、柏さんの身近にいたあなたは彼を知っているたった一人の人です。どんなイヤな顔をされたって、ぼくはあなたに喰い下がりますよ」

鶴田は尚もつづけた。

「あなたがそんなに私をにらんで押しだまっているのは、何かを知っている証拠になります。ぼくにかくしていることがあるんではありませんか」

「…………」

三枝子は眼ばたき一つしないで鶴田を見ている。切長の眼が男のように光っている。

「そうでなければ、そんな冷たい眼ができるものではないですよ。いいですか。あんたが、それをいってくれるまでぼくははなれませんよ」

鶴田はそういったが、なぜか蒼くなってだまってしまった三枝子をみると、これ以上問いつめても無理なことを知った。日を改めるしか方法がない。

「また、伺います」

黒木の事務所は出てきたが、太田三枝子が意外に反撥に出たのはなぜかと疑ってみた。しかし、これは自分の推理に大きな自信をもたせる役割になった。本庁にもどって、応援調査をした交通事故の例の蔵前署関係の調書を簡単にすませると夕刻になった。部屋の隅でタバコをふかしている古参の山西刑事のわきによると鶴田はいった。

「ちょっと話をきいてほしいんです」

「太田三枝子のことかね」

なぜか山西は仏頂面で、興味のなさそうな返事である。

12

日比谷の森に夕蟬(ひぐらし)がないている。歩きながら鶴田はいった。

「黒木と柏の関係ですよ。何かありますね。この秘密をさぐれば案外かんたんにかたづくかもしれませんよ」

「久松署の小野刑事がね」

と山西は鶴田の言葉の終らぬうちに、猫背をちょっとそらすようにしていいはじめた。

「三枝子を追ったんだ。わかったことは、あの女が黒木のところに泣きついて傭ってもらったことと、株屋でしらべた相場ぐらいなものさ」

「相場の内容もしらべてみたでしょうか」

「興国開発の名もあったそうだよ」

鶴田は眼を光らせている。

「興国開発といったってきみ、ま、高利貸だからね、株はいろいろもっていたろうさ。それで黒木との結びつきのキメ手にするわけにもゆくまい」

「山西さん」

鶴田は涼しい風のぬけてくる森の下へくると足をとめた。

「主任に、もう一ど、たのんでみてくれませんか。私は太田三枝子を追ってみたいんです」

「鶴さん、あんたはいい刑事になる素質はある」

と山西は足をとめていった。しかし、まだ仏頂面はくずしていない。

「しかし、あんたは少し自分の考えにふりまわされすぎてるよ」

「…………」

「久松署は大いにしらべた。黒木がどうして共同経営の名をかくしていたか、太田三枝子も柏と何かありそうな気配もあることもわかった。……しかし、それだけのことだ。黒木は柏の弁護士というだけで、全く殺人事件には関係はないし、太田三枝子も黒とする点はほとんどない。ホシはやっぱり浜木にちがいないよ。これ以上周囲をひろげて押してみたって何も出はしない。つまり、方角ちがいに踏み迷うばかりだ」

山西は、先に歩きだした。

鶴田は何かはずされたような気がした。どうして太田三枝子を探ることがいけないのか。

〈太田三枝子と柏と何か関係がありそうだ。そのことを知って、放置していいはずはない〉

今朝、あの事務所の中で、押しだまっていた三枝子の白い顔が鶴田の脳裡にうき上がってくるのだ。

「山西さん」

小さくいって追おうとしたが、二、三歩走っただけで鶴田は歩を止めていた。

〈俺一人で追ってみせる!〉

鶴田倫也は、森の中の横道に入って、そこにあるベンチに坐りこんだ。手帳を取りだしてよくみると、どの頁もエンピツで真っ黒になっている。

柏、太田、黒木、興国開発——? と改めて書いてみる。しかし、頭を抱えていてもその先は何もでてこない。

夕闇が日比谷に落ちた。この時刻から公園はアベックが多くなる。手を組んで通る若い男女と逆行して鶴田は森を出た。国電駅に向かうために都電のある角にくると、いつものように立売りから新聞を買った。まず三面記事に眼をとおす。それから経済面にうつす。と、このとき、鶴田の眼は異様にかがやいたのである。次のような活字がとびこんできたからであった。

〝興国開発産業に地下鉄認可〟

〝水天宮一帯にアミューズメントセンター設立か〟

〝株価急騰！　興国開発資本金二十億に増資〟

〝ADRに興国開発産業指定！〟

街灯の下で鶴田倫也は棒のように立ちすくんだ。

興国開発産業に地下鉄認可が下りなくても、人形町、水天宮一帯はもちろん、あの壊れかけたような水天宮ビルのある地価も急騰することは当然である。地下鉄認可の事前工作が、はじめられたのは相当前だろう。顧問弁護士である黒木恭介がその内幕を知らないはずがない。とすれば、黒木は、柏の係り弁護士をしていた関係から、柏が金を貸していた浜木時計店の所有するビルと土地に眼をつけぬはずはないのである。

考えられることは、柏と黒木が共同出資で浜木以外のタナコたちに配布した一千万円以上の立退き料である。ひょっとしたら黒木が出したのかもしれない。ケチな柏が、そのような投機的な出資に荷担するはずはない。黒木は地下鉄工事の開始を事前に知って、うまく柏にとりつき、憎まれ役の立退き請求は彼にやらせて、あくまで、自分は背後にあって、利益を受けようと目論(もくろ)んだ。

とすると柏が殺された理由は、何なのか。

黒木が誰かにたのんで消したのである！　太田三枝子があのように反撥的に出たのは、何かこの間の秘密を知っているためではないのか。

鶴田倫也は混乱する頭をかかえて家に帰った。寝苦しい夜を睡れないままに考えつめていたが、地下鉄工事にからまる土地の買占めは理解できても、柏が誰に殺されたかのキメ手はどうしても出てこない。

翌日、夜の明けるのを待って、鶴田はまず、これらの調査に走った。

鶴田倫也は、最初に日本橋にある登記所の門をくぐっている。眼鏡をかけた老官吏がいて、手帳をみせると親切に土地台帳をめくってくれた。

「水天宮のあのあたりは浪西町ですかな。三六六の二ですな」

と老人はゆっくりした口調でいっている。それが鶴田にはもどかしかった。

「名義人は誰になっていますか。柏君夫ですか」

「柏？」

老官史は首をかしげていった。

「三十五年の十月十三日に浜木廉から興国開発に転売されたことになっていますよ」

鶴田倫也の仕切り台の上についていた肘が大きく音をたてた。

「あのあたり一帯は全部興国開発産業名義に切り換えられていますね。昨日の新聞に出ていたアミューズメントセンターの用地じゃないですかね。地下鉄も通ることだし、二千坪も開発が買占めてるんじゃ……あんた……」

老官吏は眼鏡の奥のひっこんだ眼をしばたたかせている。

鶴田倫也は礼をのべて、登記所を走り出ると、京橋に飛んだ。

〈黒木に会おう〉

考えたことはこの一つであった。

13

鶴田倫也は、京橋のそのビルの暗い階段をとび上がった。彼にはいまは準備しておく何らの言葉も要らなかった。作為なしに黒木に話してみよう。

ドアをノックすると、三枝子が出てきた。昨日の今日であるから、鶴田をみとめると、例のとげのある眼つきになって、

「ご用は何でしょうか」

事務的にきいた。室の中をみると、窓べりの机に背中をこっちにむけたずんぐりした怒り肩の男がいる。三枝子の応答をきいて、男は椅子を廻した。鶴田は三枝子の肩ごしにその男に会

釈していった。

「黒木さんですか、ちょっとおたずねしたくて参りました、警視庁の鶴田といいます」

「警視庁の」

男はそういうと、てかてかした下ぶくれの顔をちょっとひきしめたが、すぐ厚いくちびるをゆるめて、

「どういうご用事でしょうかな。うかがいましょう」

かすれ声だが、しかし歯切れのいい言葉つきでいった。

「太田君、椅子をこっちへ」

三枝子はだまって、丸テーブルに椅子をよせて、小さく、

「どうぞ」

といった。自分は隣の机にいって、ガスに火をつけている。

鶴田はそのうしろ姿をちょっとみてから椅子に坐って黒木に対峙した。

「黒木さん、興国開発の土地買占めは効を奏したようで結構ですな。じつは、そのことで伺いたいのですが」

「なんですかな」

と黒木は胸をそらした。

「ご存じのように、柏君夫は殺害されました。犯人はまだ挙がっておりません。われわれは三カ月に亙って関係者を虱つぶしにあたりましたが誰もが白でした。しかし、私はまだあなたにお会いしていなかったのです」

「というと、ぼくが何か殺人事件に関係しているとでもいうのかね」

横柄に黒木はいった。こめかみが少し動いている。

「柏さんと共同で水天宮ビルを買占められたことはわかっています。柏さんが殺された動機はやはり金銭上の怨恨が問題になっています。あなたが何も事件の当事者だとはいいません。柏さんの死についてどう考えておられるかききたいと思います」

「どうって、ぼくはきみ、あの日は所用で大阪にいたしね。帰ってみて、殺されたというのでびっくりしたまでですよ。柏君は高利貸という商売上のこともあって、いろいろ人に憎まれるようなこともしていたしね。ぼくの知らない人たちが殺したのかもしれない。ぼくはあの男とは法律的なもめ事があると話をきいてあげることぐらいのつき合いしかない。毎日会っていたということもないしね。ぼくよりも、そういうことはきみたちの方がくわしく調べられたでしょう」

「それではおたずねしますが、浜木時計店をはじめとするタナコの商店の人たちに、一種の立退き威圧行為として板囲いをされたことについてどう思われますか」

「あれはきみ、久松署の小野君にもいっておいたがね、合法的なものですよ。はっきり打ち割っていわしてもらえれば、土地所有者である興国開発と柏との関係を裏にかくす擬装工作もかねていたわけでね。まあ、新聞が今日のようにでかでかと地下鉄認可の件を発表するまで必要であったというわけですよ」

憮然(ぶぜん)といい放つ黒木の顔は紅潮してきている。鶴田は喰い入るようにその黒木の眼を瞠(みつ)めた。

「土地をおさえるには時間がかかる。会社は完全に水天宮一帯を買い切るまで地下鉄認可の内定を一般に知られたくなかったんだよ。そのどさくさに柏が殺された。いや、事件に関係がないとはいうものの、ひやひやしたね」

鶴田はにぎっている手がふるえた。

「あんたは一課の刑事さんだから、そういう法律のことはご存じないかもしれんが、私のやったことは何も悪いことじゃない。柏はあの土地とビルを買い占めるにじつは一銭も出しとらん。あの男がまた金を出すはずがない。地下鉄認可のことは知らなかったのだからな。あんたのうたがうように、私も柏と相談ずくでひと役買っているとしたら、そんなことは永らくおつとめになった秘書の太田三枝子さんが知っている筈ですよ。太田さんにきいてみるといい」

黒木はそういうと、内ポケットからパイプを取り出して、罐入りの葉煙草をつめこみはじめた。先のまるい太い指をしている。

鶴田は押しまくられた恰好である。むらむらとふきあげてくる怒りがあった。

「しかし、黒木さん、あなたは関係がないと仰言るが関係はあるはずですよ。なんの罪もない人間の土地を取りあげて、それで関係がないとはいえない」

「たんなる、きみ、手段だよ。一種の便法さ。これはきみ、私権上の行為で柏個人の殺人と何の関係があるかね」

「黒木さん、あんたは本気でそう考えているんですか」

鶴田は語気をつよめた。

「柏に追いこまれて土地をうばわれることは、死を意味する人間だっていたのですよ。そうした人たちは、そのために殺人の容疑をうけたり、商売上に不向きな転地を余儀なくされたりしました。もし、その人たちのために殺人が行われていたとしたら、無関係とはいえないでしょう」

「わしは何をかいわんやだね。すべて合法的に土地を買ったんだから」

「六法全書の条文にふれなければ犯罪じゃないというんですかね。いいですか、黒木さん。一番悪質な犯罪というものはそれですよ。あらゆる法の眼をくぐって死角を衝いてくる、それが弁護士というあなたの商売なのですか」

黒木はむっとして睨みつけている。鶴田はつづけた。

「柏殺しの真犯人があがったら、私は興国開発に喰いついてゆきます。柏を殺した男もね、本当は興国開発を潰したかったかもしれない。裏でそういうことが行われていると知ったら」

ふるえながらいいつづける鶴田をにらみつけていた黒木は、割れるような声でいい放った。

「帰りたまえッ。爪をたてられるものならたててみろ。一介のかけ出し刑事が資本金二十億の大企業に喰い下がれるものなら下がってみろ」

14

疲れた足をひきずって鶴田は夜十時ごろになって家に帰った。彼の家は東中野の高架線わきの土堤下にある。夜っぴて電車が通る。電車が通過すると、あたりは瞬時死んだような静寂になるのだが、家のまわりが空地になっているために、草茫々のそこから虫の声がきこえてくる。虫の声をきいていると風が冷たく、も早や初秋であった。鶴田は奥の三畳で寝ている老母に気がねしながら、そっと縁に出た。満天に星が出ている。縁側にちぢこまってゆっくり団扇をつかった。

今日一日のことが思いかえされるのだ。激しく黒木と口論した時のことを思いだすと、また昂ぶった感情が胸もとにつきあげてくるようでならない。

〈悪！〉

鶴田は口の中でつぶやいてみる。誰が柏を殺したにしろ、柏を死に追いつめたものはきっと土地買い上げの問題とからんでいるはずだ。

〈浜木なのか！〉

山西刑事が、やっぱり浜木だぞ、といった言葉がよみがえる。

〈浜木だとしたら――〉

それは背後で浜木をおびやかした大きな資本力の影ではないか。

鶴田は眼をつぶった。どうしようもない怒りが咽喉もとを通ってはげしく瞼につきあげてくる。

ふと、あの蔵前一丁目の都電通りにぽっかりあいていた大きな黒い穽がうかぶ。銀行の女事務員と、玩具問屋の店員が、血まみれになって死んでいた。真昼の瓦礫の工事現場であった。血がふきあげて流れる地面は、五十メートル向こうで打ち込む鉄骨の音で大きく地響きをたてている。コンベヤーが廻り、そこから落ち込む黒い土壌を汗だくの人夫たちがスコップをつかって、トラックにつみこんでいる。

穽にはまったダンプカーのひっくりかえった錆びた腹！

やがて、あの水天宮のビルの下に黒い穽があくのか！

鶴田はおそくまで夜空を瞠めて縁側に立ちすくんでいた。

15

翌朝は、寝不足の頭をかかえて本庁に出た。鶴田は主任に黒木との一件を報告しておいてすぐに水天宮へとんだ。まず浜木に会ってみたかった。しかし、その浜木は折悪しく店にいなかった。鶴田はガラス戸の閉っている時計店の内側をのぞいてから、ビルのまわりをゆっくり廻ってみた。阿部電機も、すしやの六兵衛も、葉茶屋も高松も、みんないない。それぞれの行く先に落ちついたものと思われた。

鶴田は十文字に板の打ちつけてある階段口から、二階に上がる穽のような暗がりをのぞいた。埃だらけのそこは、まだ四カ月前の無残な兇行時の匂いがたちこめているようだった。鶴田は少し足がひるんだ。

浜木は問屋へ仕入れにでもいったのだろう、なかなか戻ってこない。

鶴田は山形町に廻った。宮永薬局の前を二どほど往来してみた。店には千鶴子の顔はみえなかった。しかし、営業はしているのだから、奥にいるにちがいない。と、近所のかみさんらしい女が入ってゆくのがみえる。何か化粧品でも買うらしい。電柱の影に立ってみていた。と、奥から千鶴子が出てきた。相手をしている。心もち蒼白んで面やつれした顔である。何か喋っている。千鶴子のくせか、たえず微笑している。商売に専心している顔つきである。浜木のアリバイを工作したような影はみじんもないのだ。

鶴田は薬局からはなれた。また、ゆっくり都電通りに出た。

〈どこかに穴があるはずだが。――浜木も、千鶴子も変化なく働いている。三枝子だけが黒木の秘書に変っている……やっぱり三枝子が……〉

考えつめながら歩いてゆく鶴田の足は、自然と京橋に向かってゆく。黒木に会うのは不愉快であるが、三枝子にだけはもう一ど会ってきいてみたい。都電に乗った。京橋で下りると、ぶらぶら黒木事務所のビルの方に歩いた。黒木の不在をたしかめないと訪ねるわけにゆかなかった。三枝子が使いに出るのを張り込んでいるしか方法がない。

電話ボックスの蔭で鶴田はタバコを吸って待った。ここはかなり通行人が多い。だいぶたったころ、それらの人たちの中に三枝子の顔が出てきた。どこかに使いに出たのだ。鶴田は三枝子をやりすごすとタバコを捨てて、うしろから追いついていった。

「太田さん」

三枝子はびっくりしたように立ち止まった。

「昨日は失礼しました。つい興奮したもんですから、すっかり黒木さんを怒らしてしまったんです」

「……」

三枝子の顔は今日も蒼ざめている。しかし、鶴田の眼に今日の三枝子はどこかちがってみえた。どこがちがうのか。どこかわからない。眼だろうか。そういえば、切長な彼女の眼の白眼はわずかばかり充血していた。そのためか、いつもの冷たい拒否の色が出ていない。

「黒木さんが、あのとき、あんたにたずねろといいましたね。あんたは興国開発が、浜木のビルをうまく買い占めていたのを知らなかったのですか」

「知りませんでした」

三枝子は持っていた大きな角封筒を落としそうになった。その封筒をもちあげ鶴田をじいーっとみている。

「あなたは、柏が誰に殺されたと思いますか」

「……」

三枝子はうつむいた。しばらくしてから、

「そ、そんなこと知りません」

細い、きりっとした眉が立った。と思うと彼女は歩きだした。鶴田は早足に追った。

「あなたは、何かかくしていますね」

「かくしてなんかいません……」

三枝子は歩きながらいった。

「人間、だれだって、人にいえない秘密はあるものです。そんな個人的なことまで刑事さんに話さねばならないの。私が自分の秘密を打ちあける人は私の味方しかないわ」

「味方？」

通行人が二人の間をわけて入った。

「失礼します、用事でいそがしいのです」

三枝子は足早になった。分けて入った通行人のあとをまた別の邪魔が入った。そういわれれば、刑事には強引にひきもどす権利はなかった。鶴田は人ごみの中をかけ足になって消えてゆく三枝子を瞠(みつ)めた。

〈あの女のもっている秘密とは何なのか！〉

呆然として人の中に刑事は立っている。

16

その夜も九時すぎてから鶴田は東中野の家に帰った。いつものように老母は戸に鍵をして寝ている。合鍵であけて入る。卓袱台(ちゃぶだい)の上においてある茶漬をたべて、鶴田はごろりと横になった。つかれているのだ。頭に宮永薬局がうかぶ。それから、三枝子のうるんだような、わずかばかり充血した眼が――。

玄関でかすかな訪客の声がしたように思った。鶴田は玄関に出て暗がりをすかしみた。

「ごめん下さい」

女が立っている。鶴田はびっくりした。今、思いだしていた太田三枝子がそこに立っていたのだ。いまごろ、三枝子が何をしにきたのか。つっかけをひっかけると大急ぎで家にあげた。

「どうしたんですか」

鶴田は蒼く澄んだ三枝子の顔をみつめていった。

三枝子はじいっとつっ立っていたが、入り口近くに坐るなり、押しつめた声で、

「今日のひるは申しわけありません。ゆるして下さい。あれから警視庁で住所をきいて参りました。鶴田さん、何もかもかくしていたことを申しあげにきたのです。柏さんを殺したのは、浜木さんです。私は五日の日に見たんです」

「見た！」

鶴田はあまりのことにもっていた団扇を落しかけた。

「何をみたのです」

「茅場町にいって、帰りに郵便局により、事務所にもどると階段をあがって、私は廊下の口の

カーテンをあけて、暑くてたまらなかったので、水を呑んだのです。と、そのとき、部屋の方から足音がしました。みると浜木さんが走ってきます。白い手袋が真赤でした、階段を下りてゆくのまでみました。私は室に入りました。柏があお向けにたおれています。血だらけの顔でした。しかし、まだ、柏は生きていました。虫の息とでもいうんでしょうね。ハマキの奴がやった！　ととぎれとぎれにいって、三、四秒ほどするとこときれました。私はそれからすぐに久松署に電話をしたのです」

三枝子の落ちついた告白は真実なのか。一体この女は何を云いにきたのか。しかし嘘をいっている眼ではなかった。

「三枝子さん、どうしてそれを、……あんたは、本当のことを警察にいわなかったんですか」

鶴田はにらみつけた。

「理由があります。その前に私は鶴田さん、あなたに取ったこれまでの態度を詫びねばなりません。なぜ、私がそんな態度をとったかわかっていただきたいのです。そのことが嘘をついた理由にもなるからです。鶴田さん私はいま小さな秘密を申しあげねばなりません。私は埼玉県の大宮市郊外の農家に生まれました。父は相当の土地をもっていましたが、この土地を興国開発に売りました。興国開発は今日、私の父祖の地をゴルフ場にしています。父は土地を売った金で、あそび呆けるようになり、四、五年の間に大半を費消、とうとう北海道にまで移住するような境遇になりましたが、このことは父の罪で何とも私は思いません。しかし、のちに私は柏の事務所で働くことになったのです。柏は私には最初の軀を盗んだ憎むべき男でした。私に催眠薬をのまして軀を奪ったのです。私は柏に対する復讐に燃えるようになりました。皮肉なことに、その柏が、やがて、興国産業の黒木と組むようになるとは夢にも思いませんでした。私は強欲な柏が浜木さんをいじめた態度を全部知っています。浜木さんが殺す気持もよくわかります。私は浜木に殺された柏をみて微笑しました。現場も目撃し、彼の口から犯人の名をきいても報らせなかったのは私の復讐からです。浜木さんが殺すのも無理はないと思いましたし、鶴田さん、今の世の中には敵と味方とだけが存在して、傷つけ合うより仕様がない人ばかりがいます。愛し合い、打ちとけあうなんてことはあり得ないのです。人間同士は傷つけ合って、どっちかが倒れてしまうまではとけ合うなんてことはないんだ……私はそう思うような女になってしまっていたのです。それが」

「それが」

鶴田は思わずつばを呑んで三枝子の顔に見入った。

「昨日、あなたが、黒木の前で仰言った言葉で、憎い興国産業の手先であった黒木のことをはじめて知り、あなたが黒木に向かって投げつけた言葉に打たれました。鶴田さん、私はあなたを本当の味方のように思うようになったのです」

「ぼくは味方ですよ」

と鶴田はいった。

「鶴田さん、私はあなたにこんな立場でお会いしたくなかったと思います、ゆるして下さい」

太田三枝子は激情をころすために、口もとに手をあてるとむせびはじめた。そうして彼女はいった。

「早く、浜木さんのところへいって下さい。私はここへくるときに、自首をすすめてきました」

鶴田の血相がかわった。彼は大急ぎでズボンをはくと、三枝子を家に置いたまま、暗闇に走り出たのである。浜木に逃げられてはならなかった。

刑事は犯人を逮捕することが第一義であった。だが、鶴田倫也はひと足おくれた。水天宮の板囲いの中の時計店をたずねたときは浜木はいなかった。

逃亡したことがわかった。

鶴田倫也の報告で警視庁は大きく動いた。都内近県に指名手配がなされた。本部は二つのドジをふんでいる。同時に山形町二丁目の宮永薬局店主宮永千鶴子も失踪していたからであった。

二人の行方は杳(よう)として知れなかった。

17

千葉県九十九里に剃金納屋というところがあった。東金市から海岸に向かって国道をつき当ると九十九里町であるが、剃金納屋は六キロほど南へ、弓状にのびた長い浜辺にある寒村である。白砂の弧をえがいた磯から街道に通じるまではかなりな距離があるが、一帯は大海の波をうけて風がつよい。街道に植林されている小松をくぐって、ちょっとした丘陵の下に出た地点だった。そこだけ礫石のざらついた波打際になっているが、八月十九日の早朝、付近の漁師が男女の心中死体を発見している。東金警察からの連絡で、この男女が指名手配中の浜木廉ならびに宮永千鶴子の両名であることは夕刻までに判明した。係官がかけつけてみると、二人は両手を腰紐で結び、足も同じように紐でくくっている。浜木廉の上着のポケットから遺書が発見された。

遺書は浜木の殺人を宮永千鶴子のアリバイ幇助によって計画的に遂行したという浜木の告白である。遺書の末尾にかかれてあった千鶴子と浜木の関係は係官たちの想像だにしなかったものであった。

「――私は中学時代に、御宿に生まれた宮永千鶴子と識りました。私たちはお互いに話し合い楽しい時間をすごしました。そうして、何年かたってまた私が療養中に、再会しました。千鶴子は娘をつれていました。その時も私たちはお互いに愛し合っている気持を感じながらもきれいに別れたのですが、やがてそれから十年めに千鶴子が山形町で薬局をひらいているのを識ったのでした。三どめの再会は楽しいものでした。私も軀がよくなってきていました。千鶴子も娘が大きくなって、薬局も順調にいっていました。しかし私は、療養のために柏から借りた金がありました。柏は毎日ほど責めたてます。私はこのために、完全犯罪をたくらみました。一％のアリバイは九十九％の物証に優先する。この大原則を利用したのです。私は、完全犯罪の遂行のため、それまでまじめに後家を通してきた千鶴子を手なずけることを思いつきました。で、私は女一人いる薬局に、娘の学校へいった留守を見はからって上がりこみ、はじめて一方的な肉体関係をもちました。千鶴子は戦死した夫とは半月しかくらしていません。忘れていた軀を醒まされてみると、昔からのこともあり、ずるずると関係を保つようになりました。これは計画どおりでした。私は、町内の人にわからぬように、いつも千鶴子とは遠方の旅館を利用しました。娘の教育のために、女を捨ててきた千鶴子が、私との秘密を娘にも世間にも守りつづけてくれたことは幸いでした。私はこの二月はじめに、千鶴子に柏殺人を打ちあけています。千鶴子は最初反対しました。しかし、私が娘にも私とのことを漏らし、町内にも情事を暴露すると脅迫しますと、千鶴子は柔順に兇行援助を約してくれたのです。コップ一箇のアリバイは千鶴子の思いつきであります。私は千鶴子の援助で殺人に成功しました。しかし太田三枝子がカーテンの中で水を呑んでいたことは知りませんでした。私はかえり血をあびて動揺していました。三枝子の足音に気づかなかったのと、早く殺してしまえなかった力の不足が悔まれてなりません。わるいことはできないものです。くれぐれも警察の方にお詫び申します」

鶴田倫也は山西刑事と同道して、浜木廉と宮永千鶴子の死体のあがった現場に急行した。鑑識課員の検証で、二人の死は青酸加里による死と断定された。荒い波に二人の抱き合った死体がぬれていた。礫石と白砂の入りまじる浜を歩きながら山西がいった。

「なあ、鶴さん、俺はこんなことに出遭うたびにこう思うんだ。浜木も俺も、同じ小っぽけな人間だ。それが何で、お互い、追いかけたり、追っかけられたりしなけりゃならんのかなとね――年をとって気が弱くなってるのかな。何だか俺たちが殺したみたいな気になってくるんだが……」

鶴田倫也は山西をふりむいた。

「そいつは、違います、山西さん」

思わず激しい口調になっている。

「これはね、人間を兇器につかった殺人事件ですよ。浜木はね、現代社会という歯車の中で、顔をみせていてもわれわれが捕えることのできない影に使われた一個の兇器なんです。浜木をつかった奴は捕えるわけにゆきませんよ」

やり場のない怒りをたたきつけようにも、九十九里の海はひろく、足もとの砂は絶望的な広がりで空に消えていた。鶴田倫也は、たくさんの黒い穿のあいている東京の街を脳裡にうかべた。

その東京の騒音と自動車と電車と埃にみちみちた空と、この澄んだ九十九里の空が一つであることが眼に沁みた。

歯

昭和31年11月20日、東洋編物工業社長の浅田米造は、お抱え運転手の香取秀男に命じ、ピラミッドの模型を買って戸田橋の鋳物工場に向かい、そのまま失踪した。戸田橋にはそもそも鋳物工場など存在しなかった。社長の娘十糸子と関係をもっていた香取は、自身の嫌疑を晴らし社長の過去をさぐるため、石川県輪島市に向かった。

『霧と影』(河出書房新社、1959年8月)をはじめ、『野の墓標』(新潮社、1961年12月)や『眼』(光文社、1962年12月)など、水上のよく知る繊維業界の社長・重役の失踪の趣向は、本作と同様多くの作品で使われている。

※

初出＝『面白倶楽部』1960年3月号
初収単行本＝『うつぼの筐舟』(河出書房新社、1960年12月)。その後、『うつぼの筐舟』(角川文庫、1962年7月)、『おえん』(桃源社、1966年5月)、『黒百合の宿』(春陽文庫、1967年10月)、『赤い袈裟』(日本文華社、1969年3月)などに収録された。全集未収録。本文は初収単行本のものに拠った。

1

ピラミッド印婦人靴下の製造元で名高い東洋編物工業の社長浅田米造は、その朝、両国橋にある社屋の社長室で専務の石川、経理課長の織田を呼び寄せて、社員の年末手当の割りふりをすませた。協議のすんだのは十時だった。社長は石川にいった。

「わしはこれから戸田橋へ行ってくる」

「戸田橋？」

石川専務が不審な目つきでたずねた。

「例の鋳物の見本を見てきたいんだ」

「はあ、さようでございますか」

石川は社長の顔を見て微笑した。

「それでは、とうとう鋳物でなさいますのですか」

「銅とか錫じゃ高くついてとてもかなわん。どうせ、ただでくれてやるものじゃからな……」

社長はそういうと、運転手の香取に車の用意をさせるようにと、織田に命じた。天気のいい日で、窓の外の隅田川が白く浮いてみえる。旧国技館のまるいドームの屋根が鶯色に光っている。

「戸田橋までというとだいぶありますな。天気がよろしいから荒川土手は美しいことでしょう」

と経理課長の織田はいった。

「社長は、はじめてですか」

「はじめて行くんだが、だいたい地図はわかっとる……」

「はあ、さようで……」

織田が室を出ると、入れかわりに女事務員がオーバーをもってはいった。女の子に袖を通してもらいながら、

「三越は今日は休みじゃなかろうな」

「はい、やっております」

社長は戸外へ出た。運転手の香取がドアを半びらきにして待っている。

「三越へ先ず廻してくれ、そこでちょっと買物をして、それから戸田橋へ行く」

香取秀男は堀留に出る方角へハンドルをまわした。浜町をぬけて三越前へ出る早途があるが、問屋街の朝は車が混んでいる。香取は昭和通りへ出ようと思ったのだ。

十分で三越についた。香取は三十分ほど駐車場で待たされた。

社長は蜜柑箱ぐらいの大きさの包装紙につつんだ、かなり重そうな物をさげて出てきた。車に乗ると、

「あったよ。ピラミッドとしてはなかなか出来のいいものだった。もっとも、カランの材料だがね……」

と、香取にとも独り言ともつかぬいい方をした。

「戸田橋へまわりますか」

「うん」

社長はタバコを取り出した。

「よかった、よかった」

と、またいった。

もとより、何がよかったのか運転手の香取秀男にはわかるはずがない。社長は、五年間もお抱え運転手として香取を傭っているが、一度も仕事の内容だとか行先の用向きなどについて話

したことはなかった。社長が取引先の会社へ行こうが、柳橋で芸者をあげようが、知ったことではなかった。それは運転手の詮索する範囲ではない。香取はガソリンの減り工合と、車検の期日に気を配っておればよかった。

しかし、今、社長が戸田橋へピラミッドの模型らしい買物をもって行くということで、香取運転手はちょっと気になった。ほかでもない、これまで行ったこともない場所だったからである。

「戸田橋のどこらへんですか」

「鋳物工場だが、橋を渡って笹目村のほうへ入るんだそうだ、だいたい道はわかっとる」

車は都電通りの巣鴨を通り、板橋へぬけた。志村橋を通過すると、まもなく戸田橋だった。渡りきった地点に、交番がある。何げなく香取は交番のほうを見た。小柄な若い巡査が生あくびをしながら立っていた。道は自然に田舎っぽくなった。

「ポストのある所を左へ曲ってくれ」

と、社長がいった。せまいすれすれの道を左に曲った。人家を抜けると畑のつづいた凸凹道になる。そこを五百メートルほど走った。ふたたび田舎びた人家のならぶ高地に入った。

「そこだ、そこで待っていてくれ」

社長はドアをあけて出ると、包装紙に包んだ函をかかえて、その道をすぐ右へ曲った。せまい二メートルほどしかない道だが、板塀の角で先がわからない。突き当りに鋳物工場があるらしかった。

香取は社長を待つ時間をいつものように足をひろげ、首を背にもたせて行儀わるく坐りなおした。陽がガラス越しにさし込み、ずいぶん暖かい。バックミラーに吊したフランス人形は、今しがた、せまい道を曲って消えた社長の娘、十糸子が編んだ毛糸の人形であった。心もちその人形が揺れている。

昨夜が思いだされた。香取は十糸子と芝の増上寺を歩き、旅館で一時間ほどすごした。二人の関係は二年前からつづいているのだ。十糸子は美人というほどでもないが、男好きのする顔をしていた。一度結婚した経験がある。どういう理由からか、半年ほどしてその結婚を解消し、そのまま出戻り娘の名を頂戴して太子堂の社長の家にいた。抱え運転手と出戻り娘。どちらからともなく言いよった形でねんごろになり、父母に内密で十糸子は時間や場所を考策して電話してくるようになった。むっちりした十糸子の体は香取の好みに合っている。白いふくらはぎを組んで寝ている十糸子は西洋画の裸婦のように潑溂とみえ、また、なまめかしくもあった。

けだるい時間である。香取は今は心ときめくような十糸子との情交は憶えないのだが、窓に吊された人形の、むきだしに長く飛び出ている二本の足を見ていると、十糸子の白いむっちりした足が瞼の裏で重なるのである。

「もし、もし」

うっとりしていた香取は、ノックする音で目をひらいた。相手は社長ではなかった。

「浅田社長さまの車ですか」

黒い背広を着た、不精髭をはやした赤ら顔の男である。やせていた。ひくいかすれ声で、年齢がいくつか見当がつかない。

「社長さまは、これから川口の本工場へ製品見本をごらんになりたいと申されますので、私どもの小型で御案内申します。道がせまいので、そのほうがよかろうと申しあげました。あなたにはひきとって貰うようにとのことで……」

男は首をすくめるようにして窓ガラスの向こうからいった。ずいぶんいんぎんな態度であった。

「両国橋へは、見学がすみ次第、私どもの車でおくらせて頂きますから」

社長がいったのなら仕方のない話であった。香取は了承して、どこでバックすればいいのかと場所をきいた。

「ここらあたりは道がせまいのです。小型じゃないと、とっても無理なんですよ。そうですね、やっぱりこのままバックしてもらいましょうか」

香取はバックした。男が前方で何か手をあげて合図したようである。「オーライ、オーライ」

といった。それは「さようなら」という挨拶らしかった。小さくなるまで、こっちを見ている。

2

芝の宿で十二時に十糸子と香取は会った。昨夜の今日だというのに、十糸子はすぐ要求した。彼女は二十四歳である。香取は三つ上であった。二人の逢いびきは、今では、無駄な手続きはお互いに省くようになっていた。

「歯がきれいだね、きみは」

「パパの子に似合わないでしょう」

上唇をあけると大きな白い歯がならんでいる。桃色の健康な歯ぐきを見せていた。

「それから、あたし、どこがきれいかしら」

「そうだな」

香取は考えるふりをしたが、どういうわけか、そのとき、戸田橋の田舎道で別れた社長のうしろ姿がうかんだ。

「社長は歯がわるいのかい」

「奥歯がみんな金冠で義歯ばかりよ」

社長が大笑いすると、口の中が黄金に光るのを思いだした。その社長が、めずらしく自分を解放してくれた。香取は社へその旨を電話すると、すぐ車の修繕だといって時間を取った。今日は香取のほうから十糸子を呼んだのだ。

「おもしろいことがあった、社長は三越でピラミッドの模型を買ったよ」

「ああ、エジプトのね。パパは洋行から帰るとエジプト気違いになったわ、ピラミッドが気に入ったのね。社の靴下のマークがピラミッド印でしょう。パパは文化財と製品を一しょくたにして感動しているのよ」

「なるほどね」

「そんな模型を買ってパパどこへ行ったのかしら」

「戸田橋さ」

「戸田橋？」

「鋳物工場だよ。その模型に似たものを鋳物でつくるらしい。社長はそんなもの何にするのかな」

「誰かにあげるのじゃない。うちの応接間はそれでなくとも、このごろピラミッドでいっぱいなんだから」

時計は一時を廻った。帰り仕度をしなければならない。香取はベッドを下りた。毛布がまくれ、全裸の十糸子が白い足を立てている。

「寒いわ」

十糸子は媚びを含んだ目でにらみ、香取のシャツの端をひっぱった。

「いちおう社へ電話しておこう」

手を払いのけると、香取は部屋の隅に行き電話に寄った。呼び出している香取を、十糸子は細目をあけて見ている。

「もし、もし、東洋編物？」

香取は、こっちの用件をいおうと思った。もう二十分ほどで帰れる、といおうと思った。相手は専務だった。

「どこにいるのかね。ずいぶん探したんだ」

石川専務の声は怒気を含んでいた。

「社長は戸田橋できみの車をかえすようにいったとき、なん時に帰るともいわなかったのかね」

「なん時ともいいませんよ。ただ、川口のほうの本工場へ小型で廻るから、帰ってくれといわれたんです」

「困ったことになった。三友毛糸の社長がみえて重要な用事ができた。一時間も待っておれんのだ。道楽のピラミッド模型に戸田橋くんだりまで行っとられる時節じゃないんだぜ、きみ」

香取は、ちらと十糸子を見た。

「すんません」

ぺこんと頭をさげたが、これは石川専務の短気な気性を知っているからであった。

「で、どうするのですか。僕は、迎えに行くといったって、川口のどこに本工場があるのか知りませんよ」

「こっちから電話で探してみるよ。きみはすぐ帰ってくれ。修繕はすんだのかね」

「はい、すみました」

十糸子を見て、香取は微笑した。

「相手の工場は何といったかね」

「えッ」

「鋳物工場の名だよ」

「知りません。専務は御存じないのですか」

「わしは知るもんか。わしは社のやりくりでいそがしいんだ。社長の道楽の相手はしておれんよ」

「僕は知りません。車が道を入れないので待たされていたんです」

「なにッ。すると、社長がきみに帰れといったのじゃないのかね」

「はい、向こうの男がきて、帰るようにといったのです」

「馬鹿者ッ」

専務の声は割れるように受話器をふるわせた。

香取秀男は大急ぎでズボンをはいた。

「とんでもねえ、飛ばっちりだ」

「パパも味なことをするわね」

十糸子はちょっと唇をゆがめて、下着をつけた。玄関を出て、十糸子だけが別の車で帰った。香取は両国橋へ飛ばした。二時五分前に社に着いた。

香取が社に入ると、専務の石川と経理課長の織田が突き当りの応接間で何かいい合っていた。来客はもう帰ったらしかった。

浅田米造社長が、川口のどの鋳物工場にも現われていないことが判ったのは三時十分前である。石川専務と織田経理課長が、電話帳と首っぴきで社長の行先をあたったのだが不明であった。この時はまだ、社長の身に不幸がおそいかかっているとは考えてみなかった。取引上の重大な来客があり、至急に社長の決済を要したためであった。最後に、石川専務が川口鋳物工業組合事務所に電話して、戸田橋の鋳物工場について聞きただしたとき、少し顔色がかわった。

「戸田橋の工場？」

相手の若い事務員らしい男が反問したのである。

「ええ、手前どもの社長がうかがったのです。ぜひ教えていただきたいのです」

「失礼ですが、何かの間違いではないでしょうか。戸田橋から笹目寄りといいますと、あすこらは町工場はあるにはありますが、鋳物の組合員はございません。事務所もございません」

「しかし、川口に本工場があるとか」

「ちょっと待って下さい」

若い男は誰かに聞きに行ったらしかった。すぐ出てきた。

「川口に本工場があって、戸田橋に分工場や事務所をもった組合員はありません。それに、この話はちょっとおかしいですね。戸田橋を入りこみますと、あすこは水利はございませんね。とにかく、私どもも初耳ですよ、そんな工場は」

石川専務は蒼白になった。

昭和三十一年も押しつまった師走近い十一月二十日のことであった。浅田米造は、そのまま帰らなかったのである。

3

浅田社長の失踪が、その日から五日目に世田谷署へ捜索願の形で出され、警視庁の十善(じゅうぜん)警部に達したのは六日目のことであった。

「おかしな話だな。これは完全に誘拐されたとみていいね」

十善警部はそのように断定した。自家用車に乗って、戸田町で下車したまでは判っているが、そこから浅田社長がどの家をたずねたか、どこの道を通ったかは一切不明なのである。煙のように消えているのだ。

「さっそく、東洋編物の会社内容と、それから、浅田社長が洋行中に知り合った人物だとか、日頃から昵懇(じっこん)にしていた者とか、家庭状況なども細密に調査してくれ」

警部の命令で係官が八方に飛び、社長誘拐事件として捜査が開始されたのは、二十五日のことである。

香取秀男がまず警視庁へ呼ばれた。

「戸田町へ、あなたが社長を送り届けたときの状況を詳しく話してください」

香取秀男は、十善警部の赤銅色の厚い皮膚と、鼻梁の高い奥眼がギロリと光って見つめるのを、おじけづいた顔つきで見かえしながら説明した。彼はその日、憔悴していた。彼は事件の中心に立っていたのだ。あれから何べんとなく、専務や家人に説明をくりかえしたかしれなかった。また世田谷署へも出頭して詳しく話したのである。

社長の失踪は、まったく奇怪であった。あのとき、香取は黒背広の男の命ずるままに車をバックして東京へ帰っている。その男が社長をつれ、小型で川口の工場を案内したものと信じていた。しかし、社長は、川口にも、その戸田町のどこからも、小型で出たような形跡がなかった。いくら調べても足どりが摑めなかったのだ。そのあたりに小型自動車を所有する人物もなかったのだ。

十善警部は全部を聞いてから、ふたたび反問しながらノートに書きとめた。

「あなたの車を帰してくれといった男の人相をはっきりいってくれないかね」

「黒いサージの背広をきていました。髭面の面長な顔で、黒ずんだ皮膚でした。やせていました。顎の骨がみえるようでした。声は、かすれていたようです。もっとも窓ガラスを一枚へだてていましたから、向こうの地声はきかないのですが、かすれ声だったことはたしかです」

「社長が消えてから何分たっていたかね」

「三十分ほどたっていました」

「そのあいだ、きみは何をしていたの」

「車の中でぼんやりしていました」

「社長は三越から戸田橋のあいだに、用件をきみに話さなかったのだね。鋳物工場へ行く目的だとか、相手のことについて、少しでもいわなかったのか、記憶をはっきり思いだして下さい」

「ただ、そこでとまって待っていてくれ、とおっしゃって、ピラミッドの買物包をもって小路を入って行かれたのです」

十善警部は鉛筆の先をノートに穴のあくほど押しつけていた。これでは漠然としているだけで、肝心なことは何も摑めないではないか。誘拐する計画で呼びよせたとしたら、やり口は巧妙だといわねばならない。自家用車の通りにくい地点へよんで、そこで車をまいてしまう。あとは犯人側の細工でどうにでもなるというものだ。しかしこの場合、いわれるままに車をバックさせた運転手を叱りつけても、しようのない話であった。社長がそういったのだといわれれば、従順にきかねばならないのは職務上やむを得まい。

すでに、十善警部は現場を調べてきていた。

そこは戸田町二丁目付近である。あたりは田舎びていたし、人家もならんでいたが、小さな町工場らしいものはあるにはあった。香取秀男が駐車して待っていた通りは、クラウンがすれすれに通れるぐらいの幅であった。横へ入る道はみな狭かった。小型でない限り入れない。黒背広の男が、社長を案内するには小型のほうがいい、といったのは、その道の狭さをはっきり物語っていた。そこらあたりに鋳物工場はなく、こまごまとした住宅街であった。工員の住宅はある。けれども、それらはセメント工場や凸版(とっぱん)工場の工員ばかりで、一帯には鋳物に関係した人物は見当らなかった。

社長は「鋳物工場へ行く」と、たしかに社を出るとき石川専務にも、また運転手の香取にもいっている。その工場がないのだ。社長は嘘をついたか、それとも相手にだまされたか、どちらかであろう。相手は黒背広の男である。社長が訪問した先の傭員か、あるいは仲間か。浅田社長がその男の家をたずねたことは事実であろう。三越でカランのピラミッドを買い、それを鋳物で再製するために見本を見に行ったのだ。目的は、その男の家であろう。男は車をかえすのに、川口の本工場へこれから社長を案内する、といっている。社長がもっていた包装紙の中のピラミッドの模型と行先が関連している。鋳物と関係がある――それは先ず間違いないと断定してよかった。だが、関係者がいないというのはおかしな話である――

社長が、その男とどこかで会い、たぶん男は鋳物の関係者で、社長がかねがね洋行した際にピラミッドの鋳物による模型をつくりたいと考えていたことを知り、住所を教えたのだと推定できる。社長はその男をたずねた。男は戸田橋に工場があると教えた。そこで、男は社長の車を帰し、社長をつれて、どこかへ消えたのである。川口の本工場へ行くといえば、社長もついて行くはずだ――

「きみは永年社長の運転手をしていて、そのような男と会った社長を見たことはないのかね」

と、十善警部は香取にたずねた。

「はい、ございません。社長ははじめて、その日、鋳物という言葉を私に言われたのです。これまでに、そんなことはございません。社長は、私にはあまり何の用件でも話さない性質でした。社長は、私が喋っていて、はずみに事故でもおこすのを危ながっていたようです。運転中はあまりものはいいません。私は五年つとめましたが、社長と仕事のことで話したことはないといってもいいすぎではありません。また、それが私の長つづきした理由でもあったようです」

「今日はとにかくおひきとりください。しかしこの事件は、香取さん、あなたが中心になって糸口をひきだしてゆかないと見当のつかない事件ですから、いつでも協力して下さいよ」

香取秀男は憔悴した顔をいくらか紅潮させてうなずいた。

「警部さん、私も捜査の一員に加えてください」

十善警部は、なんとも返事しなかった。ただ、香取秀男のどことなく力のないものいいと、顔色の蒼白なのをみつめていただけである。

〈目撃者をまず疑え〉

警部は、香取秀男をまず疑っていた。そして、事件の背後が非常に深いと考えていた。

4

八方に散っていた係官が戻ってくる。彼らは、どれもこれも殺気だった顔つきで十善警部の室に入ると、ちょっと目礼しただけで、聞き込みや足の捜査結果を報告しては、また外へ出て行く。それは、何羽もの鵜に紐をつけ、水中をくぐらせ、彼らがくわえてくる鮎の目方を目測したり、長さを見たり、ほくそえんだり、叱りつけたりする鵜匠の立場に似ていた。刑事たちは命ぜられた範囲をできるだけ深くくぐり、一切の聞き込みや捜査をしつくすと、獲物をぶらさげて十善警部に示すのだ。警部は、ふたたび新しい任務を刑事にいいつける。

二十七日の朝までかかって十善警部が調査した結果には、まだ、浅田社長の行方を知らされるメドがついていなかった。しかし、まったく無駄骨を折ったわけではなかった。次のような諸点が判明していた。

浅田米造は東洋編物の社長として、業界では相当の権威をもっていたし、靴下製造という業界は非常に競争も激しい。東洋編物の靴下はピラミッド印というマークをもち、これは登録商標として特許局の許可もおりているが、最近、大阪のメーカーに同じピラミッド印を名のる業者が現われ、特許の問題で悶着があった事実。さらに、浅田社長は自社の製品がピラミッド印であることに誇りをもち、この商標の起源がエジプトの最古の王の墳墓といわれる雄大なピラミッドである点を誰にも説明し、この六月に世界の靴下業界を視察のため羽田を出発したが、事実は永年マークで馴染んだところのピラミッドの本物をエジプトで見たかったためであることも否めなかった。彼は九月はじめに羽田に着くと、ピラミッドの模型を造って小売店のウィンドーに飾り、「靴下はピラミッド」というキャッチ・フレーズを消費者にも浸透させる方策を思いつき、すぐ石川専務に話したほどである。

「わしはどうしてもピラミッドの模型をつくってみたい、うちの商標じゃからな」

それから、十一月二十日の失踪の日まで、六十日ほどしか経っていない。社長はピラミッドの模型を何の材料でつくるべきか、石材にするか、木材にするか、銅鉄類にするか、いろいろ迷っていたことは石川専務も知っていた。しかし、とつぜん多忙な年末近い一日に年末手当の会議をすませると急に、戸田町へ行く、鋳物工場で見本を見てくるといったときには、石川も織田も驚いたほどだ。いつの間にそんな手筈がととのっていたのかと思いながらも、とにかく社長を送り出したのである。社の内容も昨年の三億の商高(あきないだか)より、今年は三億五千万に上昇している、決して悪いとはいえない。石川も織田も浅田米造とはふるい仲間だ、社の内情紛争から、社長が失踪するということは先ず考えられなかった。

別の係官は埼玉県警と連絡をとり、戸田町のいっせい聞き込みを開始した。一つだけ、ある事実が知れた。戸田町のその地点は古くからの人家は少なく、東京へ勤める人とか、あるいは川口、浦和などへ出る人びとの住宅がかなりある。したがって家々はさほど大きなものはない。簡易住宅もかなり多く、引越しや移転出入りもたえずある模様であった。係官が調べたところによると、十一月二十日から二十五日の間にわずか百五十戸たらずの近辺から、三戸の家の移動があった事実である。一人は東京都内の割箸工場につとめる者で瀬川鱒吉(ますきち)という者、一人は浦和の市役所吏員で気沼正という者、一人は東京日本橋へ通勤しているという職種不明の咲内(さきうち)市松というものであった。このうち瀬川と気沼は妻子があり、咲内だけは独身、しかも年齢が四十二歳というのが気にかかった。その歳で独身ということは、この男の尋常でない過去をほのめかしてもいるようだし、職種が不明なのも妙である。しかも、香取秀男がクラウンをとめて社長を待った地点から、徒歩で二十分の地にその男咲内の住宅はあった。それは、畠の中にぽつんとたっている六畳と三畳の掘立小屋のようなバラックである。持主は近在の地主で農地委員をしている黒田という農家だった。黒田の家や戸田町役場、付近の聞き込みで係官は以上のことを探知した。一応、咲内市松の身辺を洗ってみる必要があろう。

　次は、浅田米造の家庭の状況である。浅田は愛妻家で子煩悩といえた。妻の雪子とは二十八の時に結婚、長女の十糸子を生んで二十四年間、五十二歳の今日まで女道楽はしていない。たまには商売上のことで料亭にも行き、芸者とつき合うこともあるが、深間にはまってどうといった噂はきいたことがなかった。元来が律義者なのである。少年時代に貧家に生まれ、今はその石川県の故郷に父母は死んでいないが、長兄の達治郎という者が農業をしている。浅田は十三歳で東京に出て、諸所を奉公して歩き、数種の職業を転々した模様だが、編物業界に入ってから急に頭角をあらわした。いくらか女性的な性格であるらしいが、それは女の靴下を製造

していると いう影響からでもあったろうか、本来は男らしい忍耐づよい人物であったようだ。娘の十糸子が婚家から戻ったときも、彼は娘かわいさに太子堂の家へ迎えて、そのまま置いていた。「好きなようにするさ」といって、投げやりな態度に出たともみられるが、しかし考えようによっては、初婚を失敗して帰ってきた長女の心の傷を、そんなふうに温めてやったのだといえないこともない。次女、三女と女ばかりのあとに長男が生まれ、今、高校三年である。家庭は幸福である。この事情から失踪せねばならぬ理由は摑みにくい。家人の誰にきいても、浅田が鋳物関係の男と知り合った事実をきいた者はいなかった。ということは、ピラミッドの模型云々については、会社で話したぐらいで、家であまり話さなかったことを物語っている。

こうした諸点から考えてくると、浅田の失踪は家庭、会社以外の、何らかの関係から不意に余儀なくされたのだとみるしかない。現在までの材料では、さすがの十善警部にもその判断がつかなかった。

十善警部が刑事たちの出はらった閑散な室で、冷たい茶をすすっていると、原田という若い刑事が息せき切って帰ってきた。日も暮れて、窓からは宮城の森が黒く夜の色に染まりかけた頃である。

「主任、咲内市松の身辺ですが、こいつがどうもくさいんです。近所の人の話によると、二十日の日に黒背広を着た男をたしかに咲内の家の近所で見たといいましてね」

「昼ひなかだ、目撃者は出てくると思ったよ」

警部は体をのりだした。

「で、よく聞きますと、咲内は二十三日に引越しているんです。三日のあいだ、じっと家にいたようだったといいます」

「仕事は何をしていたか、まだ判らんのか」

「どうもいいかげんなことをいってるらしくて、勤め先は日本橋ということもあるし、神田ということもあるし、あるいは川口といったりしたこともあるそうです」

「川口？」

「ええ、どうやらくさいんです。今、来島（くるしま）刑事がその点を調べていますが、私が一応報告に帰りました」

原田はようやく吐く息を正常にもどしてつづけた。

「主任、これは私の推理ですが、咲内が何かの関係で浅田社長を知った。これは九分どおり鋳物に関係していると思います。咲内が、どこか川口の工場を紹介するとでもいったのではないでしょうか」

「しかし、東洋編物といえば大会社だ。その社長が、戸田くんだりの畠の中のチャチな男の家をどうして訪問するだろうね」

「そこが変なんです。しかし、この土地にはその男より該当者は今のところないのです。それに二、三日のうちに行方不明になったというのが変じゃないですか」

「なるほどな」

「また咲内は、川口に土地カンのあることは想像できます。咲内の容貌をききましたが、やせて、顔色も黒く、目つきがするどいそうです。どうも咲内自身が黒背広の男じゃなかったかと思えるふしがあるんです」

「何だって……出てきた黒背広は咲内なのか」

「さあ、そこのところを今、はっきりしたいと走ってるわけです」

と、そのとき、年輩の吉山という刑事が帰ってきた。この刑事は東洋編物と家庭を洗った役目である。

「主任」

吉山は疲れた声で十善警部の机の前に立った。

「例の運転手ですね、香取といった……こいつは、どうも出戻り娘と出来ていますね」

「何だって……」

警部は吉山の顔を穴のあくほどみつめた。

「十糸子の身辺を洗ったのは、出戻りということが気になったのと、社長が娘の婚家先に何か恨みでも買ったのではないかと思ったわけです。しかし、そんな恨みを買うすじは先ずなかったようでした。ところが、この女は相当のズベ公で、運転手の香取と出来ているんです。これは会社の女事務員が、ふともらした言葉から探りを入れたのですが、やっぱり事実でした。ふたりが、夜、芝公園を歩いていたのを見たことがあるというんです。で、さっそく芝へ飛んで、付近の旅館を虱つぶしにあたりますと、鶴見館というあまりいい宿とはいえませんでしたが、大門の近くの宿に二、三度泊まったり、昼間に会ったりしている事実をつきとめましたよ」

鵜匠は微笑した。日によっては、くわえてくる鮎も生きのよいものと悪いのとがある。咲内市松の一件と、香取秀男と十糸子の関係は、たしかに、浅田失踪に充分な疑惑を投げた。十善警部は、この二つの究明に重点をおき、その夜から刑事たちを計画的に深部へくぐらせた。

5

「ずいぶんやせちゃって、かわいそうみたい」

十糸子はベッドの上に腰かけ、上半身を香取の胸の上にかがめて、両手で香取の頬をはさんでいる。

「何かおっしゃい、だまってないで……」

「…………」

香取は天井を見ている。ぽつりといった。

「主人をなくしたお抱え運転手ほどみじめなものはない」

「また、そんなことという……」

十糸子は、瞬間、唇で香取の口を押さえた。が、すぐ離して、

「キスして」

「…………」

「キスもいやなの？」

香取はまたふ抜けたように天井を見ている。考えているのである。彼はこの二、三日寝ていない。社長の失踪は何が原因か、誰がつれて行ったのか、あの黒背広の男なのか、そればかり考えているのだ。まるで煙にまかれたような事件に当惑しているのである。その男の顔は自分しか知っていないのだ。考えていると、十糸子と、こうしてのんびり逢いびきしている気がしない。何もかも腹だたしい。こんな奇怪なことがあっていいものか。あのとき、あのまま男のいうとおり車をバックした自分が馬鹿げてみえる。自己嫌悪が石のように頭をぶった。十糸子は案外、楽観しているようである。

「パパのことを考えるのはやめてよ。パパはもうじき、にこにこして帰ってくるわ。この間も

ね、ママが占師に見てもらったのよ。そしたらね、パパは死んでいないっていったわ。とっても大きな儲け口をみつけて、喜んで帰ってくるっていったわ」

「どこから帰ってくるといったかね」

香取は、ほかのことを考える目つきであった。

「北のほうからだって」

「北のほう？」

「そうよ。ママは安心したわ。パパの故郷は石川県でしょう、ひょっとしたら石川にいるかもしれないわね」

「だって、警察が調べただろう」

「調べたって、田舎のうちへは帰ってない場合はわからないわね」

「どうせ占師のいうことだ、あてになりゃしない」

「でも、一度当ったことがあってよ。ママがね、むかし、パパの足の傷を撫でたことがあったわ」

「足の傷？」

香取は急に起きなおった。

「そうよ。パパの足ってとっても汚ない。くるぶしの上からふくらはぎにかけて、ヤケドのあとみたいなものがたくさんあるの。ところどころ皮がうすいみたいになって光ってるのよ。パパは昔、苦労したのね。どこかで仕事していて、火が飛んだのね、きっと。火事にあったかどうかしたのかもしれないわね。そのこと、パパはひとつもママに説明しないのよ。でもね、パパが大病になったことがあるわ。熱の高い病気だっていったわ。そのとき、ママが心配して、やっぱり占師にみてもらったのよ……」

「そしたら？」

「占師のいうのにはね、パパの病気はきっとなおる。けれど、パパの足の傷を毎日撫でてあげなさいっていったんだって」

「おもしろい話だな」

「ママは毎日撫でたわ。そしたらね、パパはすぐによくなったの」

「それは、なおる時期がきていたのさ。だけど、十糸ちゃん、パパの足の傷って、それ、どこでヤケドしたのかな」

「さあ、パパはいろいろ苦労したから、昔のことはいわないのよ。いっぱい頭の中に苦労の思い出がつまっているんだっていったわ。それを話しだしたらキリがないって、笑ってごまかしてしまうのよ。パパはあたしたちには、あまり過去のことはいわなかったわ、いろんなことをしたらしいわね。うちのパパ、きっと恥かしいのよ、うふふふ」

「いろいろのことって何かね」

「商売のことよ。靴屋さんをやったり、飴の行商をしたり、電気のヒューズを売ったこともあるといってたわ」

香取の目が次第に光をおびている。十糸子はそれに気づかなかった。

〈社長の失踪は、その過去の何かと結びつきはないか。社長は昔、だれかに恨みをかったことはないか。もしそうだとすれば、その男が不意に現われて、社長をどこかへつれて行ったんだ……〉

「十糸ちゃん、石川県のおうち知ってる？」

「小さい時に一度、それから戦争中に疎開した時と二度よ。あたしだけ田舎にいたの。パパやママは東京に残ったわ」

「へーえ、その田舎はどんなところかね」

「美しいところよ、海辺でね。段々畑がいっぱいあるの。千枚田といってね、小さい水田が碁盤をぺちゃんこにゆがめたように山の谷にいっぱいあったわ」

「その田舎の名前はなんていうの」

「石川県輪島市名舟(なぶね)っていうの、おもしろい名前でしょ」

「十糸ちゃん」

急に香取秀男は十糸子のほうへ向きなおっていった。

「俺は、社長の失踪はその石川県か、あるいは昔の知り合いかに関係があると思うな」

「パパが誰かに恨まれることをしたとでもいうの」

十糸子はきつい目で反問した。

「そうだ。それか、もしくは、昔の知人が社長の弱味を握ってるかどちらかだ」

「まるで探偵小説みたいね。だけど、パパはそんなひどい人とはつき合わなくてよ」

「きみたちの知らないことがあるかもしれない、大人の世界にはね」

香取は急に起き上がった。そして帰り仕度をはじめた。

「イヤ、こんなに早く」

十糸子は腕をからませる。その手ははらいのけられた。

「俺は当分、きみと会わないよ。十糸ちゃん、パパが見つかるまで待っていてくれ。俺しか、あの黒背広の男の顔を知らないのだ。俺が摑まえないかぎり、パパはきみの家へは帰れない。いいかね、じっと待っているんだ」

いつにない香取の真剣な目つきに、十糸子は顔を紅潮させた。その顔へ香取はいった。

「俺は十糸ちゃんと結婚したい。けれど、社長令嬢とお抱え運転手じゃつり合わないからな。俺が社長を助け出せば、パパもママも結婚はゆるしてくれると思うんだ」

十糸子はうっとりした目つきになった。

その十糸子の視界から香取秀男はドアをあけて出た。力強くしめた。どこへ行くのか、もちろん十糸子は知らない。

6

東洋編物の社からも、太子堂の浅田家からも、香取秀男の姿が消えたことは当局を狼狽させた。

「主任、これは何かありますぜ」

吉山刑事は十善警部にそういうと、ひとまず太子堂の家に行き、十糸子を訊問した。ちょうど、母や妹たちが不在で十糸子が一人留守居をしていた時間なので、都合がよかった。刑事は、応接間でかなり突っ込んで質問のできる好機なのに喜びの色を顔に出していた。

「失礼ですが、あなたと香取さんとの間柄は、すでに内密のうちに私たちは調べさせていただきましたよ。香取の行方が知れないとなると、捜査に支障をきたします。ほんとに御存じありませんか」

「知りません。あたしと香取さんとどういう関係にあるか、お調べになるのは御自由ですわ。けれど、香取さんがパパの失踪と関係があるなんて、おかしい推理だわね」

十糸子は吉山刑事を見くびるような目もとでつづけた。

「御存じのように、あたしは香取さんと何でも話す間柄ですわ。でも、あたしは香取さんがパパを誘拐した一味と通じているなんて思ってもみないのです。あの人は、五年もパパを車に乗せてきた人よ」

「それはよく判っとります、お嬢さん」

吉山刑事は十糸子の剣幕に圧倒された。しかし、香取秀男の失踪は捜査の進行上、大きな支障といえた。香取だけが目撃者だったからである。

「とにかく、お嬢さん、あなたにだけは連絡があると思います。もし、どこかから消息が知れましたら、すぐ警視庁の十善警部あてに知らせてくれませんか」

「よろしいですわ。あたしだって、香取さんの行方は一日も早く知りたいんですから」

吉山刑事は、香取秀男の部屋を見せてくれといった。石の門を入ったすぐ右横に車庫があり、そこに主人のいないクラウンが眠っていた。香取の部屋は、車庫の裏にできた八畳の洋間である。整頓された室内には相当の本があり、探偵小説などもかなり見られた。机の上の一冊を見て、

「こういう本も読んでいるのですね」

吉山刑事は手にもってみた。『死の接吻』と表紙には印刷されてあった。

「その本は、あたしが貸してあげたものです」

そういって十糸子は微笑した。

7

香取秀男は、翌日の正午、石川県の輪島市に到着した。彼はあれから急いで身仕度をすませ、上野駅に向かったのだ。二十一時十分の金沢ゆきに乗車している。彼は上野駅を出てから、混んだ汽車の中で次のようなことを考えていた。

浅田社長を誘拐した男は、昔の知人か友人関係に相違ない。自分は社長の車を運転してこのかた、社長の交際関係もいろいろ見てきている。その相手は、たいがい社長が靴下会社を経営してからの知り合いであった。社長に敵意を抱くような者はいなかった。まして、誘拐しなければならないような人物は見あたらない。何かをたくらむ奴がいるとすれば、社長が靴下会社を経営する以前の、つまり苦労時代の知り合いのなかにいたにきまっている。あの黒背広の男にしても人相がわるかったし、現在の社長の知友関係としては、どこか胡散くさいのだ。

十糸子は社長が足にヤケドのような傷をもっているといった。その傷はいつ、どこで受けたのだろう。家では、誰にも過去のことは話さなかったというが、これはおかしい。いわば立身出世した社長である。昔話をしたって、それが、どんな苦労話にせよ、今はかえって家人たちへの教訓になろうというものだ。誰でもやる自慢話、それを話したがらないのは、なにか隠しておかねばならぬ秘密事があって、それに触れるのがイヤだったにちがいない。イヤなこととは何か。永年連れ添っている夫人にも話さない足の傷の原因と関連しはしないだろうか。

また、鋳物工場と何か、かかわりがあるような気もするのだ。社長は、家でも会社でも、ピラミッドをつくりたいともらしたものの、その作品をどこでやらせるかは誰にも話さなかった。どの工場に請負わせるか、社長は腹の中で決めていたらしい。しかし、その工場の名を誰にもあかしていない。なぜ工場の名をいわなかったのか。それは、昔の知り合いだったからか――推理をおしすすめてくると、社長は昔、鋳物工場にいたのではないかという気がしてくる。十糸子の話では、電気ヒューズを売ったり、飴の行商もしたというが、あの社長のどこか頑固な意志をあらわしている体つきに、鋳物工員らしい過去がのぞかれるとも思うのである。

社長の過去を知ることは、あるいは行先を知ることになるかもしれないと、香取は考えた。彼は輪島市についたら、名舟の浅田家をたずね、社長の過去を少年時代のふり出しに戻って洗ってみるつもりだった。

香取は、こんな遠い旅行をするのは初めてだった。汽車は上野を出ると二、三時間後には、もう香取の知らない土地に入った。冬景色の山や川や田圃が窓の外を走り、上越に入ると、急に白雪が地上を舞っていた。車内はスキー客でいっぱい詰まっている。香取は立ち通しで新潟に入った。富山県に入ると、さすがに汽車はすいた。津幡（つばた）で七尾線に乗りかえ、輪島市についたときは、くたくたに疲れていた。時計を見ると十二時十分である。

駅の構内売店で、まず名舟という村をきいた。そこは、さらにバスに乗って北へ海岸ぞいに約十キロも入った地点にあった。小曽木(こそぎ)海岸というのがその名称になっていた。

能登半島の北岸はいったいに淋しいところである。なかんずく、名舟のあたりは北陸のさい果てにきたという感じがしないでもない。さほど高くはないが、濶葉樹と針葉樹のいりまじった山が海にせまっていて平地は少なく、帯のように海に沿ってのびている。バスは段丘の途中にある曲りくねった途を大きくゆれながら走った。冬の日本海が、ときどき見えがくれしながら、青い一枚板のように寒く沈んでいた。

少女時代を思い出していった十糸子の話が思いだされる。バスから見ると、そこらあたりの平地は海に向かって三〇度ほど傾いて落ちていた。田圃は水田だったが、無数の小さな畦で区切られ、それが階段状にならんでいた。千枚田というのはこのことだろう。香取は、奇異な景色に見とれた。

名舟でバスを降りると、香取秀男はすぐ浅田達治郎の家をたずねた。旧家なのですぐわかった。山あいのほうへ入りこんだ林の奥、竹藪に囲まれた藁ぶきの家である。山かげなので陰気な感じがしないでもなかった。こんな家に疎開していたという十糸子のことがふと考えさせられる。十五、六羽の鶏が放ち飼いされていて、庭に入るとやかましく騒いだ。

浅田達治郎は六十を過ぎていた。顔を見たとき香取は、ずいぶん社長に似ているな、と思った。特徴のある高い声も似ている。ふけて見えるのは労働がきついためだろう、声だけは若かった。皺だらけの赤銅色の顔は精悍(せいかん)である。香取が、社長の失踪の件を話すと、達治郎は急に顔色をかえた。すでに、そのことは知っていたらしかった。

「駐在から巡査がみえましてな、なんでも東京で米造がどこへ行ったかわからんちゅうてな。戻っとりゃせんかいうてたずねに来なさっただけじゃったが、心配はしておりましたじゃ」

「そのことで伺いました。社長は仕事の都合で、どこかへ行かれたものと思います。が、行先のわからないのが不安なのです。私はお世話になったことでもあり、一日も早く行方を探したいと思って歩いています。社長の知り合いを片っぱしから探しまわっているわけですが、なかなか見つかりません。社長が小さい時分つき合っておられた友だちを御存じありませんか」

「さあ、そんな友だちというと知らんな。何せ、小さい時分にここを出たんじゃからな」

「しかし、浅田さんは、社長の小さい時分のことは詳しく御存じですね」

「十三のときじゃったよ。古いことじゃから忘れてしもうたがなア」

「社長は東京へ出たといいますが、十三というと小学六年を卒業した年ですね。そんな小さい頃、一人で東京へ出たのですか」

「いや、あれは、境の次郎作おどが連れて行ったんじゃ」

「境の次郎作おどといいますと？」

「左官じゃよ、顔のひろい左官じゃった。なんでも東京のお寺の普請に行っていてな、途中で戻ってきよった。そのおどにたのんで奉公に出たんじゃが、あれは、駒込のなんとかという寺大工のところじゃった。そのあとで米造は鋳物師の家へ行ったんじゃったがい」

　香取は絶句した。はるばる、ここまできた甲斐があったと思った。やっぱり社長は鋳物師と関係があった。はじめ寺大工の弟子になり、そのあとで鋳物師に弟子入りしている。

「その駒込のお寺は、なんというんでしょうか」

「禅宗の寺でのう、勝林寺とかいった。妙心寺派の寺じゃったよ」

「今でも、その寺はあるでしょうか」

「染井の墓地の近くとか聞いたがのう」

　香取は、そんな墓地を聞いたことがなかった。しかし、東京へ帰ってたずねれば判るだろうと思った。

「お爺さん、その境の次郎作さんの家を教えてくれませんか」

「家はあるが、本人のおどはもう死んでしもうたがいな。あの男は酒呑みじゃった。旅で中風になって戻ったが、すぐ死んだじゃ」

社長が十三といえば四十年も前の話である。本人が死んでいるのは、当り前ともいえた。

「次郎作さんが社長だけを一人つれて行ったのですか、それとも、そのとき誰か、ほかに友だちの子供をつれて行かなかったのですか」

「知らんな。米造はひとりで出たように思うがなア」

「それでは社長をつれて行った次郎作さんは、駒込の鋳物師をどこで知ったか知りませんか」

「さあて、はじめは寺大工じゃ。そこで米造が勝手に口をみつけたのとちがうかな」

達治郎は鋳物師については事実知らないらしい。

「ありがとうございました」

香取は礼をいって、ふたたびバス道路へ出た。達治郎老人は藪のはずれまで送ってくれた。別れしなに香取はいった。

「お爺さん、社長さんの足にヤケドのあとがあったという話ですが、知っていますか」

「ああ、そんなことというておった。おぼろげに知っとりますわい。あれは鋳物工場の火事じゃったかな……」

瞬間、香取の目が光った。少年時代、鋳物工場、火事——香取はある謎を感じた。

「その鋳物工場はどこだったんでしょうか」

「知らんな。たぶん駒込の鋳物師の世話で入ったところじゃろうて……」

その鋳物工場も、東京へ帰って探れば判るはずである。

「お爺さん、十糸子さんを知っていますね」

「ああ、十糸子かいな、もう大きゅうなったじゃろう。あの子が東京へいんでから十年以上もたつ。すっかり顔を忘れてしもうたがなア……」

と達治郎は感慨ぶかげにいった。

香取は東京へ帰る汽車の中で、こんなかんたんな浅田社長の少年時代を、どうして十糸子や夫人が知らなかったのか不思議な気がした。十糸子は小さいころ疎開していたのである。その当時、達治郎から父の話をどうして聞かなかったのだろうか。現在の幸福な家庭で、社長の少年時代を誰も知らないということが、なぜか風の吹きぬけるような悪感をおぼえさせる。一方、社長が少年時代のことを、それほど巧みにかくしていたともいえた。成人になってからの十糸子はもちろん、夫人をも田舎へ近づけないふしがみられるのは、そのせいかもしれない。

早く東京へ帰って、鋳物師と、焼けた工場を探ることが先決だった。香取には、罐(かま)をたいて走る能登の汽車がのろかった。

8

十善警部の配置による刑事たちは、川口市と戸田町を結ぶ荒川放水路近辺を犬のような目を光らせて嗅ぎまわっていた。

戸田町二丁目の畠の中の住宅から姿を消した咲内市松は、どこへ引越したのか杳として知れなかった。隣人はもちろん、付近の運送屋その他、引越しを見ていた人たちを虱つぶしにきいてみたが、ただ、オート三輪にフトン袋と行李を一つ積んで行くのを見たというだけである。どこでオート三輪を工面したものか、戸田町に該当者はなかった。巧妙な引越しである。普通人が、なぜ、こんな消え方をするのか。

原田刑事を中心とする川口班は、市の駅前、栄町から青木町、朝日町、元郷町、領家町にいたる地帯の鋳物業者を虱つぶしにあたった。咲内市松が鋳物業に関係するかしないかは別として、浅田米造らしい人物がピラミッドの模型をつくるため、立ち寄らなかったかどうかを聞くためである。これは大変なことであった。

川口市は鋳物の街といわれるだけあって、そこらじゅうに大小の鋳物工場があった。組合加入の業者だけでも、その数は三百にのぼる。このほか零細な個人企業のものもあり、関連する銑鉄、鉱石、鋳物砂などの卸業者を入れると千以上の数になった。一日や二日で全部の聞き込みを終了することは困難である。しかし、これは決行されねばならなかった。刑事たちは、ふだん、あまり関心のないこの隣県の工業都市に朝早くから入りこみ、足を棒にして歩いた。

原田刑事が同僚をともなって、荒川放水路から分岐して川口市内に流入する芝川の上ノ橋に近い元郷町の細井鋳造工場をたずねたのは、その日の夕方だった。工場から吐きだされる煙で鉛色にけむっている空が、すでに暮れなずんだ濃灰色にしずんでいる頃である。

細井鋳造工場は芝川の土手に背中を向けて建っていた。かなり従業員の多い工場である。原田刑事が事務所に入ると、四十四、五の肥った髭面の男が出てきた。刑事の手帳をみると、男は机にもどって名刺を一枚もってきて渡した。専務取締役工場次長井田源八郎としてある。原田刑事は用件をきりだした。井田は捜査の力になりたいといった顔つきをして答えた。

「そんな話は聞きませんな。ピラミッドの模型ですって、妙な話だな。これまでに、わたしの工場で証券会社の千両貯金箱をたくさん造ったことがありましたよ。ピラミッドとはおもしろいですね。鋳物でつくれば、きっといいものができますね。どこか、ほかの工場じゃありませんか」

「すでに川口じゅうの工場をたずねてきましたが、ないのです……井田さん、咲内市松という男を知りませんか」

「咲内?」

原田刑事は、ひき入れられるように井田の顔をみつめていった。

「戸田町に住んでいた男ですが……」

井田は、思慮深い顔を事務所の奥へむけた。事務所から床が一だん落ちていて工場になっている。うす暗いガラスの向こうで、ときどき巨大な炎の玉が爆発するように光った。熔解炉の口があいたらしい。四、五人のシャツ一枚の工員が、何か大きな鐘型のものをジャッキで動かしている。井田源八郎は工場のほうへ入って行った。工員たちに何かいっている。間もなく、井田はもどってきた。

「咲内かどうか知りませんがね、ここから五十メートルほど川下へくだったところに、うちの下請をやってくれる宇見鋳工というのがあるんです。ここの熔解工が、無断で休んだまま出てこないといってね、工場から問い合わせがありました。暮れちかくなると、鋳物師のケツはぐらつきだすんです。引っこ抜きが流行していますからねえ、困ったもんですよ。その男が戸田町から通っていたそうです」

「どこかの工場へくらがえしたというんですか」

「さあね。御存じかもしれませんが、鋳物師というやつはなかなか片意地なのが多くて、転々して歩くのが習慣になっとりますから」

「その男の顔を知ってる人はいますか」

「そうですね。宇見鋳工からきた工員をよびましょうか」

井田はまた工場へ入った。まもなく、二十四、五の鉄サビで赤ちゃけた丸首シャツを着た男をつれてきた。その若者はきさくに口をきいた。

「垣之内というんじゃありませんか。咲内とはいいませんでしたよ。垣之内さんなら、宇見でだいぶ働いていました」

「風采をいって下さい」

「そうですね。背はわりに高くて、やせていました。色のあさ黒い髭面の人で、年は四十すぎていましたよ」

「声は?」

「そうですね。かすれたような声でした。あの人の声は酒でつぶれてるんですよ」

原田は、すばやく同僚に目くばせした。

「戸田町にすんでいましたか」

「そうです。笹目のほうだとかいっとりました」

〈その男だ。その男が浅田社長をよび出したのだ……〉

原田ともう一人の刑事は走り出て本庁の十善警部へ赤電話で急報すると、川下の宇見鋳工へ急いだ。

9

垣之内太一郎という四十二歳になる熔解工が二十三日から宇見鋳工に姿を見せなくなったことは、捜査に重大な線を劃した。当局の調べてきた咲内市松なる人物は、宇見鋳工の同僚や所長の話によると、垣之内太一郎と同一人物とみて差支えなかったのである。

垣之内は二年ほど前にこの工場へ流れてきた。以前に、どこで働いていたのか、たしか秋田県のほうにいたという話をしたぐらいで、前身は不明だった。鋳物師の世界では、こういう入社のしかたは不思議ではなく、昔から旅人が多いといわれる。彼らは腕一本の技術を売りものにして渡り歩く。近代化した工場でも彼らの腕に頼らなければ、すまない部分が多分にあった。元来が鋳鉄（ちゅうてつ）というものは江戸時代から栄えたものである。川口市は笹目村に近く、そこが鋳物砂に適した荒川土手の砂を産するところから、土地の利を占めて鋳物の市（まち）に伸展した。今でも、笹目から砂を積んだ舟が荒川をくだり、川口市芝川の水門を入る風景はよく見られる。そこには、どこか古風な形態がそのまま残っているといえる。工員の出入りにも杜撰（ずさん）な点がみうけられたのは、近代化する鋳物工場の過渡的な姿といえないこともない。

前歴不明のまま、熟練工と称して入社してきた垣之内太一郎は無口で陰鬱な感じだった。誰とも話をしない。彼が戸田町に住んでいるということも、あとになってわかったくらいだ。年に二回の社員旅行はあったが、垣之内だけは欠席した。他人とつき合わないのが信条らしかった。しかし、仕事はよくするので、会社としては重宝だったのである。

鋳物の熔解工は釜に火をくべる役である。ほかに鋳型工や仕上工はいるが、熔解工の占める技術部面はかなり大きい。火加減が大切だからである。鋳鉄は、火をたいて熔かせばいいというわけのものではない。コークス、銑鉄、再製鉄、石灰石、黒鉛、その他の諸材料を製品によって割りふりを考えねばならない。火熱度も五〇〇度から一三〇〇度の間を上下して計り、熔解時間やその他にもカンが働かねばならず、熟練を要する。垣之内太一郎は本来は鋳型師だったらしく、手先も器用だった。しかし、宇見鋳工へつとめた彼はなぜか熔解工になっていた。

垣之内は二十三日の朝から欠勤していた。その日は、戸田町二丁目の咲内市松の消えた日である。当局は垣之内が咲内であると断定して、徹底的に調べをはじめた。十善警部が宇見鋳工に急行したのは、その夜八時すぎであった。

警部は宇見鋳工の工場の中を見たとき、ある予感をもった。それは、鋳物工場というものが、どこか犯罪の匂いをもっていたからである。先ず工場が簡素なトタン囲いでできている。天井は高く、屋根もトタンだ。ガランとした作業場の隅に巨大な熔解竈(がま)があり、そこから取瓶(とりべ)と称する熔解鉄を受けるつるべの穴に溝がきってある。竈(かまど)の中で熔かされた鉄が、真赤な流れになって溝を走るのだ。火花が散る。その中で半裸の工員が取瓶をひきあげにかかる。

「この鋳鉄で、何を造っているのですか」

と十善警部はたずねた。

「これはストーブになります。学校から数の注文を受けましたのでね。こっちが鋳型ですよ」

指さされたほうを見ると、ストーブの鋳型がならんでいた。砂で型どった大きな箱といってよかった。その箱にカケツギする穴があいていて、今しがた流れこんだ真赤な鋳鉄の入った取瓶を、工員がクレーンで運んでいた。ハンドルをきりながら湯道の穴へ取瓶の出口をむけた。火は水のようにドロドロと流しこまれる。工員の手は、その火で焼けただれていた。いや、その足も皮膚の一部がひきつったような光をみせて大きな傷跡を残していた。

「工員さんは、どうして手袋もしないで素足なのかね」

「いやあ、鋳物工で靴下をはいたりしてるものはいませんよ、旦那」

宇見所長は笑いながらいった。

「素足がいちばんいいです。火玉が散って体にあたるとすべり落ちます。靴をはいたりすると、かえって火玉がたまって傷がひどくなるんですよ」

「すると、工員さんは誰も足にヤケドがありますか」

「一つや二つはみんなあるでしょうね」

十善警部はうしろの原田をふりかえった。原田は神妙に手帳をつけていた。十善警部の質問はつづいた。

「所長さん、この熔解炉の焚口は外にありますか」

「つい便利なものですから焚口は外から足場をつくって、こんなふうに入りこむようにしてあります」

そういってから、所長は十善警部をトタン囲いの工場外へ案内した。熔解炉は地べたから天井へつきぬけるような巨大な円筒になって立っているが、焚口は十メートルほどの中間にあって外を向いている。そこに大きな穴があった。

「あそこから入れるんですね」

「はい。コークス、石灰石、銑鉄、再製鋳鉄など、とにかく、いろんなものを混入して熔かします」

「この竈の中へ人間を入れたらどうなりますかね」

その唐突な質問に、所長は目をキョトンとさせた。

「もちろん、熔けますな。鉄が熔けるんですから、骨も何もかも熔けてしまうわけですよ」

「何も残りませんか」

「そうですね。髪の毛一本残らんでしょう」

はじめ所長はちょっと笑っていたが、次第に神妙な顔になった。

「そういうことは経験がありませんからわかりませんが、昔、よく人身供養(ひとみくよう)とかいいまして、将軍が寺院へ鐘を寄進した際に、この鋳鉄の中へ人体を入れて熔かしたそうです。記録に残っているので憶えているのですが、なんでも人間の体には燐がある、その燐が鋳銅の中に入ると、ずい分なめらかになるそうです。鐘の音色に余韻をもたせるには効果があったようだと聞きましたが……」

「…………」

十善警部は、その竈の穴に視線を向けたまま動かなかった。

〈垣之内太一郎こと咲内市松は、戸田町の家で浅田社長を殺した死体を二十日の夜か、それとも、二十一日か二十二日に、この竈の中へ入れたのではないか。完全犯罪……いっさいの証拠物を、この竈で死体もろとも焼いたのだ……〉

「所長さん、二十日の日に垣之内は工場へきましたか……」

「二十日は、うちは定休日でした」

「二十一日はどうでした」

「はい、来とりました」

「なん時に出社しましたか、わかりますか」

「うちはタイムレコーダーが故障したままで使っていません。はっきりしたことはわかりませんが、あの男は真面目な男でしたから七時には竈の火をつけていました」

「その時刻に、ほかの工員さんはきていますか」

「竈に火がついてから一時間ほどして鋳型や仕上工が入ります」

「すると、朝の七時は熔解工の垣之内以外はいないわけですな」

「宿直の工員がいます」

「二十一日と二十二日の宿直の工員を教えて下さいませんか」

所長は、すでに顔色をかえていた。まもなく若い工員が二人やってきた。

「二十一日に当直したのはきみですか」

「はい」

「その日の朝、垣之内が何か外から運んでいるのを見なかったですか」

「気づきませんでした」

「二十二日の朝はどうでしたか」

「さあ、何も気づきません。普通の日のように垣之内さんが足場を渡って材料を運んでいるのを見ただけです」

警部は宿直室の所在をきいた。それは工場から正門のほうへきた入口わきにあった。六畳の間と三畳の広さをもつ小さな建物である。昼食もできるように、タタキの上に板ばりの机がある。三畳が揚げ間になっていた。汚れたフトンが柏餅にして隅におしやってある。

「ここから竈がみえるかね」

警部は自分で畳の上に寝ころんでみて窓を見たが、上一枚だけが透明ガラスになっている窓から外はみえなかった。工員は眠い。熔解工の出勤した足音をききながら、うとうとしていたとみていい。垣之内の出社で、はじめて工場に火がつくのだ。竃の火をふく音が、この工場の朝のベルであったろう。垣之内が朝早く浅田米造の死体をここまで運搬してきて、誰にも気づかれずに竃の中へ投げ入れることは可能である。

警部は原田刑事に命令した。

「きみ、二十日から二十三日のあいだの鋳鉄でつくった製品を全部集めろ。そいつを鑑識へまわして分析するんだ、いいか」

10

警視庁科学検査所と鑑識課が協力して、川口市宇見鋳工で製造された、ミシン部分品、冷蔵庫シリンダー、家庭用湯沸しの三種を検査したのはその翌日のことである。宇見鋳工では幸いミシンの部分品と冷蔵庫シリンダーは倉庫に眠らせていた。しかし家庭用湯沸しだけは、年末をひかえた需要期でもあったので、問屋からの請求もあり、すでに出荷していた。係官は、日本橋の本町二丁目にある金物卸問屋、オリエンタル商会に急行して、三ツ星印湯沸しを一箇だけ入手した。同商会はすでに川口市から運ばれた三百箇の湯沸しを都内金物店に卸したあとだったのである。

「主任、もし、湯沸しに浅田社長の人体が入っていたとしたら……」

「犯罪史上空前の出来事だというのかね」

十善警部は原田刑事の言葉にうすら笑いを浮かべながら反問したが、語調を強くつづけた。

「史上空前ではないよ。人体を鋳物竈に入れて熔殺した事実は、大正八年三月、三重県松阪で起きているね。なんでも満州にいた夫婦が帰ってきて、財産横領をたくらんで殺したらしい。俺はゆうべ、うちで本をよんで調べたんだよ。それに、宇見鋳工の所長がいったじゃないか。江戸時代には、人身御供で鐘の中へ入れたとか、そんなこともあったというぜ」

「はあ」

鑑識の結果はどうか、二人ともそれが待たれてならない。

そのとき、十善警部の机上で電話のベルがけたたましく鳴りひびいた。

「もし、もし、主任ですか、吉山です」

「ああ、わしだ、今どこだ」

「戸田橋の交番にいます。主任、咲内を見かけたという男が出ました」

「なに、どこでだ」

「笹目村の内田幸平という百姓ですが、この男は朝早く舟で東京の下町へ出るんだそうです。夜は、コエを積んで帰るんだそうです」

「コエ？」

「そうです、人糞です。ウンコですよ。これを舟に積んで笹目村の畑の肥料壺に集荷するわけです。この男が、二十二日の朝五時頃、舟を漕いで川口の荒川の水門ちかくをくだって行くと、土手の上に何か箱のようなものが動いて行くので、おかしいなと思って棹の手をとめたそうです。すると、それは箱をかついだ人間が歩いていたというんです。たしかに、黒い影しか見えないが、男だったそうです。大きな棺桶のようなものをかついで芝川のほうへ下りたというんです。あたりは暗いからはっきりしませんが、たしかに箱が動いていたといっております」

喋っている吉山の声は変にふるえていた。

「もっと、その男から徹底的に事情を聞いてくれ。二十二日だな、それは」

「はい、たしかに二十二日の朝だといいました」

十善警部は受話器をおくと、原田に大声でいった。

「きみ、二十二日の朝、宇見鋳工で熔解した鋳物は何をつくったかね」

「二十二日ですか、その日は、たしかに湯沸しですよ」

警視庁捜査一課から、東京都内下谷（したや）警察に緊急指令が発せられたのは二十九日のことである。「金物卸商オリエンタル商会発売にかかわる三ツ星印湯沸し（No.12578〜No.125608）を各金物販売店、デパート、荒物屋等から没収されたし」という指令であった。

全係官が、卸売りされた金物屋、デパート、荒物店を廻り、三十日の夕刻にいたって、二百七十九箇の湯沸しの没収に成功した。しかし、二十一箇の湯沸しは既に消費者に渡ったあとであった。警視庁では、没収した湯沸し二百七十九箇をただちに川口市宇見鋳工に運んで再熔解した。鋳物砂を平板にならして、薄い板状に鋳鉄を流す。冷却後その薄板の上に、浅田米造の金歯、プラチナ歯等が出現するのを期待したわけである。しかし、その結果は空しかった。出てこなかったのである。すると、残る二十一箇にそれが混入しているかもしれないのだ。指令はふたたび、次の商店管轄署に発せられた。

文京区初音町二	天馬堂食器店	二箇
千代田区神田鍛冶町	宇佐見金物店	三箇
世田谷区代田橋駅前	宮内金物店	二箇
中野区中野駅前	久松金物店	一箇
〃	丸為百貨店	六箇
板橋区志村坂上	小西荒物店	二箇

〃　小豆沢町(あずさわちょう)　丸　信　堂　一箇
大森区大森駅前　寺井食器商会　一箇
〃　照美百貨店　三箇

下段の数字は売却の箇数であるが、所轄警察署は、以上の小売店から買った客の人相その他を聞きただせるものは聞き、係官を戸別訪問させて、残る二十一箇の没収につとめた。

11

その日、二十九日の朝、香取秀男は東武電車の車中にいた。浅草を五時に出発した伊勢崎ゆきである。彼は足利ゆきの切符を握っていた。

石川県輪島市から帰京した香取は、すぐさま駒込六丁目にある万年山勝林寺を訪ねた。この寺は名舟の浅田達治郎がいったとおり染井墓地の東端にあった。香取は墓にさえ行けば寺は見つかるだろうと見当をつけて行ったのだ。霜降橋(しもふりばし)から一キロほど歩くと、染井の墓地が住宅地の中にあった。かなり広い墓地である。そこに佇(た)つと、勝林寺の本堂の屋根が大きくそびえているのがすぐわかった。

住職は、木下華然(かぜん)という七十近い老僧である。香取は本堂わきの平屋の庫裡から入った。そして訪問の目的を老僧に話した。

「左官の次郎作のことを、これはめずらしい、どうして御存じかな」

歯がぬけて、紫色の歯ぐきだけなので、聞きとりにくかった。傍らに六十近いだいこくさんらしい人がいて茶を出してくれた。

「その次郎作さんがつれてきた浅田米造という当時十三ぐらいの子供が、ここを普請していらっしゃった大工さんに弟子入りしたことを御存じありませんか」

「普請の時にな、さあて」

老僧は鼻を上に向けて思い出すふうに目をつむった。

「わからん、何もかも忘れてしもた。しかしな、うちの寺を普請したのは京都の妙心寺からの口づてで来なさった小原という大工さんじゃ。これは妙心寺の僧堂を建てた大工でのう。つまり寺大工じゃった」

香取秀男は絶句した。京都の大工ならば、すでに捜しようがないではないか。そう考えていると、老僧がつづけて、

「その大工は死んだよ。胸がわるかったんじゃな。わしは死んだ話を六、七年前の本山の大恩忌の時に聞いた」

「和尚さん、それでは、普請のときに、ここへ鋳物師がいたのを御存じありませんか」

「鋳物師か？」

「はい、私のたずねています浅田米造という人は、大工をやめて、その鋳物師に弟子入りしたのです」

「鋳物師は寺の普請に来とらんよ。その男はこの六丁目の檀家じゃった。よく遊びに来とった。わしの寺に鐘楼をたてたい、そうしたら鋳銅の鐘を寄進したいと、いつもいうてござったが……」

香取は膝をのり出した。

「その鋳物師の家を教えて下さいませんか」

「松見とかいったな……ちょっと待って下され」

老僧はそういうと、庫裡から本堂へ通ずる廊下を渡って行った。まもなく、ふるい和綴(わとじ)の手帳をもってきた。

「檀家というても、仏をまつっておったわけじゃないが、この松見さんは足利の人じゃ、松見繁太郎(しげたろう)という人でな。なかなか腕のあるお人で、大勢の弟子を育てなさった。たぶん、今は御隠居の身分じゃろうがのう」

「今はおいくつでしょうか」

「そうじゃな、わしより二つ上じゃから、七十三じゃ」

「足利のその家は御存じでしょうか」

「この手帳にあると思うたが、書いていない。わしも一度、行ったことがある。古いことじゃから忘れてしもうたが、山の上に織姫神社というのがあってのう、そこの近くじゃった。うろおぼえにおぼえとる。川の美しい町じゃった……」

そういって老僧は目をほそめた。

12

香取秀男が、足利市にある織姫神社下の松見繁太郎を訪ねたのは二十九日の夕刻である。繁太郎は家にいた。足利市はふるい町で、織姫神社下は公民館や役所があってかなりにぎやかな場所だったが、神社のある小高い丘は町の中を細長くのびていて、美しい片側町に住宅がならんでいた。その道路から二十メートルほど路地を入った地点に松見の家を見いだしたとき、香取秀男はこおどりしたのだった。そして、夕食時であるのもかまわず、その家の戸をあけた。

中から十七、八の断髪の娘が出てきた。色の白い鼻だちの美しい娘である。香取が来意をつげると、娘は奥へひっこんだ。

「お爺ちゃん、お客さまよ」

やがて、玄関の上がりはなにある四畳半に香取は通された。松見繁太郎の顔は痩せこけていた。気骨だけがその目つきに出ているといった感じである。

「突然参りましたのは、ほかでもありません。むかし、あなたの弟子で働いていた浅田米造という者のことをたずねにまいりました」

「浅田米造さん？」

そういって、じろりと老人は香取を見た。

「はい。もっとも、すぐ鋳物のほうはやめたと思うのですが、おぼえておられたら教えていただきたいのです」

「知っていますよ。浅田さんは、今では靴下会社の社長だとかきいていますね。御存じじゃろうが、この足利の街にも大きな靴下会社があってのう。トリコットというて、靴下会社がいくつもあります。その会社と何かの打ち合わせがあったとかいうてのう、わしを訪ねてきたことがありましたよ」

「社長が、ここへ来たのですか？」

思わず、香取は声をあげた。

「あなたは浅田さんの会社のかたですか？」

「はい」

「……あれは、四月か五月じゃった。なんでも洋行するんじゃというておったが……その後、音沙汰がさっぱりない」

松見は娘のさし出した茶をすすめた。見たところ好人物のようである。しかし永年鋳物師として諸国を渡り歩いた苦労が、その顔に出ていた。

「むかし、浅田さんが鋳物をやっていますときに、工場に火事があったのを御存じでしょうか」

「それは本所（ほんじょ）のハカリ工場じゃろう。菊川町にあってのう、その工場に鋳物部があった頃じゃ。わしが浅田さんと咲内さんの二人を紹介して入れたのじゃったが、どうして、あんた、そんな古い話を知っていなさる」

「実は、浅田社長が失踪したのです。二十日の朝、戸田橋の鋳物工場へ行くといって出たまま帰りません」

香取秀男はここで、社長の行方を捜すために、名舟村まで出かけたことなどを詳しく説明した。

「考えても不思議な話じゃ。昔の友だちといったって、咲内さんぐらいしかわしは知らんが、その人も、今はどこに住んでいるのか知りません」

「咲内さんというのは鋳物師ですか」

「鋳物師ですよ。なかなか小さい時分から腕がよかった」

「その二人が本所のハカリ工場へつとめたのですね」

「そうです」

「火事はどうして起きたのか知りませんか」

「わしは知らん。とにかく、それから浅田さんの消息は知れたが、咲内さんの消息は知れんじゃったから……」

「咲内さんというのは、どこの人だったでしょうか」

「あれは石川県の北のほうでな、浅田さんの田舎に近いということを聞きましたな」

「すると、輪島でしょうか」

「輪島とはいわなんだ。これも、浅田さんを世話した次郎作さんの世話じゃったが、反対側の海岸でツクモとか、いうたのをおぼえております」

「咲内さんは、今どこにおられるかわからないのですね」

「それがわからんのじゃ。鋳物師のわるいくせでのう、いつか、弟さんじゃという人が訪ねて来なさったことがあったが……」

「弟？　咲内さんのですか」

「そうじゃ、この弟さんも鋳物師でのう、諸国を歩いていなさる」

香取は、このとき、あの戸田町二丁目の道で、車をバックするようにといった黒背広の男の顔を思いだした。

「松見さん、その弟さんはいつごろ来ましたか」

「去年の春じゃったかな。なかなか、兄さんと似た背のたかい人だった」

「兄さんの行方を捜しておられたのですね」

「そうです。わしは二十二、三のじぶんの咲内さんしか知りませんからな、たずねられてもわかるはずがありません。おかしなもので、その弟さんも、あんたと同じように本所の火事の頃の話をききましたよ」

「その弟さんの身なりや風采はどうでしたか。色の浅黒い髭面で、痩せたかたでしょう。声はかすれていませんでしたか」

「そうです。あんたのいわれるとおりですよ」

〈その男、咲内の兄を捜している弟が、あの黒背広の男かもしれない。あの男は、四十二、三の年に見えた……しかし、これはどういうことになる。弟が兄を捜している。弟も本所の火事のことをきいたという。咲内の兄の失踪と浅田社長の失踪。この二人が本所の火事から三十年もたって、はからずも同じように姿を消した。しかも、社長はその弟と会ってから失踪しているのだ。あの黒背広の男は弟ではないのだろうか……火事と、本所と、浅田社長と、咲内の兄との間に何があったのだろうか……〉

香取は壁につき当った。とともに、胸のつまるような興奮と深い疑惑をおぼえた。

「松見さん、咲内の兄さんと弟さんの名前を教えてくれませんか」

「さあーて」

そういって老人は頭に手をあてたが、「ちょっと待って下さい」といって奥に入った。まもなく出てきた。

「むかしの年賀状か何か出てくるとわかると思って探したが、孫たちがそこらじゅうをひっかきまわしてわかりません。古いものはなくなってしまいましたよ。たぶん、兄さんのほうの名は咲内照松というたと思いますがね。弟さんのほうは一度来られただけで知りませんのじゃが……」

香取秀男は礼をのべると急いで松見家を辞した。このことを警視庁の十善警部に報告しなければならなかった。

13

十善警部は、香取秀男の出現に驚くというより、香取が提示した資料に瞠目した。それは、当局捜査の不備を衝いたものだった。

捜査の段階が例の「オリエンタル商会の三ツ星印湯沸し」の没収にまで進展し、都民の神経を刺激することも考えられたから、捜査は一切秘密にしていたのである。この場合、公開捜査とちがって、当局の労苦は倍加している。こんなとき、香取秀男から浅田米造の鋳物工時代と咲内照松、市松兄弟の関係を提示されたことは、咲内逮捕への方針を一歩深めたのだった。

十善警部の態度は、去る二十五日に訊問した時とはうって変っている。

「香取さん、石川県までありがとう。こっちは石川県警へ連絡して一応は照会しましたが、浅田さんが帰っていないという返事だけを受けていたんです」

香取は満悦している十善警部の顔を見ながら、あの北の海岸の名舟を訪ねたとき、達治郎老人が駐在所の巡査がきたといったことを思いだした。

「ところで警部さん、僕が今までの捜査で疑問に思ったことは、浅田社長と咲内照松が、何の関係で時間を置いて失踪したかということです。しかも、三十年もたっているじゃありませんか」

「あんたの疑問は正しい。しかし香取さん、その疑問の晴れるのは時間の問題ですよ。咲内市松の目撃者が現われましたよ。いま、われわれは懸命に市松を追っています」

「咲内が……」

「川口市の宇見鋳工で垣之内太一郎という変名で働いていました。二十三日に戸田町から姿を消しているのです」

「するとやっぱり、あの男は咲内の弟だったんだな！」

「十中八九、咲内市松だとわれわれは見ます。しかし香取さん、あんたの報告で重大な事実が判明したのです。それは照松の出現です。照松の失踪は、たしかに浅田さんの失踪と無関係ではないでしょう。ということは、弟の市松が浅田さんを殺したかもしれないからです」

「なんですって？　市松が……あの黒背広の男がですか」

「そうです。ということは、咲内の兄が、むかし浅田のために何かの仕打ちをうけたということです。あなたは今、足利の松見さんの家へ市松が兄の行方をたずねて行ったといいましたね。このことは、すでに古いむかしの知人をたずねて廻るしか判らないほどのことか、もしくは市松も兄を捜しあぐねていたことを物語っています。どう捜しても照松の行方がわからなかったとしたら、あるいは、香取さん、これはもう一つの恐ろしいことも予想しなければなりませんね」

十善警部の意志のつよい角張った顎が心もちふるえていた。

「すると、うちの社長が咲内の兄を……」

14

石川県鳳至郡に小木町という漁港がある。場所は地図の上で見ると北の端に近いが、輪島市とは反対側にあたる。小木町は七尾市から海岸ぞいに北へのぼった穴水駅から、バスで三十五キロほど東へ入りこんだ小さな沈降湾の入江に面している。この小木町から小高い山を越えて、二キロほど山中へ入ると上市之瀬という部落がある。わずか五十戸たらずの家数だが、小高い丘の上に段々畑があり、そこへ上がると、九十九湾という菊の葉状に入りくんだ風光の美しい海岸がひと目にみえた。段々畑は、やはり千枚田のようにどれもこれも小さかった。その畑から、山はだんだん勾配になって、近辺ではかなり高い高瀬山という針葉樹の繁茂した山にさしかかるが、その山道から櫟林に入った地点の疎林の中で見なれない男の死体が発見された。十二月もおしつまった二十二日の夕方、寒い山風の吹く日で、薪作りに出た村の者が発見したのだ。

小木町からかけつけた警察官が、死体を所見すると、黒い背広を着た四十年輩の男であった。死後すでに十日は経過している。あたりが高台で風通しがよかったのと、季節の寒気がひどかったので、まだ死体は腐爛のはじまりかけたぐらいで、そのまま残っていた。集まった村人の中で、死体の顔を見ていた農夫の一人が大声をあげた。

「咲内のおじじゃ、東京へ出ていた咲内のおじぼんじゃ」

黒い背広の内ポケットから遺書が発見され、自殺と断定された。

死者はその年から二十五年まえ、上市之瀬村の家を出た咲内市松だと知れたのである。この男の家は村になく、照松、市松の消息が知れないので、残っていた母親が十年ほど前に死に、同級生だった。市松の遺書は便箋二枚に、こまかく次のように書かれてあった。

私は石川県の九十九湾の奥にある上市之瀬村に生まれました。生まれた家は今はありませんが、私は死ぬに際し、やっぱり生まれた村へ帰ることにしました。私には母がありました。兄もおりました。兄は早くから東京へ出て鋳物師をしていました。兄をたよって、私も鋳物師になろうと思い、母だけを村にのこして東京へ出ました。本所の菊川町の守山製衡所です。そこで兄の友だちの浅田米造を知ったのです。あれは昭和二年のことでした。本所の工場が火事になりました。その火事から三日たって、とつぜん兄の行方がわからなくなりました。兄の行方はどう探してもわかりません。東京じゅうを探しました。鋳物師仲間が、他所からやってくるたびに兄のことをたずねました。しかし、兄のことを知っている者は誰もいません。私はふと、兄がいなくなる前日頃に「米造の奴は、火事の最中に錫をごまかしよった」といったことを思いだしました。米造は兄と同年輩で、兄よりも頭がよくて、親方にも好かれていました。ウケのよい米造が火事場で錫を盗んだというのです。兄は真剣にいったのでした。私は、兄のいったことを聞きながしましたが、やがて火事場から錫の山が消えていたことがわかりました。誰かが盗んだ。きっと兄だろう。兄は錫をどこかへ売り飛ばして逃げたのだ、というのです。それは無理もない話です。兄はどこかへ消えたのですから。けれど、それからまた一月（ひとつき）ほどして、米造が製衡所の鋳物部をやめました。このとき変な噂がたちました。米造の足に大きなヤケドがある。あんな傷を火事場のどこで受けたのだろう。ひょっとしたら、米造は兄と一しょに錫をごまかしたのではないだろうか。私は、米造が盗んだと兄が耳打ちしたのをはっきりおぼえておりましたから、そのことを上役にいいましたが聞き入れてくれません。とうとう兄は一人で悪者になったのです。ところが、その兄は二年たっても三年たっても消息がありません。私は石川県の九十九湾へも帰ってみました。兄からの消息はありません。兄が母へ手紙を書かないことは不思議でした。兄はそれまでに、何度も何度も手紙を出したし、私にも書けといったぐらいでしたから。私はそれから今日まで兄を捜しました。日本じゅうの鋳物工場を捜しました。兄のことを知っているものは誰もないのです。ふと私は、兄は死んだのだと思いました。しかも、その死んだのは本所の製衡所の中で死んだのだと思うようになりました。私は鋳物の熔解竈の前で米造と兄が喧嘩をして、兄が失神したところを米造が竈に投げ入れる夢をみました。このことは、確証はありません。なぜならば、千度以上の熔鉄の中に入れると人間は何もかも熔けてしまうからです。こんなことを米造がするだろうか。しかし、それしか兄の行方をつきとめる方法はないのです。兄がいなくなる日、兄と米造が竈の前で何かヒソヒソ話をしていたことはみんな知っていましたが、それからのことは、誰にきいてもわかりません。私は兄を捜して歩いている間に、年をとり四十二になりました。とうとう川口の宇見鋳工という小さい工場に流れつきました。浅田米造がアメリカやヨーロッパを廻って帰朝したという新聞記事を見たのはその時でした。米造は立派な洋服をきて、手をあげて飛行場にたっていました。大勢の人たちが迎えていました。私は米造に激しい憤怒をおぼえました。あの男は、錫を盗んだ金でああなったのだ。兄を殺して知らん顔で生きている男なのだ。この男を兄と同じ目にあわせてやろう！　こう思いたつと、私はそれからいろいろの工夫をこらしたのです。私は両国橋のたもとに立って、東洋編物の社長室をたびたび眺めました。ある日、私は室町の通りで米造と会いました。私は社から尾けたのです。米造は折よく自家用車を使わず歩いていたのです。米造私はピラミッドの模型の話をきいて、こおどりしました。米造は私の喜ぶさまを見て、私に、ぜひつくるようにといいました。米造は私にはなんらの疑惑を抱いていません。この男は二重人格のわるい男です。私にピラミッドの仕事をくれることで、むかしの罪をいくらかでもうすめようと思ったのでしょう。私は心で笑いました。鋳型の上手な技工をまず紹介するといって、私は米造を戸田町の家によびよせたのです。米造が家に入ってきたとき、戸をしめて鍵をかけました。そうして米造にいいました。「ピラミッドは錫でつくりましょう」米造は瞬間、なんともいえぬ顔をしました。ああ、その時の顔。「お前は三十年前に、兄を殺して熔解竈の中に投げ込んだろう」と私はあびせかけました。おろかな浅田米造は、ピラミッドをつくることに真剣になっているために、三十年前の誰も知らなかった完全犯罪を、ウカツにも顔に出して反応を示したのです。米造は、ぶるぶるふるえていました。私は恨みと憎しみをこめ、用意した紐で彼を絞め殺しました。死体を押入れに入れ、すぐ背広をきて、待たせてある自家用車の運転手に帰るようにすすめたのです。このことは見事に成功しました。私は二十二日の朝、天井に用意してあった箱に米造の死体を入れて、何くわぬ顔で宇見鋳工へ運びました。朝早く暗い道を私は担いで行きました。誰にも出会いません。私はかつて米造がしたように、完全犯罪の成功に胸をふるわせていました。幸い宿直は起きていません。私は竈の中へ箱を放りこみ、知らん顔でいつもの時間までそこにじっとしていて、七時に火をたきつけたのです。みるみるうちに箱は燃え、銑鉄と石灰とコークスがその上に投げこまれました。安心しました。完全犯罪は成功したのです。その日の鋳型は湯沸しでした。しかし、私は工場の鋳物砂の上に目を落したとき、はっとしたのです。〈湯沸しの加熱度は五〇〇だ……〉私はあわてていたので米造の金歯を忘れていました。金歯は五〇〇度では熔けません。運命は私を奈落へ突き落しました。いずれ、私の犯罪は露見すると思います。しかし、今は人生に思いのこすことは何もありません。したいことはしてしまったのですから。私はいま上市之瀬の村の山の上から、遠い九十九湾を見ています。この村は日本で一ばん沈降度のきつい村で、年数がたつごとに地面が削られてゆきます。入りくんだ湾は、川下の平野をすこしずつ、浸蝕しています。やがて、この村は海の中に沈むことを思うと、私は死ぬ覚悟もできてまいりました。只今は、母の眠っている無縁塔にも詣り、思いのこすことはありません。

一月十五日は、まだ松の内である。東京区にある伝通院の広い通りには、まだ晴着姿の娘たちが羽根をついていた。伝通院前から初音町(はつねちょう)へぬけて、都電通りへ出る途中に、ごみごみした一角がある。製本の内職をする者が多く、ここらあたりは十五日でも女工が出勤していた。横井製本所のおかみが、うす暗い台所で叫び声をあげたのは朝の十時ごろである。彼女は台所で湯沸しに水を入れようとしたはずみに、もっていた湯沸しを落としたのだ。湯沸しの口がポロリと欠けた。

「暮れに買ったのに、鋳物は弱いねえ」

そうつぶやいて、誰もがするように、欠けた口をつなぎ合わせてみた。湯沸しの出来工合はいびつだった。底のほうがひどく厚かった。割れたのは、その厚い箇所だった。

「おかしいわねえ」

そういうおかみの目が急に輝いた。割れた鋳鉄の肌に、金色に光るものがあった。一分間ほど見ていて、その顔色が蒼白になった。

「金(きん)だよ、おまえさん、金が入ってるよ！」

主人が寄ってきた。その顔も蒼白くふるえていた。

金冠の出た湯沸しの話は、おかみが買った初音町の天馬堂食器店にきこえた。警察に知れたのはその日のうちだった。

十善警部が太子堂の浅田家へ電話したとき、十糸子と香取秀男はいなかった。警部のいかつい顔がにっこり笑った。

消えた週末

女子大生の神崎ますみは、大宮の会社重役の家へ家庭教師のため、週末泊まりがけで行くのが習慣だったが、月曜になっても帰らない。仕事の詳細を誰も知らないため、心配した同宿の江原きよ子は大分の田舎に連絡し、父親が上京して世田谷署に捜索願を出したのは失踪から十日後だった。その頃、遠く離れた山形の山中で若い娘の変死体が発見されていた。

『週刊文春』で1962年に1年間連載された連作推理小説「蒼い実験室」の第10話（連載4回分）にあたる。

※

初出＝『週刊文春』1962年10月29日号〜11月19日号

初収単行本＝『蒼い実験室』（文藝春秋新社、1963年7月）。その後、『蒼い実験室』（日本文華社、1966年7月）に収録された。全集未収録。本文は初収単行本のものに拠った。

1

神崎ますみは、九月十六日の土曜日の午後、下宿へ帰ると、同宿の江原きよ子に、大宮へ行ってくるといって、すぐ用意をして出かけた。

ますみはふた月ほど前から、大宮の会社重役の家へ家庭教師に行っていた。きよ子はべつに、疑いもしなかった。土曜日に出かけて、日曜日の昼に帰ってくるのは、ここ二ヵ月くらいの、ますみの習慣になっていたからである。

「大宮から、バスでまだ二十分も乗らないと行けない丘の上にあるのよ。ぜいたくな、お城みたいな家でね。女の子と男の子がいるのよ。二人のお勉強をみて、夕食を終ると、もうまっ暗でしょ。ご主人がとてもいい方で、泊ってゆけってすすめるの。あたし、日曜の午前中までいて帰ることにするわ。だって、そのぶんだけ食事代がたすかるでしょ」

神崎ますみはそういって、きよ子に外泊の説明をしていたが、聞いていて江原きよ子は、むろん、ますみはいいアルバイト先をみつけたものだと、うらやましく思っていた。

実際、きよ子もますみも、女子大に入学したとはいうものの、うちから送金してくる額が、きりつめた生活費すれすれしかなかったので、化粧品代や娯楽費などは、全然ないといってもよかった。いつもアルバイトをしていなければならない。ますみのこんどの家庭教師の口は、ますみが偶然、街で知りあった人からの紹介であったという。

「いいとこね。あたしにも、そんな口がないもンかしら。朝のごはんまでいただけるなんて、いいわよ」

「とっても、ごちそうをしてくれるわ。女中さんがいるンだもの。もう馴れちゃったから、気をつかうってことないのよ。自分で冷蔵庫をあけて、何でもたべちゃうの。奥さんもいい人でね。とっても働きいいところよ」

とますみはいった。

「そんなところの子供って、出来ない子でしょ?」

「そうね。二人とも出来ない。でもね、出来ない子がいるからこそ、あたしたちの働き口があるのよ。ありがたいことよ。秀才の子ばかりだったら、困っちゃう……」

教えるのは、中学三年生と二年生の年子だと彼女はいった。その姉弟に英語を教えるのだった。江原きよ子も一ど、学生会の斡旋で家庭教師をしたことがあったから、ますみの勤め先はだいたい想像できる。

目白にある学校から帰ったのは午後三時。これから、洗濯しようとしているところへ、ますみが顔をつきだして、

「いってくるわ」

といって、カバンを抱えて、ちょっときよ子に、媚びるような眼ざしを送ってから出ていった。

そんな、いつもの出かけと変らなかった姿が、最後になったのだ。

九月十七日の日曜日は、何時も帰って来る時間にますみは帰らず、やがて夜になった。それでもきよ子はまだ安心していた。

〈きっと、大宮の家でごちそうになってるンだわ。子供たちにもうひと晩泊ってくれとせがまれれば、彼女は、二日の食事代をうかそうと泊ってくるだろう。ちゃっかりしてるのよ……〉

そんな風に、きよ子は思っていたのだ。

ところが、月曜日になっても帰ってこず、学校へ出てみたが、そこにも姿がないのを知った時に、江原きよ子の胸はさわいだ。構内じゅうを歩いて、友人に訊ねまわった。ますみの姿を

みた者はなかった。いったん、下宿へ帰ったが、そこにも帰っていないのを知って、びっくりした。

何かあったな、と思った。だが、まさかその時、死んでいるなどとは、考えてもみなかったのだ。

五日目に、きよ子は級友たちに相談してみた。

「大分の田舎へ、問いあわせてみようかしら」

ますみの田舎は大分県の三重町である。そこの薬局だということだったが、もっとも、級友たちには、その実家について、くわしく知っている者はなかったのだ。

江原きよ子は、ますみの姿がアルバイトに出かけたまま見えなくなった、田舎へ帰っているものなら知らせてくれ、試験も迫っているから……と書いて、ますみの実家に手紙を出した。するとと折返し、神崎薬局と印刷されたハトロンの封書が届いた。父親のものらしかった。三重町には帰っていないというのだった。

江原きよ子の顔は蒼白になった。

〈家出したンだ……〉

しかし、田舎から生活費きちきちの送金をしてもらっているとはいえ、あまり不自由のない女子大生であった。下宿へ帰ってきて気まずいということもないのに、突然、姿を消すというのは解せなかった。

不安は大きくなった。近ごろの夜は、娘のひとり歩きはしないようにと、警察や新聞が報じていた。暴行をうけたり、殺されたりした恐ろしい記事が、世間をさわがせていたし、そんな事件の犯人は、不思議に迷宮入りになっていた。

〈……ますみは人知れずどこかで、そんな目にあっているのではないか……〉

と思ってもみたが、きよ子は級友たちに笑われた。

「そんなことがあれば新聞に出るはずだわ。あのひと、ちゃっかりしてたから……まさか、痴漢におそわれて、五日も帰ってこないなんてひとじゃないわ。きっと……その大宮の家にいるのよ。大宮の家へハガキ出してごらんよ」

考えてみると江原きよ子は、ますみが、働きいいところだといっていた、会社重役の家を知らなかった。うっかりしていたといって、それですむはなしでもなかった。そのアルバイト先は、級友たちの誰もしらなかった。

2

「変なはなしじゃない？　あんたが知らなけりゃ、誰も知らないのよ……大宮の先の家、何会社の重役さんよ」

同級生のひとりがたずねた。

「それがわかれば文句はないわ。何会社の人だか、あたしはきいていない」

と、きよ子はこたえた。同級生たちの顔は、きよ子と同じように蒼くなった。

「じゃ、あのひと、誰の紹介で、そこの家へゆくようになったのよ」

江原きよ子はいった。

「街であったんだそうよ。ふた月ほど前にね、あの人、デパートへゆくっていって、でかけたことがあったのよ。デパートの屋上で、あのひと、椅子にすわって本をよんでいたのですって。そしたら、わきで一服していたひとが、はなしかけたンだってよ」

「へーえ」

「その人が、ますみの英語の本をみていて、あんた、家庭教師をするつもりはないかって、はなしをもちだしてきて、大宮の住所を教えて、気が向いたら行ってごらんというもンだから、あの人、よろこんで出かけていったのよ」

「大宮のどのへん?」

気味がわるいといったような顔になって、高橋きく子という同級生がきいた。彼女の家は、大宮の郊外にあった。

「バスにのって二十分もゆくと、丘があるんだって……そこの丘の上にね、大きな家があって、女中さんもいて、中学三年と二年の年子の姉弟がいるのよ、そこへ教えにいくようになったんだわ」

「丘の上？　名前は？」

「それがわかれば苦労ないわよ。あのひと、会社重役だっていっただけで、何もいわなかったンだから」

今になってみれば、その家の名をきいておくべきだったと、江原きよ子は後悔したが、何もかも、あとのまつりなのであった。級友たちは、うっかり者の江原きよ子を、詰るような眼でみたが、責めるわけにもゆかなかった。

北九州の田舎町から、いかにも、町の薬剤師然とした風貌の、ますみの父親がきたのは、ますみが失踪して十日目、九月二十六日の夕刻だった。神崎利助は、世田谷の下宿にくると、はじめて、東京の娘の部屋をみて、殺風景な、置物一つない寒々としたところなのに、しょぼついた目をきよ子にむけていった。

「あんたが、お友だちの江原さんですか。よく、ますみが、手紙にあなたのことを書いていましたが、いろいろとお世話になりましたな」

父親は、きよ子にペコリと頭を下げたが、同級で、しかも、二年間、一しょに下宿生活をしておりながら、新しくきまった家庭教師のつとめ先を知らずにいたという、間の抜けたこの娘に、半ば詰るような眼をなげながら、訊くのだった。

「デパートで会ったっていう人は、どげん人じゃったか、いうて下さらんか」

「どんなって……男の人ですよ。ますみさん、時々、お勉強するのにデパートへいったんです。涼しいでしょ、冷房がしてあるから。そこで本をよんでくるンですよ。あたしも、誘われて、大和デパートや三洋デパートへ、よくいったことがありましたわ」

と、きよ子はいった。

「その日、屋上にいた人ですって。屋上っていっても、冷房のきいている場処があるんです。植木鉢やら金魚鉢がならべてあったり、全国の物産展があったりするロビーもあって、そこの椅子が、いちばん空いてるンです。ますみさんは、その椅子にすわって本をよんでたンだと思います。そしたら、男の人が近づいてきて、急に向うから、はなしかけたンですって」

男の人相や、年齢についてはわからない。所在のないままに、ますみは、その男のはなしに耳をかたむけていて、会社重役の家の子を教えるのだときけば、食指がうごいたにちがいない。

薬剤師の父親は、月に七千円しか送っていなかった生活費について後悔した。九州の田舎町のつもりで、送っていた金であった。東京の生活は、それでは苦しかったのではあるまいか。しかし、手紙をくれるたびに、不服はいってきていなかったから、それで安心していたのだが、がらんとした部屋をみていると、きりつめた娘の生活がしのばれて、父親は、姿を消した娘が不憫に思われたのであろう、眼頭に涙をにじませて、江原きよ子のいうことをきいていたが、その日に、所轄署である世田谷署に「捜索願」を出した。

3

この奇妙な女子大生失踪事件の捜索願を受けつけたのは、世田谷署の若い巡査だったが、一日に二十人ちかい男女の捜索願をうけつけている巡査は、事務的に用箋を渡して、この父親から事情をきいた。

顔いろを変えてくるのは、どの父兄もそうであるし、近ごろは若い娘の失踪は数多い。巡査はこの書類を、朝から届出された届書の下方に綴じて、捜索してみるという返事をした。しかし、一人の刑事をつけて、女子大生のために、東京じゅうをさがしまわるというようなことはしないのが普通である。

手不足な警察署の今日では、いくら、捜索願が多くあつまっても、これを刷り物にして、各警察署に配布するのが関の山である。受けとった警察は、これをまた「家出人控」という書類綴じにつづっておいて、行路病者が出たとか、身元不明の死人があったとかいう時に、はじめて、この書類の人物たちと照合してみる。該当者がでなければ、書類はいつまでも綴じたままにされている。

「ご心配でしょうね。わたしたちも協力して捜してみます。連絡先を明記しておいて下さい」

巡査のいう言葉に、薬剤師の父親は恐縮しながら、下宿の番地を記して帰ってきていた。

二日たっても、警察から返事はなかった。父親は出頭して訊ねてみたが、窓口の巡査は交代していて、えらく無愛想な年輩の巡査がいて、この父親にいった。

「ちかごろは大勢の家出人でね。一種の流行とでもいっていいようなあんばいで、わしらも、娘さんの失踪騒ぎには、ほとほと困ってるンですよ。大宮警察に問い合わせて、中学生の姉弟のいる会社重役の家があるか、しらべてもらっています。まだ返事はありません。いましばらく待っていて下さい」

つっけんどんな返事であった。

九州の父親は、次第に不安を大きくしていった。東京という町が、魔都のようにみえてきた。警察の窓口のつれない言葉つきも、いっそう拍車をかけたのである。父親は、おそろしい都で娘を勉学させていたことに気づいて、蒼白になった。

警視庁の捜査一課に所属する時岡刑事が、この神崎ますみ失踪事件を耳にはさんだのは、世田谷署に所用があって、ふらりと立ち寄った二十九日のことである。捜索願をうけつけていた若い巡査が、何げない話のときに、そのことをいったのだ。

「誘拐事件というんでもないですよ。その娘は、ふた月も、よろこんでその家庭へいっていたンですからね。十六日の土曜日だったそうですが、いつものように、にこにこしてでかけたんです。ところが帰ってこない。困ったことに、その同宿の娘は、大宮のその家の名も住所も知らんのですよ。本人だけしか知らなかったらしいんですね」

「………」

時岡刑事は、妙な事件だなと思った。

「大宮署へ問いあわせたんですか」

「はい、まだ何もいってきません。中学生がふたりいて、丘の上に家を建てている。そんな家庭はザラにあるでしょうからね。いちいち、お宅は家庭教師をたのんでいますか、なんて、たずねて廻るわけにもゆかないんでしょう」

「ふむ」

時岡刑事は、そのとおりだとうなずいていたが、彼がこだわったのは、土曜日にでかけて、日曜日までいて、かならず外泊したという一事であった。

「本当に、大宮で家庭教師をしていたのかね」

疑うようにきいた。

「本当でしょうね。性格のおっとりした、いい娘だったというんです。もっとも父親のいうことですからね。いくらか、ほめすぎたところもあったでしょうけれど……大宮へは毎週でかけていて、そこの家の細君にも、主人にもかわいがられて、子供たちにもなつかれていたということですよ。当初はその家からの帰りに、暴行でもうけたのかとも思ってみたりして、たずねてみたんですが、ここ十日ほど、例の防犯週間の緊張もありましたし、大宮にはそんな事件は起きていません。心あたりはまったくないんです」

「きみ、ちょっと、その書類をみせてくれんかね」

巡査は時岡刑事に、自分が、ガリバンを切った、その家出人捜索手配書を、一枚ひきぬいてきて渡した。時岡刑事は、これをポケットに入れると、世田谷署を出た。

刑事は、妙なはなしだと思うと同時に、かわいそうな父親の身になって考えてみた。おそらく、どうてんしていることはたしかであった。かわいい娘に勉強させようと思って、なけなしの金を毎月送って、大学へゆかせていたのだ。それが、勝手にアルバイトをみつけて、出かけた先から行方を絶っている。

時岡刑事は、ここ二、三日前に大きな事件がひと区切り片づいたので、ヒマな方であった。神崎ますみ失踪事件を、個人的に覗いてみたいと思った。とくに気にかかったというわけではない。なぜ、おせっかいに、ますみの下宿までゆく気になったかといえば、彼も、同じ北九州の出だったためといえたかもしれない。田舎から東京へでて巡査を拝命して以来、刑事係になって十年になる。その薬局は知らないが、三重町という豊肥線の駅の名は知っていた。ひとごとのように思えなかったのだ。

時岡刑事は、小田急梅ヶ丘駅で下りると、残暑の照りつける住宅街をあるいて、神崎ますみの下宿へきた。父親の神崎利助はまだいた。娘の消息を摑むまでは、帰れなかったのである。

「まったく腑に落ちんとですばい。デパートが涼しいんで、本ば読みにいっちょったちゅうとりますが、どげんしてそげん男と知りあったか、かいもく見当もつかんとです。大宮の家の近くの男だとか、それとも、そン男の知った人だか、見当もつかんとです。狐につままれたようなはなしとは、こげんことをいうもんじゃなかとですか」

時岡刑事は、人の好きそうな、しょぼついた眼をした父親から、久しぶりに田舎の言葉をきいて、なつかしい気がした。

「お父さん、娘さんには、男友だちはなかったでしょうね」

「…………」

父親は眼を白黒させた。

「そげんことは、一しょにくらしておらんじゃったから、知らんと。けんども、一しょにいたっち、きよ子さんは、何もそげん男友だちはなかったといっちょるけん、あの子にかぎって、なかったと思うちょりますばい」

「そのきよ子さんは、いまどこにいますか」

「目白の大学へ行っちょります」

刑事は女子大の建物を思いだした。三年ほど前に、やはり誘拐事件のあった大学だった。それればかりではなく、身元調査の必要があって、二、三度訪ねたこともあったのだ。

「刑事さん」

父親はいった。

「あんたにはわるかけんども、東京の警察は、ずいぶんとつれなかとです。わしがかけがいのない娘をさがして泣いちょるいうに……捜索をたのみましてから三日もなるのに、大宮のソン家さえ調べあげてくれちょらんと。情なくなったとです。たずねてゆけば、こげん家出人は多かあるちゅうて、わしの娘ばかしらべるちゅうわけにはいかんといわれるですけなア。けんども、わしら、警察をたよりにする以外に、方法はなかとです。刑事さん」

口から泡をとばしていう父親の顔は、憔悴していた。おそらく、この父親は心配のあまり、食事もすすまないのではあるまいか。

「昨日は、わしは大宮ちゅうところを一日歩いて、会社重役の家らしいところをさがしましたとです。そんでも、見当らなかったとです」

憔悴した父親は、根(こん)がつきたという風にいった。時岡刑事は、一途な父親の気もちを思って暗澹となった。不思議な事件といえた。父親の顔をみているうちに腹がきまった。縄張りちがいだが、上司にたのんで、この事件を応援させてもらおうと思った。つまり、同情から出発したのである。

まだ独身の刑事は、かすかに、女子大学生というものに、憧れに似たものをもっていた。大宮へいっていなかったのではないかという気もする。父親にはわるいけれど、土曜日ごとに泊って帰ったというのも変だ。男があったのではないか。女子学生の、そうした生活をのぞいてみる興味もあったのである。

4

時岡刑事は、何を端緒に糸をたぐればよかっただろう。

神崎ますみは、大宮のその会社重役の家を、誰にも明かしていなかった。しかも、その家へいくことになったのは、通りすがりの男の紹介だったというのである。これでは一見、糸の端がのぞいているようにみえても、摑むことはできないのだった。大和デパートへ行って、ますみが本をよんでいた屋上のロビーに坐ってみても、三カ月も前にそこへ来あわせた男が、また、そこにくるとは思えなかった。

刑事は、憔悴しつくした北九州の薬局店主に、言葉だけは元気をつけるようなことをいって、世田谷の下宿を出てきたが、女子大学のある目白へゆく足が重くなった。

〈妙な事件だな……〉

考えながら歩いている時岡刑事の足が、踏切の一寸前にきた時、ぴたりと止った。

〈待てよ……〉

刑事はある考えにゆきついていた。

それは神崎ますみが、同級でしかも下宿を一しょにしている江原きよ子にさえも、大宮の行先を明かしていないという一事であった。あろうことか、そこを紹介した男についても、名前どころか、どういう風采の男だったのかも、知らせていない。

こんなことはあり得るだろうか。どちらも自分から東京へ出てきて、郷里からの送金で通学している、境遇の似通った娘たちである。些細なことでも報告しあって、お互いに慰め合いながら通学していたというのならわかるが、新しくきまった家庭教師の先も明かさずに、二カ月間も通っていた上に、しかも、毎土曜日から日曜にかけて、外泊したというのである。

常識的には考えられない。

〈ひょっとしたら、神崎ますみは、大宮の行先を、同級生たちに隠す必要があったのか、それ

とも、べつの行先へいっていたのではあるまいか……〉

突飛な推理ともいえたけれど、そうとでも思わなければ、事情が呑みこめない。

毎土曜の行先を、いいかげんに、大宮の会社重役の家などといっておいて、好きな男のところに泊ってくる口実としたのかもしれない。刑事は、女子大学生の放らつな生活ぶり、といったような新聞記事を思いだした。桃色生活に耽溺していた女子学生のはなしである。それは、これから刑事が行く先の、目白の女子大ではなかったけれど、東京には、数多い女子大学があって、どこの寄宿舎も、田舎の学窓を巣立って夢をえがいてきた娘たちが、毎年、目白押しにつめかけている。

これらの女子大生はみな、勉学に専心するとはかぎらない。中には途中でぐれてしまって、田舎からの送金をあそびにあてて、キャバレーや喫茶店へつとめに出ている娘もいる。もっともこんなことは、田舎の純朴な父兄たちには内緒のことなのであった。

桃色事件は、そうした心得ちがいの一女子大学生の起した、与太者たちとの痴情関係だったが、ひょっとしたら、神崎ますみも、そんな生活に、足を一歩踏み入れたのではあるまいか。

そう思うと、かなりこの推理に確信がもててきた。とにかく、江原きよ子に会ってみることだ。同宿の娘のはなしから、ますみの素行を追究してみるしか、方法がないではないか。

時岡刑事は、今しがた彼女の父親がぽつねんと坐っていた下宿を思いうかべながら、電車にのった。

〈ずいぶん、殺風景な部屋だった。それは、若い娘の部屋とは思われないガランとした部屋だった。あんな部屋にふたりの女子学生が暮しているのだ。東京にはずいぶん、ああいう学生専門の貸し間があるらしい……〉

殺風景な部屋だったという思いも、ますみが外に出て、歓楽を得ていたにちがいないという確信を、ふかめてくるのである。

5

時岡刑事は女子大学へつくと、学生係の窓口にたのんで、英文科の江原きよ子をよんでもらった。暑い陽ざしが、洋館の影をくっきりと庭に落している。刑事は待たされる間、校舎前の花畑と噴水のある庭へ、手を組んだり、つれそったりして歩いてくる、若い娘たちの姿をみていると、自然と、どの娘たちも、溌溂とした、若いかんじのする容貌の裏側で、何をしているかわかったもンじゃない、という猜疑心が湧いてきて困った。

江原きよ子は、五分ほどすると校舎の中から出てきた。おずおずした眼で時岡をみた。

「神崎さんのことなんです。ちょっと、ぼくと歩いてくれませんか」

手帳をみせると、江原きよ子はついてきた。ポプラの木蔭をよって刑事は歩いた。高校しか出ていない刑事は、ちょっと、女子大学生と一しょに歩いていることに、気はずかしさをおぼえた。江原きよ子は、均斉のとれた軀で十人並みの顔をしていた。感じのいい娘だった。

「ますみさんに、男友だちがなかったでしょうかね」

ずばりと刑事はきいた。

「…………」

江原きよ子は、足をとめていった。

「恋人ですか」

「そうです。恋人でなくても、ボーイフレンドといった男でもいいんですよ。ぼくにはどうも、ますみさんには、男友だちがいたような気がするんです」

「…………」

江原きよ子は、心もち眼尻をつりあげて刑事をみた。

「ますみちゃんに……男の人って……誰かしら。あたしにはわからない、あたしにかくして、恋人をつくったンだったら知らないけれど……そんな人はなかったはずよ」

「そうでしょうか。よく思いだしてみてくれませんか。男の人の噂など、何げない時に、ますみさんの口から出たことはなかったですか」

「…………」

江原きよ子は、首をかしげて考えていたが、

「そういえば……」

といってから、

「その後、進展していたか、どうかは知らないけれど、ますみちゃんのところへ、手紙をよこした人がいましたわ」

刑事の眼は光った。

「その方、D大の学生さんです。そう、弘方とかいったわ。めずらしい名前なのでおぼえてるンだけど、恋人とまではゆかなくても、ますみちゃんの周囲の男性じゃ、その人しかおぼえていません」

「いつごろのはなしですか」

「もう半年も前になります。バザーで会った人ですから。あたしたちのグループで、D大の哲学研究会に出入りしている人の紹介で、その弘方さんて人がみえたンでしたわ。ほっそりした痩せ型の人で……感じはよくありませんでしたけど、ますみちゃんも、好きじゃなかったと思います」

「そんな男から手紙がきて……ますみちゃんは、何ていってましたか」

「いやらしいって……困ってましたわ」

江原きよ子はそういうと、顔をしかめた。もうそれ以上、ますみのプライベートなことに、ふれたくないといった眼だった。

しかし、時岡刑事は、何でも明かしてほしかった。かくしごとをされていたのでは困る。

「そのD大の弘方という学生のほかに、誰か、大宮に男はいなかったでしょうね」

「知りません」

江原きよ子は怒ったようにいった。講義がはじまるのであった。江原きよ子は時間を気にしはじめた。

刑事は礼をのべて、また訊ねたいことがあれば教えてくれ、と頼んで別れた。

〈その弘方という学生に会ってみよう……〉

6

藁でもつかみたい心地がしていた。時岡刑事が目白の女子大学の校門を出たのは、その日の午後二時三十分であった。

この東京の女子大学から、凡そ程遠くかけはなれた山形県下の山中で、若い娘の変死体が発見されていた。場所を詳述しておくと、山形市と仙台を結ぶ国道が、将棋の駒で有名な天童市をすぎて、寒河江の町に出る一本道にさしかかろうとする、国道筋の右側の山へ入りこんだ、林の中である。

ここらあたりは、鴨の名所といわれるだけあって沼が多い。変死体の発見されたのは、三百メートルほどの長さをもつ、細長い卵型の沼の岸から、細い道を小山へのぼりつめた雑木林の中である。薪拾いにきた付近の主婦が、何げなく林の中をみて発見している。

女は二十一、二歳。紺のスカートにピンクのこまかい竪縞のブラウスを着て、仰向けに寝ていた。すでに顔も手も黄色に変色して、地めんについているあたりは、くさっているとみえて、主婦が驚いてかけ出した音で、死体にむらがっていた蠅がとび立った。腐爛死体である。

天童市の警察に急報された。主婦のしらせをうけて、係官がジープなどに分乗して、現場へかけつけてみると、文字通り腐爛した死体は、異臭をはなってとてもよりつけなかった。

警察官という商売は厄介な職業である。死体ならば処理しなければならない。マスクをかけた係官たちが、五人がかりで、嘱託医をまじえ、綿密な検屍を行なった。

自殺であるか、他殺であるかは速断できなかった。というのは、すでに顔の肉も手足もくさっていたからでもあるし、打撲傷や毒物による皮膚の変化などは、とても一見してわかるようでもなかった。

十日はたっているかもしれない。

係官たちは、医者がゴム手袋をはめてぬがせるブラウスの下をみていた。ブラジャーをしている。ずいぶん派手なナイロン製のものである。スカートをめくると、これもナイロン製の、半透明のパンティを履いているのがわかった。医者は、まだ肉ののこっている股のあたりへしゃがみこんで、顔をひっつけた。暴行されている形跡はないようにも見える。下着をちゃんとつけているからであった。

「自殺かな」

嘱託医はつぶやきながら、女の股のあたりの皮膚の一部をみていたが、

「おもしろい女だな。内股に化粧をしているぜ」

といった。

「内股に化粧を……きみ、白粉でもぬっているのかね」

わきから、天童署長の髯面の浮田利平警部がたずねた。

「きれいな肌だったんでしょうね。ずいぶん若い娘ですよ。二十か二十一でしょうな。マニキュアもしている……」

「内股に化粧している……ひょっとすると、署長、どこかのヌードダンサーじゃないでしょうかね」

刑事のひとりが、緊張していったのだ。

「そうかもしれん。ヌードダンサーが、世をはかなんで自殺したか……」

署長は憮然とした顔でいった。蟬がはげしくないている。それでなくても暑い林の中であった。まだ、まともに陽が照りつける時間なのだ。

「とにかく、死体を収容しよう。ここじゃ暑くてやりきれん」

筵（むしろ）をもってきて、その上に死体をのせようとした時であった。横腹の下から、ハンカチに包んだものがぽろりと落ちたのだ。刑事の一人が、すぐにとりあげてみた。ハンカチに包まれた、固い紙のようなものである。いそいでひろげてみると、「定期入れ」であった。しかし、定期は入っていなかった。そのかわり学生証が出てきた。

東洋女子大学英文科三年生

神崎ますみ

右之者、本学学生であることを証明する。

東洋女子大学学長

杉木梅次郎

「女子大生か」

係官たちは、唖然としたように死体を見なおした。

「股裏に化粧しているような、女子大学生がいるかね、きみ」

署長が不審そうに反問した。

「ちかごろは女子大生といったって、署長、何をしているかわかったもンじゃありませんよ」

この変死人の照会は、その日のうちに電話でなされている。

目白の東洋女子大へ、捜索願から連絡をうけた捜査係の刑事が現れた。神崎ますみの失踪は、すでに学校でも知っていたし、世田谷署は捜索願もうけていたから、大騒ぎになった。

だが、この時刻には、まだ時岡刑事は、本郷森川町の陸橋の下を歩いていた。D大の学生である、弘方直之の下宿をさがしていたのだ。

7

時岡刑事は、目白の女子大を出てから、神田にあるD大学を訪ねて、弘方なる、哲学研究会のメンバーである学生が、在学しているかどうかを訊ねた。学生課はすぐに教えてくれた。

「弘方君はここ十日ばかり欠席していますが、住所はわかっています」

親切に下宿先を教えてくれたのである。

刑事は、弘方直之というその学生が、十日前から欠席していることにこだわったのだ。それは、神崎ますみが姿を消した日と、だいたい符合するからであった。

〈ひょっとしたら、弘方とますみは、きよ子や同級生に内緒で交際していて、十六日に弘方の手びきで、ますみはどこかへ失踪したのではなかろうか。弘方も一しょに旅行でもしているのではないか。恋人同士の学生が、学校を休んで、温泉か海へあそびにいっていたなんてはなしは、よくきくはなしだ……〉

刑事は足を棒にしていた。弘方の下宿は、西片町へ坂をのぼりつめた右側にあった。素人下宿である。戦災をまぬがれた古い二階家をみつけると、刑事はつかれた手をあげてベルを押した。中から三十七、八の奥さま風の女が出てきた。

「弘方さんいますか」

女は、刑事を迂散(うさん)くさそうにみてから、

「いませんよ」

とこたえた。

「いつごろから出ていますか」

「さあ、田舎へ帰るって言ってましたから……十日も前だったじゃないでしょうか」

妙に冷たい物言いをする主婦である。

「田舎はどこでしょうか」

「関西の方なんですよ。和歌山県の、海にちかい町で……田辺とかいってましたが」

「田辺」

刑事はずいぶん遠い所だな、とうんざりした。

そんなところまで、とても追いかける気はしないのだ。

「奥さん」

刑事は手帳をみせて、とにかく、上りはなに坐らせてもらった。コップに一ぱいの水が飲みたい。しかし、そんなものを所望するわけにもゆかない。こちらは捜査上のことで訪問しているのだ。

「弘方君ですがね、まじめな学生でしたかね」

「はあ」

主婦はいいにくそうに、

「うちへは三カ月ほど前にこられたので、まだ、ゆっくりおはなしもしたことはないんですけど、学校へはちゃんといっていたようですよ」

学校へいっていたって、それがまじめな証拠とはならない。下宿を出て、どこへいっていたか、わかったものではないのだ。

「弘方君は、家庭教師など、アルバイトをしてるような風にはみえませんでしたか」

「アルバイトはなさっていたようでしたよ。でも家庭教師をなさっていたかどうかは知りませんがね。ちょいちょい、夜おそく帰ったことはありました」

「女友だちはどうですか」

「………」

刑事は、主婦の顔を、眼を細めてみた。

「べつに……うちへつれてこられたことはありませんでしたよ。もっとも三畳をお貸ししているんですからね。お客さんをするような部屋でもないんですよ。ただ寝るだけに帰るような部屋ですからね」

またしても、ここで、刑事は神崎ますみの下宿を思いだしていた。弘方の部屋も、あれに輪をかけたように殺風景な部屋ではあるまいか。刑事は哲学という言葉をきくと頭がいたくなる。それは、若い学生の口からよく聞く言葉だが、暗い顔をして、考えにふける哲学者の心境というものには、とてもついてゆけない。しかし、そんな学問を研究していた弘方直之には、きっと、殺風景な部屋も、似つかわしかったのではあるまいか。

今日は九月二十九日である。学校ははじまっていたのだ。紀州の田辺へ、休暇中でもないのに、弘方はどうして帰っていったのか。不思議な気がした。

「奥さん、弘方君は、これまでに、大宮の方へ行くといって、出たことはありませんでしたか」

「大宮へ」

主婦は首をかしげた。

「とにかく、日が浅いもンですからね。それにあの人は、無口な方で、わたしたちとあまり話をしたがらないんですよ」

おかみは困りあぐねたようにいった。時岡刑事は、弘方の本籍地をおかみからきいて、早々にこの下宿を出たが、弘方直之に対する疑惑は深くなった。

あまり男友だちのなかった神崎ますみが、たとえ一、二どだったにしろ、交渉をもった男性である。徹底的に洗ってみる必要があると思った。田辺の本籍地へ問い合わせてみようと思った。

ところが、本庁へひきあげてきた時岡を待っていたのは、世田谷署からの意外な情報である。当人の神崎ますみが死んでいたというのだ。しかも、変死体で発見されていた。ところもあろうに、場所は山形県下であった。他殺の疑いもあるという。時岡は上司にことわって世田谷署に急行した。

8

山形県警から電話をうけた、世田谷署刑事課は緊張していた。すぐに神崎ますみの下宿に連絡がなされ、父親は蒼白になって出頭してきた。

「山形県へなんて、娘がどうして行っちょったか、わしには全く心あたりはなかとです。天童なんて……そ、そんな町で……娘が死んじょったなんて……それは嘘じゃ。娘じゃなかとでしょう」

父親は否定した。探していた娘が、あろうことか、自他殺いずれともわからぬ死体で発見されていたのであった。父親は呆然としていた。興奮している父親から、神崎ますみが、これまでに山形県下へゆくなど、過去のつながりは何も無かったことをたしかめると、ひとまず、別室に休ませて、刑事たちは会議をひらいた。

「目白の女子大へいって、級友にもあってみましたが、大宮へ家庭教師にゆくといって出ているだけで、山形などへいっている形跡はなかったそうですよ」

「それは嘘をついていたんだ」

と、べつの刑事がいった。

「これはますみが、誰にもいえない秘密をもっていたと思われますね。デパートの屋上で出あった男が怪しいと思いますよ。ますみは、この男と会って大宮などへいったのではなくて、毎土曜日に山形へいっていたンですよ。きっと」

時岡は、このとき、その刑事の断定的にいう顔をみていった。

「大宮の家庭教師云々を信じないあなたが、どうして、デパートのその怪しい男を信じますか」

「………」

刑事たちは、いっせいに時岡の方をみた。

「大宮へゆくといって、毎土曜から日曜日にかけて山形までいっていたのが事実とすれば、屋上で会った男なんていうのも、嘘かもしれない」

「ふむ」

と刑事たちはうなずいた。

「ぼくは、ますみの身辺に、やはり怪しい男がいたと推定します。この男のことは、級友たちにも内密にしていた。だから、ますみに恋人があるなど、誰も知らなかったんですよ。ますみは、この恋人との関係で、どうしても、毎土曜日に山形県下へゆかねばならないことになった。それを、どうしても、級友や、同宿の江原きよ子にいうわけにいかなかった。だからますみは、デパートの屋上で会った男の世話で、大宮にゆくことになったなどと、いいかげんなことをいって、ごまかしていいたんだと思うんですよ」

「なるほどね」

刑事課長は、時岡のいうことに肯いて、肘をのりだした。

「で、きみに、その男の目当てがあるのかね」

「はあ、一人あります」

「……」

みんなは、時岡刑事をにらんだ。

「D大の学生で、哲学研究会のメンバーである弘方直之という男が、背後にいるはずです」

時岡はここで、一日足を棒にして探った、哲学青年の下宿での模様を、かいつまんではなした。

「和歌山県の田辺が本籍だそうですが、この男が本籍地へ帰っていなければ、この事件は、もう山がみえたも同然だと思いますね」

課長は、顎をふるわせて部下に命じた。

「大至急、和歌山県警に連絡しろ」

9

会議が終るころ、山形県から三ど目の電話が入った。課長が、受話器にしがみつくようにして出た。すると、向うはこんなことをいった。

「神崎ますみに、まちがいないと判明しました。ますみは、上ノ山でヌードダンサーをしていたことが、いま判明したンです。上ノ山温泉のヌード劇場に『花馬車』というのがありましてね。そこで三カ月ほど前から、酒井あつ子という変名で、神崎ますみはダンサーをしています。東京から毎土曜日に通ってきて、週末だけ裸をみせて、日曜日には帰っていったようですな」

「…………」

課長は絶句した。相手はつづけた。

「死体の内股のあたりに、白粉をぬりたくったあとがあったもンですからね。その線から、ヌード女優じゃないかと思って、近辺の、作並や、上ノ山、鶴岡あたりのヌード劇場を調べて廻ったンです。そうしたら、『花馬車』に出ていて、今週の土曜から無断で休むようになった、酒井あつ子かもしれないということになりましてね。劇場主をよんで、むずかしいホトケでしたけれど、面通しをしてもらったンですよ。そしたら、奴さん内股のホクロをおぼえてましてね、東京からきていた酒井にちがいないと断定したンです」

「それで、解剖結果はどうなりましたか」

「毒を呑んでいます。それに、他殺の疑いも濃いというんです。咽喉のあたりに皮下出血のあとが顕著に出ていますし、クスリを呑ましたあとで、締めたようなんですよ」

課長の顔はいっそう緊張した。さらに山形の警官はつづけた。

「天童の町で、酒井あつ子が、二十日の夕刻、学生風の男と歩いてゆくのをみたという人が二人出ましてね。それで、その学生はどこの者だか、いま、上ノ山の温泉地を、虱つぶしにしらべているんです。劇場主のいうところでは、その日は支払い日でしてね、酒井あつ子は八万円ちかい金を、ハンドバッグに入れているはずだというんですが、それは現場からは発見されていません。金目当てに学生がしめ殺したと思われるんですが、問題なのは、青酸加里らしい毒物を呑んでいることなンです。自殺ということも考えられますね」

「しかし、自殺だったら、ハンドバッグはあるはずでしょう。中身もそっくりのこっていていいわけだ」

課長が怒ったようにいうと、

「まったくです」

と田舎警察官らしい、のんびりした返事をした。

しかし、課長の顔が蒼くなったのは、学生風の男が一緒にいたときいて、時岡がいまの会議で説明した、哲学青年云々を思いだしたからであった。

受話器を置くと、課長は時岡刑事をよんだ。

「やっぱり、学生が同行していたぞ。二十日に天童の町を歩いていたそうだ」

「弘方ですか」

時岡の眼は光った。

「さあ、それはわからない。とにかく、田辺署の報告が先決だな」

時岡刑事は長距離電話へとんだが、和歌山県警も、まだ、もたついていて、田辺署から何の報告も入らないということであった。

時岡はいらいらした。

10

「人を喰った話だな」

と刑事部屋で、一人がいった。

「大宮へ家庭教師にゆくといって出ていて、じつは上ノ山温泉でヌードをやっていた……ずいぶん、人を喰った女子学生だと思わないかね」

「しらべてみると、上野駅をひるごろ出ると、山形へは六時につくそうですよ。近ごろは汽車も便利になりましたからね。東京から、山形の夜のつとめに通うことも出来たわけで……神崎ますみという女は、ずいぶん考えたもんですな」

「新しいアルバイトの方法というわけか。しかし、ヌードといえば、上ノ山あたりは全ストになるンだろう」

好奇な眼をむけて、刑事は隣りの男に猥ら(みだ)な眼ざしを送った。

「おれは一どしかみていない。これは上ノ山じゃないが、伊豆のA温泉で手入れがあった時、浴衣客にまじってみていたんだが、裸どころか、大事なところまで露出して踊るんだよ。レコード二枚分を踊って三百円ずつとるわけだが、体裁だけ前の方をかくしている。お盆だとか団扇だとか、それに鳥の羽根だとか、いろいろアクセサリーを用意していてね、前部を被って踊るわけだが、ポーズがかわるたびに、手もとが狂って、大事なものがとび出してくる。客はこの時をねらって、眼を皿のようにしているわけだ。しかし、あれも、相当熟練しないと、出来るもンじゃない。女子大学生がアルバイトに思いついて、すぐに出来るというようなもんじゃないよ」

「山形の劇場主の話だと、なかなか、酒井あつ子は巧かったというんだ」

「へーえ」

と、刑事のひとりが感心した。

「すると、神崎ますみは、どこで練習していたのかね」

「さあ」

みんなは笑いころげた。

「とにかく、女子学生もかわったものだ。このごろは筆耕だとか、案内嬢だとかいったアルバイトでは、金高は知れているからね。荒い銭をかせぐには、ヌードダンサーはもってこいかもしれないね。それに、はなれた遠い土地だから、人眼にもつかない。まさか、東京の女子大生が汽車で通ってきて、そんなところで踊っているなんてことは、思わないだろうからね」

きいていた一人が、真面目な顔でいった。

「しかし、神崎ますみは、どうして、そんなに金がいったのかね。親爺さんは、月七千円をちゃんと送っていたんだろう。たべるだけで七千円あったわけだ。それだったら、女ひとりの暮しはできたはずじゃないか」

「男が出来たんだ」

と時岡はいった。

「男に金がかかったンだ。この男はつまりヒモになったんだよ」

「なるほどね」

「そうして、そのヒモが、最後に金を盗んで殺っちまったンだ」

「馬鹿なことをしたもンだな。すぐ足がつくじゃないですか」

「足がつくとは、思っていなかったんだ。幸いなことに、ますみは、毎土曜日上ノ山温泉へきてヌードをしているなどと、誰にもいっていない。山形県下の林の中に捨てておけばわかりはしない。ヌード劇場の踊り子なんてものは、だまって休んだまま来なくなったって、そんなに心配して、東京までたずねてくるようなことはないだろうし、酒井と変名しておれば尚更のことだ。山形へ来ていることを知っているのは、本人とヒモだけなんだ。それを考えて、殺しても大丈夫だとタカをくったンじゃないのかな」

みんなは時岡刑事の方をみた。

「しかし、一つだけ、落度があったんだよ。それは、ハンドバッグを盗む時に、ハンケチにくるんだ学生証を、知らずに現場へ落したことだ」

時岡の推理に、みんなはうなずいていたが、この時、刑事部屋へ、にょっきり課長が顔を出した。やせた顔が緊張している。刑事連は椅子をたってとりまいた。

「時岡君」

課長はいった。

「いきがかりだ、きみに山形へとんでほしいんだ。親爺さんをつれていってくれ。本庁の許可は得てある。Ｄ大学の哲学青年弘方直之は田辺へ帰っていない。下宿にもいない。山形県下に潜伏しているにきまっているよ」

課長は吠えるようにいった。

「あとの者は、聞き込みだ。いいか、学生を殺してしまうな。新聞にのれば、小心な奴だ、どこかで、首をくくるかもしれんぞ」

刑事連は合点して部屋を飛び出ていった。犬ころのように東京中へ散ったのである。

11

すっかり気力がぬけて、一貫目もやせたかと思われるますみの父親神崎利助は、時岡刑事とつれだって上野駅から秋田ゆきの列車にのって、隅の方の座席に腰を降すと、溜息をついてだまっていた。

刑事は父親の気もちになってみると暗澹となった。世にも不幸な父親とは、このことをいうのかも知れない。一生懸命田舎町の薬局で働いて、一人娘を東京の大学へ入れて送金していたのだ。

その娘が、あろうことか、男をつくり、学業も半ばにして、ヌードダンサーのアルバイトに浮き身をやつして、男に金を入れこんでいた形跡がある。それならまだしも、哀れな死体になって、田舎町のはずれの林の中で発見されているのである。

信じられない、といった父親の心はよくわかるのだった。

東京という都会が、このように女の心を変えてしまうのだろうか。それとも神崎ますみという娘が、天性からそのような女に生れていたのか。時岡にはわからない。汽車が闇をついて驀進してゆく。窓の外を走る灯をみつめながら時岡はたずねてみた。

「ますみさんは、お父さんや、お母さんに反抗するような、強い性格をもっていましたか」

「いや」

と父親は、力のない声でいった。

「毎年夏休みと、冬休みには三重町へ帰って来ちょりましたけんど、わたしらにたてつくちゅうことはなかっとですと。忙がしい時は店へ出て、店番もしてくれちょりましたと。月々の金だって、不足していることはわかっとりますけんど、不満はいうたことはなかっとです」

「性格は内面的に、押しころしてゆくたちだったわけですね。明るく表面に出して、何もかもいってしまうタチじゃなかったわけで……」

「まあ、そうじゃな。おとなしい娘でしたと」

父親は大事な玉を汚されたような顔つきでいった。

「すると、やっぱり、お父さん、そういう控え目で、弱いたちの娘さんを、一人で東京へお出しになったことが間違っていたんですね」

「そうかもしれまっせん。しかし、刑事さん」

父親はぼそりといった。

「あの娘にくっついた男は、いったいどんな男ですかな。一ど、わしはそいつの顔が見てみたいと思いますな。わしの娘を喰いものにして、しかも、殺してしまうなんて……その男も、やっぱり紀州から出ている学生じゃとかいっとってやったが……」

「紀州の田辺町から出て勉強していた学生ですよ。D大学に入って哲学をやっていました」

「哲学？」

父親は口先をとがらせた。

「ご存じですか」

「いや、その……」

父親は口ごもった。しかしまもなく、つぶやくようにいった。

「これは思いすぎじゃなかと思うけんども、去年の夏休みに帰ってきたころじゃったが、娘が、妙に理屈をいうようになりましたとです」

「理屈？」

「はい、つまりですな、人生は何のためにあるじゃとか、幸福とは何かじゃとか、そのようなことを、町の友だちをよんで、縁先きで大声ではなしとりましたとです。娘もかわったことをいうちょる……と思っとったですが……ひょっとすると、娘はその学生の感化をうけて、そんなことを、いっちょったのとちがうでっしょうか」

「そうかもしれませんね」

時岡はこのはなしをきいて、神崎ますみはひょっとしたら、弘方直之に惚れていたのかもしれないと思った。

女子大で江原きよ子に会った時、弘方から手紙がきた時に、ますみは嫌な顔をしたといっていたが、じつはそうではなかったのであろう。ますみは哲学青年と恋愛をはじめていたのだ。そうでなければ、上ノ山温泉まで働きにいって、男に貢ぐなどということはしないだろう。

そう思うと刑事は、江原きよ子も含めて、女子大学生などといっても、教養はあるにしても、人間をみる眼などは何にもありはしないのだと、ふっと情ない気持がすると同時に、高校しか出ていない警察官の自分の方が、十年間の警察生活のあいだに、人を見る眼を自ずからといできているという、優越感に似たものを感じた。時岡は父親にいった。

「ますみさんは悪い男にひっかかったンですよ、きっと。お父さん、その男は、やがて、私にこの手錠をはめられて、あなたの前にきます。男に会ったら、あんたは気がすむまで、娘さんがどうして死んだかを訊くんですな」

「はあ」

力のない顔を窓の外に向けると、すでに東京の灯はなくて、夜の野面は、黒色の絨毯をしいたように沈んでいた。

山形へつくのは翌朝早くである。時岡も神崎利助も眠れなかった。

二人は午前五時半に山形市についた。時岡刑事は、神崎利助をつれて、まず山形県警本部に入った。前もって、電話をしてあったので、県警本部では時岡の来るのを待っていた。

「まず、ホトケさんをみせて下さい」

時岡は、しょぼついた眼をした父親をつれて、山形市の市立病院にいった。まだ、朝早いので、蔵王の山の煙って見える町をジープにのってゆくと、風は冷たかった。

病院につくと、医者に、死体が安置されている部屋へ案内された。

父親の足は、うす暗い廊下をわたる時にふるえた。まだ、娘の死体であるかどうかを、疑っている顔である。最後まで、娘でないことを祈っている父親の気持を察すると、時岡の足も心もちおそくなる。

やがて、案内された部屋に入る。そこはセメントのタタキのがらんとした部屋で、鉄製のベッドが一つ置いてあるきりだった。筵の上に寝かされた死体には、汚れた布が一枚かぶせてあった。

医者が、白布をめくると、束ねられた髪がにょっきり出てきた。頬肉の落ちた、骸骨のような顔がそこにあった。しかし、若い娘であることは、かろうじてわかった。

「ま、ますみ」

父親はその顔をみた瞬間、膝まずいて絶叫した。

「ど、どげんして、こんな軀になったと、ま、ますみ……」

12

時岡刑事は、病院からすぐに天童署の捜査本部に急行した。本部は東京からの電話で緊張していた。天童市を歩いていた学生が、弘方直之ではないかという疑いである。

「なんでも、町の中心地にあるライオンという喫茶店に、ますみらしい女が、二十日の午後四時ごろ、二十三、四の学生風の男とつれだって入ってきた。隅のテーブルに坐ってコーヒーとケーキを注文した。三十分ばかりいたそうです。店を出ると、東の方へ歩いていったというんですが、東といえば、寒河江の方角にあたるんですよ。現場は、その途中にありますからね。

学生が夕方になるのを待って、チョコレートか何かに青酸を仕込んで、呑ませたかもしれないですよ」

時岡もうなずいた。参考人として出頭していた喫茶店の女主人と、女の子のふたりにきいてみると、たしかにその男は弘方直之らしい風貌である。時岡は直接、弘方直之を見たことはない。東京を出る時に、写真を手に入れようと奔走してみたが、ダメだった。同僚に手配をたのんで、急遽ここへきているのであった。喫茶店の女主人のはなしから、面長で蒼白い顔だといわれた上に、眼つきがちょっと陰気だったといわれると、どうも弘方くさい気がしてきた。

「哲学専攻の青年でしてね。男友だちの少ないますみの周囲にいた、たった一人のボーイフレンドといえるわけです。この男が、ますみの失踪と同時に、和歌山県の田辺に帰るといって下宿を出たまま、田辺にも帰っておらず、消息を絶っています。どうも変なんです。東京でも手配をしているンですが、今のところ見つかっていません。ひょっとしたら、県下に潜伏しているんじゃないですかね」

天童の署長は、時岡が下宿のおかみからきいた人相と、喫茶店の女主人の目撃談とから、弘方直之の特徴を摑んで、至急にモンタージュ写真を作製するよう命じた。これを県下ならびに隣県の警察に配布して、指名手配の措置をとることにした。

「それにしても、ますみがどうして、上ノ山のヌード劇場なんかにつとめたんですか。その

『花馬車』へ世話した男は、いったい誰だったかわかりませんか」

時岡は肝心のことをきいた。いちばん気になっていたことである。

「そいつが、どうも」

と、本部の刑事は頭をかいてこたえた。

「はっきりルートがつかめんのですよ。『花馬車』の主人は、東京にいるブローカーを通じて傭い入れたというだけで、しらべてみると、そのブローカーも変名なんですよ。所番地をたずねても該当者はいないのです。女を世話するような商売ですから、ちゃんとした家になんか住んでいる男じゃないらしくて、時々、山形や、上ノ山あたりへひょっこり顔をみせる、四十年輩の、沢谷虎市という男なんだそうですよ。その男が、ますみをつれてやってきたというだけです。……その後、温泉町にもどこへも顔を見せていません」

「その沢谷も怪しくありませんか」

「当然、この男も容疑が濃いんです。しかし、いまのところ『花馬車』の主人しかその男を知っていないんで、雲を摑むようなはなしで、まったく困っているんですよ」

「天童の町を学生と歩いていた。しかも、その日は死亡推定日となっている。第一容疑は、時岡さんのいわれる弘方直之にちがいないだろう……」

署長はもう、犯人は学生だと、きめてかかっているようすであった。

13

本部の捜査は、沢谷虎市追求班と弘方直之追求班に分れた。

時岡は、県警本部のわきにある本屋の横の桑本旅館に宿をきめて、本部に、翌日からつめる決心をした。宿に帰ると、父親の神崎利助が、しょげきった顔で、ぽつねんと部屋にいた。

「やっぱり学生でしたか」

父親は藁でもつかみたいという表情で、きいた。

「弘方らしい男が天童市に現われています。それと沢谷虎市という、ますみさんをヌード劇場へ世話した男がいるんですが、この男も洗っています。本部では、この沢谷とますみさんがどこで会ったか……ますみさんのいうように、東京の大和デパートの屋上で会ったのが縁になって、山形県まできて、ヌード劇場で働くようになったんじゃないかとみているんですが、ぼくはこの説には反対なんです」

「そ、そんな、デパートの屋上で知りあった男の口車にのって、つとめるような娘じゃなかとです」

父親は否定した。時岡も、そのことはまさかと思うのだった。女子大にいっている娘である。

教養のあるますみが、そんなところで会った男を、すぐに信ずるとは思えない。やはり、沢谷虎市にますみを会わせた仲介者が、もう一人いるような気がした。

「虎市とますみさんを会わせた男が、弘方直之だったら、筋書はよめるんですが、哲学青年が、ヌードダンサーの世話の手先をつとめているなんて……まず、考えられないですよ」

「その男は、本当に学生だったんですか」

父親は、うたがうような眼になった。

「D大学に在学していることはまちがいありません。私は学生課でしらべてきました」

「ほう」

父親は溜息をついた。

「とにかく、お父さんはお嬢さんの遺骨をおもち帰り下さい。お国の方たちも心配しておられるでしょうし、どうぞ、かわいそうなますみさんの野辺送りをしてあげて下さい。私は山形にのこって、必ず犯人をあげてみせます。どうぞ警察の力を信用して下さい」

時岡刑事は、不信顔の父親の前に手をついて、誓いをたてたいような気もちであった。

「きっと、ここ数日中に犯人をあげてみせます。二人の容疑者が出ているんですから」

神崎利助はうなずいた。世にも哀れなこの父親は、翌日、山形市の火葬場で不幸な娘を荼毘(だび)に付して、骨箱に入れた骨を抱いて、山形を発った。

14

東京から、時岡刑事のところへ電話が入ったのは、神崎利助が山形を出た日の夜のことである。その電話は上司の来栖課長からだった。時岡は勇躍した。課長の声は、こんな意外なことを伝えたのだ。

「妙なことが出てきたよ。上杉と三上の二人を、大和デパートに張りこませてみたんだ」

声はするどく耳を打った。

「そうしたら、あのデパートの屋上の、全国物産陳列場のあるロビーで、妙な奴を見つけてきたよ」

「…………」

時岡はどきりとした。

「奇妙な奴って……沢谷らしい男ですか」

「沢谷の人相書もまわってきたから、二人にもたせて待機させたわけだがね。そしたら、あの屋上には三つソファがあった。植木売場のある一だん高くなった屋上へ出る出入口になっている。一見、そこに坐っていると、遊動円木や木馬なんかのある子供あそび場に、子供たちをあそばせていっぷくしている親たちのようにもみえる。だが、じつは、そんな客ではなくて、いつも、そこに坐っている妙な男がいて、怪しくなってきた」

「妙な男というと」

時岡は受話器を強くにぎった。

「つまり、朝から晩まで動かない男だよ。老人が、冷房装置のきいているその椅子で、時間つぶしにきているというんならまだしもわかる。しかし、その男は、しゃきしゃきした色男なんだ。三十七、八で恰幅のいい男だ。眼つきはちょっとわるい。しかし風采はなかなかいいんだ。二人が張りこんでいると、ソファに坐ったまま何時間も動かなかったそうだ。しかし時々、別の男がやってきた。この男たちは四十年輩だったり、五十年輩だったりする。こそこそとはなしては出てゆく。気をつけていると、商談か何かしているようでもある。きみは、東京駅の八重洲口の待合室に張りこんだことがあったろう。あすこを根城にしていた麻薬のバイニンを検挙した時だ。あの手口をつかって、何か売買しているような気がするんだ。そこで、今日の午後になって、どうもその連中が、くさくなってきた。五十年輩の、くたびれた洋服を着た男が、ひょっこり女の子をつれてきてね。風采のいい男と相談しているんだ。女の子は、きみ、女子大生のようなかんじがしたというんだよ」

時岡刑事は固唾(かたず)を呑んだ。

「すると、そこがヌードダンサーの世話人の連絡場所ですか、課長ッ」

大きな声をだした。

「ひょっとしたら、そうかもしれない。女の子をつれてきて、金らしいものの受け渡しをしていたというからね。いよいよ、明日の午前十時からデパートに張りこんで、挙動不審で訊問してみる。反抗すれば、公務執行妨害か何かでひっくくってしまおうと思う。いいか。あすの朝だ」

課長の声はいつもより元気があった。勢いよく受話器を切ったのである。時岡はびっくりした。

あり得るはなしだと思った。

デパートの屋上というものは、何げない男女の群れで混雑している。コーナーを利用して、何かの連絡場所とするには好都合の場所である。喫茶店や、バアを連絡場所にするのよりは、盲点をついている。目撃者は大勢ありすぎて、誰も見ていないともいえる。

時岡は、課長の報告は、事件にやはり関係があるとにらんだ。上ノ山温泉へ、ヌードダンサーを世話しにきた沢谷虎市は、この屋上グループの一人ではないか。

15

東京警視庁捜査一課の金貝警部の指揮する、五人の刑事たちの網にひっかかった大和デパートの屋上の男は、沢谷虎市こと、本名、元木実造という、三十六歳の和歌山県生れの男であった。ブローカーである。

事務所や倉庫をもたないで、原反の取引きをしていると、彼は訊問にこたえたが、その供述に不審な点がみとめられたので、取引相手の会社にたずねてみると、すべてでたらめであることもわかった。元木はポケットに六十万円の現金をもっていた。いま、問題になっている、人身売買の元兇ではないかとにらんだ当局は、本格的な元木の身辺捜査を開始した。すると、この男は田辺市の幸町六十六番地に本籍地を有することがわかった。六十六番地は、山形事件の容疑者である弘方直之の生家の隣りであった。

当局は緊張した。元木と弘方との糸がわかったのである。当局は検察庁にこれを報告して、逮捕状を地裁に請求した。

そして、神崎ますみ殺人事件の、容疑者として元木を拘置した。

元木が供述したのは、その日の午後である。たしかに同郷の学生弘方直之を使って、弘方がD大に在学中であるのを利用して、アルバイト女学生のあいだをくぐらせ、収入があるというエサによって、ヌードダンサーにひきこんでいたことが判明したのだ。元木はうそぶくようにいった。

「田舎から出ている女子大生は、どれもこれもピイピイしていますからね。完全にわからない方法だったら、十人にひとりは、よろこんで話にのってきましたよ」

「完全にわからぬというと、それはどういうことかね」

「つまりですな、東京から三時間内外でゆける、温泉地帯や歓楽都市へ働きに出る口ですよ。近郊温泉の客はたしかに東京から出かけていますから、すぐに知人にみつかってしまう、とい うような懸念があるようですが、じっさいは安全なんです。ヌードダンサーや、ストリップガールは厚化粧をしてますしね。こうした小屋がけのショウをみにゆく客は、たいがい宴会のあとだとか、酒を飲んだいきおいか何かで、友人とつれだって出かけます。だから、自分の知人の娘のような顔をした女をみても、まさかと思うし、他人の空似くらいにしか考えない。また、その疑いをもったとしても、東京へ帰っても、自分がよからぬところへ出入したことでもあり、だまっている。もし間違っていたら大へん失礼にもなるはなしだから、だまって過すことが多いんですよ」

係官たちは啞然とした。

「その手で、きみは、弘方をつかって、神崎ますみを誘いこんだのか」

「そうです」

と元木はいった。

「弘方は哲学をやっていただけあって、まじめに見えました。しかし、あいつの哲学なんてものは、商売上の哲学でしてね。じっさいは、むずかしい本なんかよんでいませんよ。あいつの読んでいる本は、漫画本でした」

「弘方をどこへかくしたのか」

「知りません」

と元木は、顎をはってうそぶいた。

「あんな男の行方を知るもんですか。ますみがひと月働いて、金が入ることを知って、山形まで追いかけていって、殺したんだ。われわれの商売上でも、風かみに置けない裏切り行為をした奴のことなんか、知りませんよ」

元木実造の態度ははっきりしていて、ますみ殺人は、弘方直之が単独でやったというのであった。

神崎ますみは、上ノ山温泉でヌードダンサーなどしていることは、誰にもあかしていない。弘方の入知恵で、大宮へ家庭教師にゆくのだといって出かけているのである。誰もしらない。まさか、ますみの死体が天童の町はずれで発見されても、それが神崎ますみだとわかろうはずはない。うまくゆけば完全犯罪である。しかも、一と月分の金が入りこんでくる。

弘方の考えた筋はよめるようであった。この東京警視庁の報告が、山形の捜査本部に入った時、本部の方でも、ある刑事の報告が入って雀躍(こおど)りしていた。県下の酒田市にある明水館という宿から、D大学生の弘方直之らしい男を連行した、というしらせがあったからである。酒田からの電話は、こんなことをつたえてきていた。

「宿帳をみると直木弘吉という名になっていますが、弘方の偽名であることははっきりしています。蒼い顔をした鼻の高い男で、耳のつけ根にほくろが一つありますが、手配書とくらべて、よく似ています。逮捕状をだすと、否定しましたが、おどおどしだしたので、怪しいとみたんです。酒田から、七時の汽車でそちらへ連行しました。頭のいい奴でして、宿の主人には、本間美術館を見にきたのだといい、いかにも郷土美術を研究にきたようなことをいっていたそうです」

その弘方直之らしい男が、本部へついた時、時岡は玄関まで出て行った。報道陣のカメラのフラッシュをあびて、やせた細面のその男が、ひきたてられてくるのをみた瞬間、ああ、これはまちがいないな、と思った。西片町のあの下宿で、おかみがいった風貌と似ていたからだ。

本部へ入った弘方直之は、口をつぐんでなかなか白状しなかったが、重要参考資料として残していた、ますみの遺品であるワンピースや、ハンケチの類をみせると、急に泣きくずれた。

弘方は、当局の思ったとおりの動機によって、ますみを殺害していた。天童市の林の中をえらんだのは、ますみが、ヌードダンス用に将棋の駒を使ってみたいといったからであった。天童という町は、日本の将棋の駒の九〇パーセントをつくる町として有名で、特別に依頼すると、大きな将棋の駒をもつくってくれる。この駒でますみは、全裸の股間をかくしながら、将棋踊りというのをやって、人気を得ようとたくらんでいた。ますみが、これほど、ヌード劇場の踊りに懸命になったのは、「花馬車」が歩合制の給料としたせいであった。毎土曜日に来て踊る月給のほかに、ますみの踊りを観にくる客が多ければ、それだけ褒賞金をあたえるためであった。

金が魅力であった。ますみは、アルバイトに始めた踊り稼業に力をそそいで、卒業するまでに百万円ためるのだと言っていた。大学を卒業して、どこかに就職したとしても、給料は知れたものである。北九州の古びた薬局へ帰る気もしない。虚栄の街、東京で、華やかに暮したい野心のあったますみは、自ら墓穴を掘ったというべきだろうか。

時岡刑事は、弘方直之の供述を記録し終ると、神崎利助に書いておくる手紙の内容に困りあぐねた。美しい玉のような娘を、東京へ出した気でいた利助が、この事実をきかされて何と思うだろう。気が狂って、首でもつりはしないかと、不安にもなったのだ。

〈やはり、男がわるかったんだ。弘方という男がわるかったんだ〉

近ごろの大学生の、恐ろしい気質をみたような気もして、時岡刑事は寒い気分に打ちのめされた。

本部は解散になった。時岡は山形を去る日に上ノ山温泉に出て、その「花馬車」というヌード劇場をのぞいてみた。

――ヌードの女王、新玉すま子来演。本夕かぎり一回興行。

と、麗々しいポスターのはられたその劇場は、ひしゃげたようなトタンぶきの小屋であった。

時岡は、天童の土産物である将棋の駒を、上司の土産に買って帰った。せめてもの、駒のはなしが、暗い気分を明るくしてくれるようであった。

片眼

既製服外交員瀬川隆吉は国電新小岩の駅前広場で、15年前に京都伏見の輜重隊の同僚だった来島鶴平と再会する。彼は入隊まもなく荒馬に顔を蹴られ片眼となったのだった。一週間後、来島の注文してくれた特別仕立ての洋服を勤め先まで届けると、そこでかつての伏見の見習士官に出会う。そして、瀬川が来島に会ったのはその日が最後となった。

1944年に召集され輜重隊に所属した体験をもとにしており、これは後に『兵卒の鬃』(新潮社、1972年10月)に結実する。『水上勉　社会派短篇小説集　無縁の花』(田畑書店、2021年10月)所収の「宇治黄檗山」(『別冊文藝春秋』1961年9月号)でも同じ体験が作品化されている。「巣の絵」連載中の『週刊スリラー』に掲載されており、この時期に発表された短篇としては、「不知火海沿岸」に次ぐ早い作品。

※

初出＝『週刊スリラー』1960年1月8日・15日新春合併号
初収単行本＝『黒い穽』(光風社、1961年5月)。その後、『檻を出る女』(春陽文庫、1967年6月)に収録された。全集未収録。本文は初収単行本のものに拠った。

1

瀬川隆吉は既製服の外交員である。

彼は東京神田岩本町にある、レディメード問屋召山商店に勤務してから十三年になる。

瀬川隆吉は、性格がおっとりしていて忍耐づよい所がある。背は小柄で、顔も小造りだが、小鼻のふくらみの豊かな、下顎の角張った顔立ちは、どこかユーモラスな感じがしないでもない。如才のない商人の眼は、どこか俊敏すぎて狡さが見えてイヤなものだが、瀬川隆吉の眼は下瞼がたるんでいて、笑うと糸のように細くなる。

瀬川隆吉が客から愛想のいい男だと好感をもたれたのも、その容貌の理由もあったが、何よりも、中小企業の見本みたいな既製服問屋に、十三年も続いたのは本人の律義さ以外にはないようであった。彼は、その年四十二歳であった。

十二月にはいって、東京の空に木枯しが吹きだし、どことなく落ちつかない日々がはじまろうとする一日だった。瀬川隆吉は新小岩の下職人、埼山源次の家で出来上りの洋服を風呂敷に包んでいたとき、源次からこういわれた。

「瀬川さん、なんだな、もうぼちぼち独立してやってみたらどうかな」

埼山源次はいわば、主家の下請(したうけ)職人である。その男からそういわれると、瀬川隆吉は十三年来、真面目につとめてきて、はりつめていた糸がぷっくと音をたててふるえた。

「このわしが独立、そんなこと」

と隆吉はミシン工を顎で使いながら、自分はプレスのアイロンかけをしている源次の油ぎった顔を見ていった。

「だいいち、資本がないな」

「資本って、瀬川さん、あんたの信用が資本ですばい」

と源次は九州訛(なま)りを出して隆吉を仰いだ。

「どうですかな、あっしでしたら何でもきいてあげますよ。あんたの注文なら何だってやらせてもらいますばい」

事実、既製服問屋の外交員で一生を終るということは淋しいことに違いなかった。それはいつも思わぬことではない。しかし、源次は今、信用というけれど、それは、主家の召山商店があってこその自分の信用なのだ、と瀬川は思うのである。が、このとき、瀬川隆吉はあいそにこう答えた。

「なら、いいお客でも見つかったら、ひとつ埼山さん、あんたとおもわくをしてみますか」

2

その下請職人の家を出て帰り途のことであった。国電新小岩の駅前広場を歩いていて、うしろから声をかけられた。

「瀬川さんじゃありませんか」

昏れなずんだ駅前広場はかなりの雑踏である。その人ごみから、自分と同年輩ぐらいの見なれない男が、笑みを浮べながら走ってくるのがみえた。

「やっぱり、瀬川さんだ、私です。伏見の輜重隊で一しょだった来島ですよ」

男の顔に見おぼえがあった。

「来島さんか、おお、これは珍しい」

瀬川隆吉は思わず声をあげた。たしかに、この来島の顔にはおぼえがある。イヤ、忘れようとしても、ときどき思いだされてくる顔であった。来島鶴平は片眼なのだった。その片眼も、あの悪夢のような馬卒生活で来島はなったのだった。京都伏見の輜重隊に召集されたとき、瀬川隆吉は同じ班で、しかも隣りにこの同僚をもった。来島はまだその時は片眼ではなかった。入隊して間もなく、隊にいた馬はみなどこかへ送られ、新馬が伏見の駅に着いたのを新兵の瀬川たちは迎えにいった。特務兵は馬をあずかる兵種である。瀬川も来島も二頭の馬をあずかり、厩も同じ棟だった。ところが、秋田から来た調練のすんでいない荒馬は新兵泣かせだった。馬たちは長旅をしてきたあとなので荒れていた。来島はその一頭にひきずられて顔を蹴られたのである。それは水喇の時間といって、厩から持馬をひき出して、見習士官の指令をうけて、水を呑ませる夕刻であった。荒馬が何十頭となく、不馴れな新兵の手綱に導かれて、せまい水喇所でくつわを並べる。そのとき一頭が暴れだすと、他の馬たちも暴れだす。一ばん危険な時刻だった。来島の隣りの馬が急に尻を向けて、来島の胸もとに尾をふりあげるのを見たとき、来島は自分の馬を放馬していた。それは瞬間の出来事だった。来島のわあーッという悲鳴と馬の走る蹄音がけたたましくひびき、手綱にぶら下った来島が奔馬にひきずられてタタキの上を小さくなってゆくのがみえた。放馬は刑罰として営倉ゆきであった。来島は必死で馬にしがみついたのだが、そのとき隣りの馬の蹄で顔を蹴られていた。血がタタキに散り、更に干藁と麦穀の積んだ厩の下壁に地図のように飛び散っていた。

来島は医務室にかつぎこまれたが、その時は仮死状態であった。左頬から眼にかけて蹴りあげられた傷は左眼もろとも大きくえぐったように裂け、顔面が既に砕けたのである。来島が三カ月の後、ふたたび隊に片輪の顔を見せたとき、瀬川たちには特別除隊が待っていた。瀬川隆吉は片眼になった来島と除隊になって、同じ汽車で田舎に帰った。来島は三重だし、瀬川は岐阜である。その汽車の中で話したのがこの男との最後だった。しかし軍隊時代を思いだすたびに、気の毒な片眼の来島はいつも頭をかすめていたのだ。

その来島鶴平が、十五年後のいま、眼の前に立っている。

「どうや、ちょいと、そこらで一杯やろうか」

これは瀬川の方がいったのだ。

3

駅前の盛り場にある大衆酒場の二階へ上った。そこで話は当然、馬卒時代からはじまりその後のお互いの苦労な生活報告にうつる。来島は故郷は三重県の山奥である。水田のない百姓であった。来島は片眼で帰郷したので故郷の山河は変ってみえた。来島は母だけをのこし、名古屋に出て、トラックの上乗りをしたり、パチンコの機械の外交をしたり、いろいろの職業を経た末に、東京へきたのだという。現在は足立区五反野（ごたんの）に住んでいる。千住新橋を渡って、すぐだと教えた。

「嫁さんはどうや」

と瀬川隆吉はきいた。

「そんな、めんどくさいものもらわん」

と来島はいった。ふっと、その時の来島の片眼が泣いたように見えた。片眼のとれた砕けたような来島の顔は歪み、女たちをよりつかせない影がただよっていた。この醜態のために、くぐりぬけてきたであろう十五年の苦渋と諦めを装ったような無関心さが、片眼に出ていた。それが瀬川隆吉の心を打った。

瀬川隆吉は、その夜、感傷的になり、酒がまわった。二、三軒の梯子酒になり、市川の家に着いたのは十二時過ぎていた。来島と、どこで別れたのか記憶がない程酔っていた。

翌朝、出がけに、瀬川は洋服のポケットに紙切れが入っているのに気づいた。出してみると、それは来島鶴平の字でこう書いてある。

住所　東京都足立区五反野二五六

勤先　東京都千代田区神田末広町五

越田電気工業株式会社

洋服　一着。丈五尺三寸五分。

もちろん、最後の洋服は来島が注文したものであった。

「どや、わいの洋服ひとつ、作ってくれや、わいは柳原のつるしんぼなんかイヤやで、特別仕立てでつくってンか」

と酔った来島がいっていた顔が思い出せた。

「よし、ええ下職に頼んで、流行の生地でつくったるウ」

と瀬川は返事した。

隆吉はその日、新小岩の埼山源次に個人で発注した。純毛で薄茶のツィードの流行地の上下服である。

「いよいよ、はじめなさっとですな」

と源次はいった。源次は最初の仕事だから、胁ざしをたんねんにして、ネームもサービスするといった。

4

瀬川隆吉が来島鶴平に洋服を渡したのはそれから一週間後である。瀬川は、来島の勤め先である末広町の事務所をたずねた。そこは貸ビルの二階の粗末な一室だった。越田電気工業と看板が下っていたが、室内の模様からみると、ブローカーらしいことがわかった。電気ヒーターや電気アイロン、暖房器具類のポスターがいっぱい貼りつけてあった。洋服を届けると来島はよろこんだ。彼は表へ出てコーヒーをおごるといった。瀬川は外へ出た。と、そのとき、ビルの前へ自動車が止り中からやや肥った四十五、六の紳士が下りてくるのが見えた。来島はその紳士にちょっと会釈した。紳士は何もいわずビルの中に消えた。瀬川はその紳士の顔を見たとき、どこかで見たような顔だな、と思った。しかし、思いだせなかった。

「あれ、誰や」

と瀬川はたずねた。

「あれか、あれはな」

と来島鶴平はいってから、わずかに顔つきを変えて、

「あれはな、伏見の見習士官や、社長や」

といった。

「えッ」

瀬川は驚ろいた。すると、来島はあの伏見の輜重隊で、ビンタを喰わされたり長靴を磨かされたりした上官を、今も社長として仰ぐ運命にあるのではないか。そんなことは、先夜は一言

もいわなかった来島に、不審を抱いたほど瀬川は驚ろいた。また来島はどうして、見習士官を東京で知ったのだろう。来島はそんな瀬川の思いをよそに、

「わしの顔をこんなにしよった奴や、わしを傭う責任があるんじゃ……」

といった。瀬川は越田(こしだ)見習士官を思いうかべた。この士官は兵隊たちから一ばん嫌われていた。そういえば、来島が片眼になった時の水喇指導も、この見習士官だった。兵隊たちは荒馬がこわい。いつもオドオドしながら取扱う。それを鞭をもって、馬のように兵たちをこきつかったのが越田だった。

その越田を来島はどこで探しあてたのだろう。来島は醜貌でとても普通のサラリーマンはつとまらない。昔の知り合いでない限り、来島には働き場所はなかなかないだろうと思われた。鞭でイジめた越田を探して、うまく就職した来島は要領がいいのかも知れない。

「お前も、苦労しとんな」

と瀬川はいってから来島と別れた。

その時、来島は洋服代を払った。瀬川隆吉は来島と末広町のコーヒー店前で別れた。それが、この男とふたたび会えなくなった最後である。

警視庁の堂本警部が、来島鶴平に関したことで瀬川隆吉をたずねてきたのは、それから二年目のことであった。来島が誰かに殺されたというのである。

5

死体は、兵庫県の城崎郡香住海岸に近い山林中で発見されていた。香住海岸というのは日本海辺の山陽本線の香住町の近くで、入りくんだ小湾の漁師村のつづく淋しい海岸である。香住町から西へ海沿いに四キロほどゆくと下浜という村があり、ここらあたりから次第に平野は細くなってゆき、海岸は崖と活葉樹の茂った深い森つづきになってくる。その下浜村のはずれにある櫟林の中へ薪作りに出かけた部落の者が発見したのだ。背高い木が繁茂している薄暗い地面にその死体は捨ててあった。ほぼ二十日ぐらい経過している模様で、既に腐爛しはじめていた。香住町の警察官が調べたところによると、腐爛した死体はところどころ山犬に喰われている。損傷が激しいのでこれといった特徴を見出すことはできない。ただ、死体の主が着ていた洋服が資料になることと、その死体が片眼しか眼球がなかったことである。しかもその左眼は犬が喰ったために、亡失したものか、もともと、左眼がつぶれてなかったものかは判明しがたかった。とにかく、左眼はどこへやったものか無かった。

警察はその洋服が薄茶のツイード地であり、都会人好みの仕立てである点から身元割出しは神戸、大阪、京都に絞って開始された。ところが、やがてこの洋服地は、尾州にある羽島市の渡井毛織の作品であることが判明した。渡井毛織は、この種の薄茶ツィードは東京の既製服業界にのみ、ごく僅少反数を販売していることがわかった。そこで、警視庁に照会してきたわけだが、渡井毛織と東京の業界との取引を探っているうちに、召山商店が、その約八十％を使用している。このうち、召山商店は、自家製品として売る場合は、すべてオリンポス印というマークをつけて売っているが、マークのつけていない製品はごく僅少で、知人関係か、或いは特殊注文によったものでしかないことも判り範囲は縮まってきた。そこで下請職人に二年前の記憶をたどって貰ったところ、新小岩の埼山源次が、この洋服は瀬川隆吉さんから依頼を受けたのだ、たしかに脇ざしをみると自分の作品である、自分は裏地の脇下には念を入れる性分で、この脇ざしはとくに手のこんださし方がしてある。と証言したのである。

瀬川隆吉は蒼白になった。

死体は、片眼がなかったといわれたからである。

「旦那、それは来島鶴平にちがいありませんよ」

瀬川隆吉は断言した。しかし、そのあとで堂本警部の顔を見ていて、ふと、来島が、誰かに殺されねばならぬようなことが解せなかった。

「あの男が殺される。いっこう判りませんな」

瀬川は新小岩で偶然出あった日のことから、くわしく話した。勿論、来島が片眼になった当時の、伏見の輜重隊の馬卒だった時期の話もした。

「神田の末広町に、その勤め先がございますよ。あっしがうちに帰れば、番地もわかりますが……」

瀬川は警部に、来島鶴平の住所と勤め先の越田電気工業とを教えた。

6

二日すると、堂本警部が今度は市川の家へ訪ねてきた。

「瀬川さん、末広町の事務所は空室になっていましたよ。管理人にたずねましたら、一年ほども前に解散してしまっている。何でも電気アイロンのブローカーだったらしい」

といった。

「すると、越田という社長さんは？」

と瀬川隆吉はたずねた。

「その社長の家は世田ケ谷の松原四丁目にあるときいて行ってみましたが、これも行方不明なのです」

「行方不明？」

「越田さんには奥さんと娘さんがあったようですが、四年前に離別していました。松原の家は越田さんの下宿先ですよ」

「すると、越田さんの引越し先もわからないんでございますか」

「わかりませんね。もっとも所轄署に今心あたりを当ってもらっていますがね」

と堂本警部は、眼先の暗い顔つきをつくったが、

「ところで、瀬川さん、あんたは、やっぱり越田さんが見習士官の時の部下だったわけですね」

と訊ねた。瀬川隆吉はそうだ、と答えた。

「それでは、越田さんか来島さんかどちらかが、兵庫県の香住の海岸のことを仰言ったことの記憶はありませんか」

「ありません」

事実、来島鶴平の故郷は三重県とだけ聞いているだけであった。その来島が、兵庫県の北の端の海辺の話をしたのを聞いたおぼえはなかった。ましてや、越田見習士官はその当時は鬼のような上官である。何も喋ったりした記憶はない。

「電気器具のブローカーをしていたようですから、ひょっとしたら商売上のことでそっちへ行くってことも考えられますね。土地で見かけた人はないのですか」

と瀬川は訊いてみた。

「電気関係、旅館関係、いっさい兵庫県警で調査しましたが、該当者が見あたりません」

堂本警部は失望した顔つきをつくって思いきったように、

「瀬川さん、ひょっとしたら、あなたに兵庫県まで行って貰いたいのですが、御都合はいかがですか」

とたずねた。

「あなたに、その死体を見て貰いたいのですよ」

7

瀬川隆吉が警視庁の堂本警部と東京をたって、兵庫県の香住の浜にたったのは十二月のはじめであった。

北の海らしい荒波の寄せる浜は、寒い風が吹いていた。

「ずいぶん寒いところですね」

と、瀬川隆吉は案内にきた土地の巡査にいった。

「山の端ですからね」

と堂本警部はこたえた。その来島が死んでいたという山林の方へ出る途をやがてのぼった。

波の音が山へかかるほど地鳴りのように大きくなった。

瀬川隆吉は、曇天で、鉛色にけむった海をみながら、ふと、来島鶴平はどうしてこんな淋しい所へきたのだろうかと不思議に思った。そういえば、二年前の邂逅はちょうど十二月中ごろだった。あの時は、新小岩の呑み屋を二、三軒呑み歩いた。暗い感じは一つもなかった。二年後にこんな北の海べりの、しかも、山の林の中で死ぬなどとは考えても及ばなかったのに……。

ひと通り現場を警部たちに案内されたあとで、瀬川隆吉は、香住町の病院にある来島の死体保管室に入った。

氷づめにされた死体は、暗紫色と草色とが入りまじったような、どす黒さで横たわっていた。なるほど、その死体は顔かたちも、体格も、はっきり判別できるものではなかった。

「よくごらんになって下さいませんか」

瀬川は堂本警部にいわれて歩をすすめた。こんな恐ろしい死体をみたのは最初であった。足元が、すくわれたように浮き上るのに耐えながらじっと見つめた。

〈来島だろうか……。来島でないような気もするな……しかし、洋服は来島のものだが……〉

瞬間、瀬川隆吉は息をのんで、思考をめぐらせていた。と、そばから堂本警部が、

「まさか、越田さんじゃないでしょうね、瀬川さん」

と異なことをたずねた。

その声は、堂本の声にしては、少しこれまでと変った追いつめたひびきをもっていた。

「越田さんに？　わかりません。しかしやっぱり、これは来島ですよ、警部さん」

瀬川はそうこたえた。

「歯に記憶はありませんか」

係医者が、ピンセットで死体の硬直した上唇を、こじるようにしてあけた。それは、来島のらしい歯のようでもあった。

虫歯が前歯にあり、黒く汚れていた。しかし、瀬川は、新小岩の呑み屋で会った来島の歯を、特に記憶していたわけではない。

「歯に特別記憶はありませんね。しかし、来島のようです。警部さん」

瀬川隆吉は、もう一ど断言した。

来島鶴平の死体は、香住署で処理された。

三重県の来島の生家は、熊野灘に面した山の中に在り、そこには年老いた母親がひとりいるきりで、遺体を引取りにくる親戚すじもないとのことであった。香住署では、こういう場合、その尾鷲市に近い、九鬼浦町の役場に連絡して、縁すじの者の到着するを待つしかないらしかった。

8

東京へ帰る汽車の中で、堂本警部は瀬川隆吉にいった。

「瀬川さん、いちおうはこれで済んだようですが、しかし、私には腑に落ちないことがあるんですよ、それは、あの死体が来島の死体だとしたら、もう少しやせていはしなかったかということです」

「というと」

瀬川は唾をのみ込んで、警部の顔をみてきいた。

「あなたは、最初、末広町で越田さんと会ったとき、ややずんぐりしていたといいましたね。医者の所見では、どうも痩身体ではないのだそうです。この点、目撃者は、誰もいないのだから仕方ありませんが、しかし、疑問の余地はあるわけです」

「すると、来島が越田さんを身代りにしたということがいえるわけですか」

「越田さんの死体だとしたら、それはいえますね。しかし、だいたい他殺死体の場合は、身元を不明にするためには、本人の洋服や、足取りのわかる所持品はすべて捨ててしまうものなのです。ところがあの死体には、ちゃんとネームまで入った洋服が着せてあった。これが私の疑惑の原因なのです」

瀬川隆吉は、黙って警部の顔をみていた。

〈来島さん、あんたは、ほんとに生きているのか。あんたが、若し越田を殺し、自分の死体に偽装して逃げたとしても、すぐ、見つかるにきまっているじゃないか……〉

瀬川は警部にいった。

「しかし、警部さん、あの男が軍隊時代の恨みをいだいていたことは、理解できます。そうして越田に近づいて計画的に殺人をやってのける可能性も考えられますが、逃げたとしても、すぐ見つかりますね。顔に特徴がありますからね」

「世の中には片眼のない人間はまだありますよ。瀬川さん、あの死体から片眼を取ったとしたら、やっぱり逃亡を考えていますね」

瀬川隆吉は汽車が京都を通過する時、ふと伏見の方角の空をみた。

そこは竹藪の多い、青い山と、茶畑のある一帯だった。

馬卒で苦しんだ期間がしのび寄った。まだ両眼のあいていた、来島の顔も思いだされた。

〈この土地が来島を片眼にしたのだ。あの男を片輪にしたのは、伏見の輜重隊なのだ。越田という鬼のような見習士官が直接にいたけれど、しかし、あの輜重隊さえなければ来島はあんなにならなかったかも知れないな……〉

「警部さん、ごらんなさい、あすこが伏見ですよ。ほら、小高い丘陵に何か建物が見えませんか。あれが伏見稲荷で、あの下の方が深草といいましてね。昔、練兵場があった所ですよ。輜重隊はそのすぐそばでしたよ」

警部は瀬川の指さす方向へ他のことを考えている顔つきで眼を向けた。

「輜重輸卒が兵隊ならば、蝶やトンボも鳥のうち……歌の文句にある通りです。かなしい兵隊でしたな。馬よりも兵の方が粗食でしたからね。警部さん、あっしたちが除隊したあとで、この輜重隊は全員ビルマへ向う途中、輸送船が沈没して台湾沖でみんな死んでしまいました。ビルマの方に、そんな馬卒を使うような戦争があったのでしょうかね。命びろいしたものはほんのわずかでした。病人の私だとか、片眼の来島だとかが特別除隊で助かっただけで、他はみんな死んだのですよ」

瀬川隆吉のそういう説明を、堂本警部は興味をもって聞いていた。

9

新小岩の下職の埼山源次は、瀬川隆吉の顔をみたとき、一ばんにこういった。

「どうだったたね。その死体はやっぱり、あんたの友だちだったかね」

「そうだね……」

と瀬川隆吉はちょっと考えてから、こたえた。

「来島のようでもあったし、なかったようでもあったね。だけど、あっしは、来島だといってきたよ。来島にちがいないじゃないですか。あんたの仕立てた薄茶の背広を着ているンだし、それに片眼だしな」

「それで警部さんはどういうのかね」

「堂本警部はどっちの死体だかわからんというのだよ」

埼山源次はアイロン台に霧ふきを口でかけてから、瀬川の顔をみていった。

「まったくな。世間にはわけのわからん死体が多いといつか新聞に出ていたよ。ほら、この間も豊橋の近くであったじゃないか。死んでた人がふりかわってたとかいってな」

面白いように源次は味噌歯をだして笑ってから、出来上りの洋服を積み重ねた。それを風呂敷に包んで、表へ出るとまたその日も夕暮れだった。

新小岩の駅前は師走近い人の急ぎ足でごった返していた。

「若し、若し、瀬川さんじゃありませんか」

あの来島鶴平の片眼顔が、その雑踏から現れるような気がして、瀬川隆吉は寒さにふるえた。

彼は洋服を皺になるほどきつく抱えて、雑踏に入っていった。

真福寺の階段

鬼落村の真福寺に和尚の妻きよ子をたずねて、たつ枝という女がやってくる。たつ枝はそのまま寺に居ついたが、あるとき夫の小林が、彼女をむかえに訪れる。その後、女の姿は消え、小林は女房が世話になったと、あるものの寄進を申し出る。推理作家である「私」のもとへたずねてきた菅原という男が話したのは、石川県の田舎の寺で起きた事件のことだった。

「私」が「雁の寺」の作者として登場するメタ小説の構えを持った作品。同様のメタ構造の作品に「消える」(『黒い穽』所収、光風社、1961年5月)がある。また、水上文学で繰り返し描かれる禅宗の住職の妻帯・女性問題が、本作でもモチーフとなっている。

※

初出＝『別冊小説新潮』1961年10月秋季号
初収単行本＝『死の挿話』(河出書房新社、1962年6月)。その後、『那智滝情死考』(講談社、1966年3月)、『死の挿話』(東方社、1967年10月)、『日本海辺物語』(下巻、雪華社、1967年7月)、『若狭湾の惨劇』(春陽文庫、1967年5月)、『西陣の蝶』(廣済堂、1973年2月)、『現代民話』(平凡社、1988年8月)などに収録された。全集未収録。本文は初収単行本のものに拠った。

梅雨どきの空の重たい一日だった。豊島町の私の家へ二十二、三歳の男がたずねてきた。応対に出た家の者に、主人に会いたい、主人の書いている推理小説について、少し注文をつけたい、という意味のことをいって玄関を動かないのであった。家の者は恐る恐る二階に上ってきて、私に会うかどうかを訊いた。

よくあることである。売文を業としていると、いろいろと熱心な読者もいて、書いている張本人に会ってみたくなるらしい。そこで、ふらふらと玄関を訪れてくるといった一人なのだろう。

「どんな顔をしている男か」

「ちょっと蒼い顔をして、しゃくれた顎の、人相のわるい人ですよ。でもね、いうことはしゃきしゃきしてますわ」

と家人はいった。

とすると、その人相は、私が、現在書いているある小説の主人公に似ていた。

「会ってみよう。応接に通しなさい」

そういっておいて、私は二階をぐるぐると思案しながら廻り歩く。

どんな男か。何しにきたのか。文句をつけにきたからには、相当の推理小説ファンにちがいない。

私はタバコをもって下りて行く。

青年は応接室に立って、窓をみていた。肩の張った怒り肩の男だった。ふりむくとにやりとわらった。身装りはいいがどことなく野暮ったい。

明るい笑いだった。もっとも、こっちに面識があるわけはない。しかし、青年は人なつこい笑いをにやりともらして椅子に坐るなり、

「雁の寺（私の近作）を読みましたよ。しかし、あの棺桶に二つ死体を入れる手は古いですなア。それに、あれは、不可能ですなア。わたしは、もっといい方法を知っていますよ。うちの田舎の寺に起きたはなしです。きいてくれますか」

急に陽気な顔になって喋りだした。どこか、朴訥なかんじがする男だった。危害を加えそうでもない。田舎っぽい顔をじっとみていると、裏日本の訛りのある言葉で、

「ぼく、石川県の浅野川の上流の……湯涌に近い鬼落という村に生れたんです。先生と同じ北

国ですよ。菅原といいます」

勝手に自己紹介をしてからはなしだした。

来訪の目的はこのはなしにあるらしかった。私は推理小説をかいているが、青年のいうとおりあまり、殺人トリックの案出について才がある方ではなかった。近作の「雁の寺」にしても、一介のこの愛読者から文句をいわれるような拙劣なトリックを披露している。しかし、推理小説はやはり、トリックも重要だからして、関心がないわけではない。青年のいうことを聴くことにした。

家の者に、ビールをもってこさせた。青年は一、二杯呑むとすぐ赧(あか)くなった。口角に泡つぶをためて喋ってゆく。


鬼落村の菩提寺は真福寺という名でしたよ。曹洞宗のお寺です。永平寺派だとききました。真福寺は庫裏も本堂も一つになった建物で、向かって左側が、庫裏、右側の中央が本堂の上り口になっていました。村の人たちは葬式や法事だというと、この中央口の上り段から内陣へ入って焼香をしました。

真福寺の住職は普道さんという人で、この事件のあった年は四十三でした。丸い顔の髭面のくりくりした小柄な人でした。体つきは愛嬌がありましたが、どことなく眼つきに陰気な光りがありました。

　この和尚さんに嫁さんがいました。きよ子という人です。福井の方からつれてきたらしく、和尚が晋山式をあげてあと、すぐ追うようにしてきたのです。おそらく普道和尚が修業時代に見染めた女だったにちがいありませんね。

　きよ子さんは二十七とかで、小柄で、かわいらしい色白の顔をしておりました。くりくりとした小柄の和尚とよく似合います。仲もよく、村の人たちは夫婦仲のよさにあてられたものです。

　私も、盆踊りのある八月にはよく帰村します。お寺でひらかれる素人囲碁大会にも列席したりしましたので、和尚夫婦の仲睦(なかむつま)じい有様をよく目撃したことがあります。

　ところが、この夫婦二人きりの真福寺へ、とつぜん、風のように舞いこんできた女客がありました。この女は村下の稲田の中を、九月末の風のつよい日に入ってくるなり、野良に出ていた村人の一人に真福寺の在所をたずねて、

「寺には、きよ子さんという人がいますか」

　ときいたそうです。

「はいな、きよ子さんは、奥さまですわいな。和尚さんもいらっしゃることでしょう。この村の奥の石段を上りなさいまし」

村人はしんせつに教えました。この女は、鼻梁のたかい、蒼白い細面の顔をわずかにうごかしただけで、稲田の中を歩き、だまって村奥に消えました。都会風の身づくろいが印象的でした。

寺へ行くのだと、村人たちはみていました。

「美しい人じゃったのう。あの女の人は、きよ子さんの姉にでもあたる人じゃろかのう」

と村人たちは噂をしあったのでした。

この女のひとは、きよ子の遠縁にあたるたつ枝という名で、しばらく真福寺で暮すようになりました。三十二、三にみえました。せいが高くやせていました。どちらかというと、明るい性質のきよ子にくらべて、たつ枝の方は陰気でしずんだ感じがしたそうです。

よく、庭先へ出て秋草のしげっているこけのあいだにしゃがんで、草むしりをしていました。物腰がやわらかく、紅いものをちらつかせる裾のあたりに、煽情的な感じがしたそうです。

「和尚さんも大変じゃろなア。きよ子さんと仲がよかったちゅうに、このごろは、少しきよ子さんもヒステリー気味じゃそうじゃ」

と村人はいったりしました。べつに大喧嘩でも起きたわけではないのです。それまでの和尚夫婦がうらやましいほど仲むつまじかったから、不意の女客がきたことに詰る思いをこめた村人の思いやりだったにすぎなかった。

どういうわけか、このたつ枝は、秋がすぎて冬がきても村を去りませんでした。庫裏のひと部屋をもらいうけて一人で寝起きしていました。

村の家で法事があった際、普道和尚は集まった村の者にいいました。

「家内の従姉にあたる女でのぅ。越前の方にいたのじゃが、亭主と喧嘩して家出してきよった。当分、置いてくれといいよる。よろしくたのみますわいな」

和尚はぺこりと頭を下げました。陰気な目尻に好色なものをただよわせている和尚の横顔をみると、村人たちは、満更でもない和尚の横顔にささやいたものです。

「悶着が起きんようにせんならんなア。和尚さん、気いつけんと、出戻り女にかき廻されますぜ」

しかし、それは村人たちの冗談だけに終ったようでした。

春がきて、雪どけの水が音をたて、田圃にそそぎはじめた頃の三月末の一日でした。この鬼落の村へ四十五、六の恰幅のいい紳士がやってきました。村人に会うと、紳士は真福寺へゆく道を訊ねたそうです。

背広を着たちゃんとした身装りの男なので、村人たちは口ぐちにいいました。

「あれがたつ枝の旦那じゃぞ。きっとそうじゃろ。むかえにきたに相違ないぞ」

紳士は真福寺に入ると、二晩ほど泊って、またどこかへ去りました。

と、このとき、不思議なことに、たつ枝も姿を消していました。紳士がたつ枝をつれにきたに相違なかったのです。しかし、たつ枝がこの紳士とつれだって、いつ寺を出たかは誰も知りません。

普道和尚はいいました。

「越前の三国在の建築会社の社長が迎えにきましたよ。たつ枝も、ここでいろいろ考えた末に、ようやく、決心して、もとへ戻る心になったようですな。いそいそと帰ってゆきましたわい。女心というもんは、ほんとにわからんもんじゃ。少し、はなれているとのう、すぐ旦那が恋しゅうなるらしいわな」

村人たちは和尚の説明に納得しましたけれど、いつ、たつ枝が寺を出たかについては、知っているものはなかったのです。

「和尚さん、たつ枝さんはいつ出なはりました」

「昨夜おそう、話がまとまっての」

と、和尚はちょっと不審そうに、顔を歪めていっただけです。

「わしも、これで、きよ子と二人で、また仲良う暮せますわいな」

そういって、和尚は笑いました。和尚とたつ枝の間は何にもなかったようでした。

真福寺の本堂の中央の入口にある上り段は厚板でつくった階段でした。この階段も古くなっています。虫喰いがひどく、板も木目が出て、くさりかけていました。この階段と踏み台になるコンクリートの台を、和尚は新しくつくりたいといって村人にたのんでいました。貧しい村はなかなか予算がなくてどうにもなりません。その上り段を、越前三国の建築会社の社長が、寄贈したいといっている、と和尚の口から話が出たとき、村人たちは願ってもないことだと喜びました。

「女房が世話になったお礼だというてのう、小林さんが寄付して下さるんじゃ」

和尚はそういって小林という紳士の名を有難そうにいい、村じゅうをふれ歩きました。

真福寺へ小林という紳士が左官職人をつれて四人で入ったのは、四月はじめでした。職人はどこからきたのかトラックにセメントと砂を積んできていて、一日のうちに、板枠の五段の、階段をつくり、本堂の前に打ちつけますと、そこへ、こねたセメントを流しました。村の子供たちは、遠くからきた職人の会話や仕事ぶりが珍しいので集まりました。作業は三日目にすみました。

五段の階段は従来の木造のものより幅がひろく、村人が何人そこに乗ってもびくともしません。セメントが乾いて、板枠が取りはずされると、左官は小林の指図で上塗りをしました。すべすべした墓石のような段は草履でふみつけるのは勿体ないような気がしました。

「おかしいな、この階段はたしか五段じゃったはずじゃが」

と子供の一人が翌朝になってつぶやきました。作業の終った三日がすぎた日です。詳しくいうと四日目の朝でした。五段しかなかったコンクリートの段が、朝になって六段あります。その一ばん下は、わりあいに扁平に広くとられ、靴ぬぎもかねるような大段にみられたわけです。

「いつのまに、左官さんが、こんな段を取りつけたのやろ。トラックにあったのをここへおさめたんやろか」

子供たちはびっくりしました。しかし、それは瞬時のことで、子供たちは従来のように最初の一段がそんなに高くなくなり、上りやすい高さになったことに驚喜していたのでした。

幅一間半、高さ六尺のその本堂の上り段は、まもなく、子供らの遊び場になりました。施餓鬼や葬式のある日は、紋付きを着た村人たちの下駄のぬぎ場にもなりました。すべすべしたコンクリートはやがて光りを失い、雨水によごれて、そこだけが新しかった不調和な感じをなくしてゆきました。古い寺の伽藍の色と調和した色によごれていくのは、下駄や草履で踏まれたためにちがいありません。

越前の方から、警察官がきて、普道和尚と三時間ほど話しあって帰ったのは二月ほどたってからのことです。どういうはなしが、そのときかわされたか、村の人たちは知りませんでした。警察官が訊ねにくるというからには、何か犯罪の匂いがしたのでしょう。出しゃばりの村人の一人が和尚と道で出あったときにたずねました。

「なあに、また、たつ枝が家出をしたらしいんじゃ。警官が寺へたずねてきたんじゃが、わしは知らんいうた。こんどはどこへ行ったんじゃろのう」

和尚はそういったあとで、三国の紳士小林某と、たつ枝はまた不仲になって、たつ枝が家出した由をいうのです。小林という社長は、べつに女をつくっていた模様で、帰ったたつ枝とは痴話喧嘩が絶え間なかったということでした。

「女ってものは、わからんもんじゃ。気ままなもんじゃ」

と和尚はいいました。

奥飛騨から、越前大野、石川県南端部に大地震があったのは御存じでしょう。今年の三月のことです。御母衣(みぼろ)のダムの工事現場で五人もの人が生き埋めになったり、私どもの鬼落の村近くの白川村では九戸の家が押しつぶされるなど被害は相当のぼりました。この地震のあった翌日でした。真福寺の本堂の前で石けりをしてあそんでいた男の子が、何げなくコンクリートの上り段をみたときにぎょっとしました。

コンクリートの一ばん下の地めんと密接した踏み石の部分に裂け目が出きて、そこに何やらぴかりと光る黄金色のものがみえたからでした。

男の子は割れそうになったコンクリートに眼をくっつけ中をのぞきました。そこは空洞のように黒くなっていました。光ったものはカンザシの玉でした。

このはなしが村人につたわったのはすぐです。

普道和尚の立合いで、村人たちが、八年前につくったこのコンクリートの石をたたき割ったのは四月の終りです。みいらのようになった女体がコンクリートの中にありました。

たつ枝の死骸でした。


「おかしいはなしだな。四人の左官が五段の板枠をつくった。そのときには何ともなかった。朝になって一段ふえていたというんだろ。その一ばん下の段の扁平なコンクリートの踏石はどこからもってきたのかね」

「三国の小林さんがトラックに積んでもってきてやっぱり寄進したものだそうですよ」

「といったって、きみ、たつ枝はどこで死んでいたのかね」

「たつ枝は三国で殺されていたのです。小林が殺したのです。いったん、たつ枝の体を縁の下にかくし、小林はセメントでくるんでおいたそうです。この男は建築会社の社長でしたが、土方あがりでしたからお手のものだったわけですな」

「なるほど、そうして、石段を寄進するといって、トラックに棺桶がわりの踏み石をつんできた。そうして階段の下へ据えつけたのだな」

「そうです。たつ枝を殺（や）ってすぐコンクリートづめにしたのですね。普道和尚はもちろん知らなかったといいます。お寺ですからな。寄進されたものを疑うものはありませんよ。コンクリートにつめた死骸——地震さえなかったら、完全犯罪ですんだわけですな」

「そんなコンクリートに一人でよくつめこまれたね」

「すでに小林がたつ枝をつれ戻しにきた頃から計画をすすめていたのだそうです。寺へつれにきたときはもう殺すつもりでいたようです。人の好い和尚は階段が出来るというのでそればかりが嬉しくて、たつ枝の行方については気をくばっていなかったんですよ」

聞いていて、私は、これも巧妙なトリックとはいえないなと思った。しかし、どことなく話がおもしろいが、聞いていて、陰惨な気もした。

真福寺の普道和尚も、この殺人にひと役買っているような気もした。しかし、どうだろうか。菅原青年はそれを否定した。ビールを呑みほしながら、

「いい和尚さんでしたよ。奥さんとも仲よしで、こんど子供がうまれましたよ。和尚さんは殺人には加わってなんかいませんよ。いや、これはどうもありがとうございました」

といって青年は帰ってゆくのだが、私は、玄関を出るとき、よびとめて、肝心のことをきいてみた。

「あんたは、それでは、鬼落の村のその事件のときどこにいたのかね」

「階段の上であそんでいた子供の一人でした。八年ののち地震のあとで、コンクリートの割れ

目をみたのは私の弟です」

ひっこんだ眼を陰気に光らせている。男はすたすたと帰ってゆく。右肩あがりの背姿をゆすぶって帰ってゆく。日本海辺に育ったらしい風貌の中に、私は、私の血をみたように思った。

いつか、折があったら、その浅野川の上流の鬼落村をたずねてみたい、真福寺という寺の本堂の階段に腰かけてみたいと思った。

だが、売文に追われている昨今、そんな時間はない。訪ねてみたいと、思うだけで機会を得ない。

渦の片隅で

日米安全保障新条約の衆院通過をめぐり、岸首相退陣要求デモの白い渦で国会議事堂内外が阿鼻叫喚の混乱と化していた昭和35年6月5日の夜、千葉県H市の定時制高校で教鞭をとる酒巻誠は常磐線に乗って東京へ出た。教え子の卒業生・山本さち子のために借りた駒込のアパート晴光荘に向かったのだ。帰り際、酒巻はさち子の注いだウィスキーを呑みほした。

再出発の時期にあたる松戸時代に交友を深めた川上宗薫をモデルとしたとみられる作品。本作と同じ素材が、のちの「好色」(『新潮』1964年9月号)に利用されている。

※

初出=『サンデー毎日』1960年11月13日号
初収単行本=『うつぼの筐舟』(河出書房新社、1960年12月)。その後、『水上勉社会派傑作選　五』(朝日新聞社、1972年12月)に収録された。全集未収録。本文は『水上勉社会派傑作選　五』収録のものに拠った。

1

昭和三十五年五月十九日の夜、第三十四通常国会は会期延長と日米安全保障新条約の衆院通過をめぐって、最悪の事態におちいった。社会党議員は議長室廊下にすわりこんで、本会議通過を阻止しようとした。清瀬議長は警察官五百人を国会内に入れ、社会党議員をゴボウぬきにし、本会議の開会を強行、自民党議員だけで五十日間の会期延長を可決した。

深夜午前零時六分から本会議が開かれ、野党議員と自民党反主流派一部欠席の中で、新安保条約が承認された。国会内に警官隊が入り、負傷者九十余人を見たことは空前の不祥事といわれた。この夜から、野党は議決無効、岸内閣退陣、衆院解散をさけび、政局の激動がはじまった。

議事堂の外では、全学連、組織労働者の統一デモが行われていた。永田町の高台にいたる桜田門、霞ヶ関、溜池、山王下、赤坂見附、平河町、三宅坂を結ぶ道路は、シャツ姿のデモ隊の白い渦と化した。

岸信介を首班とする自民党が、単独採決した新安保は有効となったわけである。血気にはやる若者たちの民主主義の危機を叫ぶ独裁政治に激昂する声は極点に達した。デモは連日連夜、続々として議事堂中心に行われ、中には組織をもたない一般家庭人が岸退陣を要求して参加する姿もみられた。社会党が議事堂前に設けた請願受付所にむかって、うちつづく市民の行列は蜒々(えんえん)長蛇をなした。

しかし、デモ隊や一般市民の岸退陣要求デモが、この白い渦の全部であったわけではなかった。中には、デモ隊に反対する右翼陣営の血気さかんな若者がまじっていた。彼らは、青カブトをかぶって警棒をもって警備している警官隊のよこから、突如、棍棒を振りあげてデモ隊になぐり込みをかけてきた。デモ隊は石ころを投げて応戦したが、黒シャツを着た若者たちは、口ぐちに「この野郎ッ」と叫び、武器をもたない学生の頭や肩を撲りつけてまわった。負傷者は続出した。勢いを得て、一般主婦たちや文化人たちの行列にあばれこんでくる若者もいた。議事堂内外は阿鼻叫喚の混乱と化していた。

六月五日の夜七時ごろのことである。千葉県下にある常磐線沿線H市の定時制高校に教鞭をとっている酒巻誠という教師が、国語の授業が退けてH市の駅から常磐線に乗って東京へ出た。

酒巻誠は三十四歳で、H市の郊外に妻子があり、自分の家もあった。彼はH市の学校に勤めだしてから七年になる。酒巻誠は、いかにも田舎の定時制高校の教師らしい野暮ったい恰好をしていた。縞のワイシャツに紺のズボンをはき、薄グリーンの上着を着ている、というと、ずいぶん派手なようにきこえるが、そうでもない。彼は五尺にみたない小男であった。どんな洋服を着ても貧弱にみえる人がいるものだ。酒巻は新調の洋服を着ても似合わない。心もち外股に歩くくせがあった。背の小さいわりに肩が怒っている。自分の劣等感を固持しているような風采である。まがりなりにも彼の小造りな目鼻だちは、美男とはいえなかった。造作のこまかい黒ずんだ顔はごみっぽくみえ、いっそう彼を貧弱にみせていた。

しかし、酒巻誠は同僚の間では人気があった。体が小さいということは、それ自体どこか愛嬌のあることで、生徒たちにも人気があった。彼のニックネームは「ゴボウ」といわれた。牛蒡のように色が黒くて、どこかに精悍な感じがしたからかもしれない。

彼はその夜、うきうきした顔つきをしていた。小さな鼻がぷくりとふくらんでいる。これは、何か満悦の心境にあるときの彼の顔つきだった。

酒巻は、このごろ毎夜、授業がひけてから東京に出ていた。H市に自宅があるのに、毎日夜ふけの東京へ出かけるのはべつに変でもないことだった。H市から日暮里まで四十分とはかからない。東京の住宅都市といわれて、団地や文化住宅でふくれあがった町である。教師が夜ふけに東京へ出かけても、いちいち気にしてみつめる者はいなかった。

電車は混んでいた。背のひくい酒巻教師が、心もち爪先だって吊皮にぶらさがり、小鼻をふくらませていた理由は、山本さち子という娘に会うためであった。さち子は彼の教え子で、今年の春H高校を卒業していた。彼女は東京神田岩本町にある繊維会社につとめていた。既製服の卸問屋である。酒巻の友人が紹介して、山本さち子を勤めさしたのだ。

彼女は十九歳だが、小柄なわりに成熟した体つきをしていた。鳩胸の上にこんもり盛り上がっている乳房は形がよかった。腰が細くて、きびきびしていた。顔も十人なみである。やや受け口にみえて、笑うと黒眼の大きな瞳が糸になった。声がちょっと低音なのも酒巻の気に入るところである。

はじめ、山本さち子を繊維会社に就職させたとき、酒巻は、今日のように、さち子を情婦にするなどという予感はまったくなかった。卒業生の就職補導を心がけるのは教師の任務であったし、ただ事務的にさち子を世話しただけにすぎない。

ところが、この五月のある日、山本さち子とH市の通りで逢ったとき、

「先生ッ」

と向こうからはずんだ声でよびかけられ、酒巻は面喰らった。

「すまして歩いてるの。何考えてらっしゃるの」

さち子は見ちがえるほど大人びた口調でいった。酒巻は、ついこのあいだまで、はえない生徒であった野暮ったいさち子が、東京につとめたことで、こんなにも変るものか、とあきれた。少し肥ったようだが、薄化粧した顔は健康的だし、唇にやや濃いめの紅をさしているのを見ると、女を感じた。

「あたしね、先生にお礼をしたいの。お給料日に東京でご馳走したいのよ、いいかしら」

さち子はそういうと、肩がくっつくほど寄ってきた。酒巻は人通りを気にして少し身をひいた。山本さち子の境遇は、この町ではそんなにいいほうではなかった。町はずれでオート三輪車一台をつかって運送屋をひらいている老父母のことはよく知っている。酒巻はさち子にいった。

「最初の給料はお母さんにあげたかい」

さち子は首をすくめた。

「お洋服買ったり、お化粧品買ったらなくなっちゃった」

「ダメだな。少しぐらいはあげるもんだ」

「うふふふ」

また首をちぢめて、さち子は媚をふくんだ目を酒巻になげた。

〈何もかも冒険してみたい年ごろだ……〉

酒巻は、この娘と夜の東京を二人きりで歩いてみたくなった。そのことを想像すると、急に胸がふくれ、耳が赧くなった。

「それでは、ご馳走になるかな」

彼は口もとを突きだし、どもるような口調になっていった。

「映画でもみようか」

その次の日曜日が約束されて、酒巻誠は山本さち子と新宿に出かけた。相談の結果、ブリジッド・バルドーの映画をみ、そのあと、中華料理店で夕食をとった。酒の呑めない酒巻は、さち子とゆっくり三丁目のほうまで歩いた。三軒ほどジャズ喫茶や音楽喫茶の店に入った。デモ隊の行列で、国会周辺が騒いでいても、ひろい東京には夜のネオンが輝き、そこには別の息吹きがしている。さち子は、だまりこくって上気した眼をうっとりさせていた。その男を待っているような横顔は酒巻の欲情をそそった。暗い通りで酒巻は手を握って歩いた。さち子の鼓動がやわらかい指を通してきこえてきた。

二人は十時すぎまで新宿にいて、結局十一時にH市へ帰ってきたが、その夜は手を握っただけで別れた。

酒巻の家とさち子の家は同じ方角にあった。H市駅の北方三百メートルの住宅街に森をへだてて背中あわせだった。森まで歩いて、そこでまた手を握って別れたのだ。

この夜が端緒となって、たびたび二人は逢いびきをかさねるようになった。このことがかなりな冒険であったことは、さち子のはうだけではなかった。酒巻はさち子の体が欲しくなった。彼は自分よりも背が高く肥っている妻に倦(あ)きがきていたのだ。さち子と会った夜は、妻に背中をむけて寝るのが習慣になった。

スタンドをつけて夕刊を読みながら考えている。

〈さち子は俺が好きなのだろうか……〉

彼はこれまで女にもてたことはなかった。それは何かにつけて臆病なせいと、彼は貧相で見ばえのしない男だったからにちがいない。しかし、貧相な男でも、女がつくれないということはないのである。いってみれば、男女の絆はちょっとした機会から生じる。チャンスというやつである。

〈俺がこれまで女にもてなかった理由は、チャンスに対して鈍感であったか、それとも、そのチャンスを恐れる心が俺自身にあったためではなかろうか。山本さち子は、あんなに生き生きした顔で、無心に俺と歩いてくれた。俺にははじめての経験だが、ひょっとしたら俺に運がむいてきたのだろうか……〉

チャンスが来たのならば、うまくやらねばならないと、酒巻は、さち子の握手のぬくもりの残っている手を蒲団の中でさわってみながら新聞をぼんやり読んでいる。

埼玉大学教授武田周一氏辞表を提出。政府の安保強行採決に憤激——という字がみえる。一日、埼玉大学教授武田周一氏が、岸内閣の行なっている民主主義を破壊するような政治のもとでは、教鞭をとることができないとして学長に辞表を提出して話題を投げている。同大学では、ただちに教授会をひらいて、武田氏の辞表を受けるかどうかについて協議しているが、武田氏の意志はかなり強固な模様で、氏はあくまでも個人的な考えから辞表を出したと強調している。

福岡県でも、小学校教師が辞表提出——政治的動乱が教育界にも影響を及ぼしている事実は、一日、福岡県教育委員会にH郡S村S小学校教員須雲修蔵氏が辞表を出したことで、また話題をなげた。須雲教員は勤評闘争以来神経衰弱の気味があり、一ヵ月ほど休校していたが、一日朝急に登校してきて、政治と教育の板ばさみを感じて辞表を出したといっている。

法政大学教授会は臨時休校を決議！

酒巻誠はそれらの記事を読むうちに、映画をみて新宿を歩いた疲れが出てきた。うとうとしだした。とろんとした目でスタンドを消した。

妻はとなりでいびきをかいている。暗闇の中に、山本さち子の受け口の媚をふくんだ笑い顔がうかんだ。娼婦を演じたブリジッド・バルドーのほそい腰と、豊満な乳房と、ベッドの上で立膝をしたときのくびれた足の一部が脳裏をよぎった。

〈そうだ、あの女を犯そう……〉

彼は、蒲団の中でギラギラした目をいつまでも光らせていた。

そして、そのことは難なく遂げることができたのである。三度目の逢いびきの夜、山本さち子はそのことを待っていた。日暮里から高台のほうへ少し歩いた宿の一室であった。崖の下で貨物列車の通る音をききながら、それはすんだ。

酒巻は、山本さち子がすでに経験のあったことを知って驚いた。が、そのことは少しも酒巻の自尊心を傷つけはしなかった。

「相手はだれなの、先生の知ってる了かね」

酒巻はタバコを吸いながらきいた。一時、風紀上おもわしくないことが起きたH市の定時制高校であった。男生徒の間で悶着のたえない女生徒の話は、表面に出ないところでは教師にも覗くことはできない。二、三の不良学生とか、すでに卒業してブラブラしているH市の男の子の名をあげてみたが、さち子は首を振った。

「そんなこときいちゃ厭」

そういって彼女は裸の体をくねらせた。疲れを知らないさち子は、大胆に酒巻を何度も求めた。天性の娼婦——酒巻はそう思いながら、息がつまる思いで彼女の体の隅々をたんねんにまさぐった。

「あたし、東京に部屋をもちたい」

三十分ほどすると、山本さち子は酒巻の耳に口をつけていった。

「父さんや母さん、うるさいでしょ。おそく帰るといろいろのことという。もうじき、兄さんだってお嫁さんもらうでしょ。どっちみち出なきゃならないのなら、早く出たいわ」

さち子の目つきは、複雑なものを含んで光っていた。酒巻誠は、この女が自分に許した理由がそこにあったのかと思った。他にあるとすれば、好奇心ぐらいであろう。しかし、そのさち子の好奇心をいま満足させ得た自信があった。この女が俺を愛するはずはあるまい……

「部屋って、アパートでも借りるのかね」

「会社のね、お友だちの世話で安い部屋があるの。ただし、二万円の権利金がいるわ」

酒巻は二万円ぐらいの金なら用だてられる気がした。ボーナスをもらって三日目である。妻にかくして、三万円近くへそくっている。どっちみち、その金はさち子との情事に消える覚悟であった。彼女が処女でなかったことに、いま大きく救われていたし、あとあとの交際の鑑札をもらった気がしていたから。

「いいよ、二万円ならあげよう」

酒巻はそういって、少し考えてからダメを押した。

「そのかわり、ぼくが行っていいね」

さち子は酒巻の口の上に紅のはげた形のいい唇を押しつけてきた。

〈この女が情婦になる！〉

小麦色をしたさち子の体をあらん限りの力で抱いた。一瞬、三十四年の暗かった酒巻の人生に、生き生きした明りがさした。

2

六月五日の夜、酒巻誠は七時四十分に日暮里で山手線に乗りかえ、駒込駅で降りた。階段をのぼって改札を出ると、むしむしする暑さである。埃っぽい都電通りの向こうの森が灰色によごれている。上着をぬいで霜降橋のほうへ歩いて行った。

橋を左に折れると、百メートルほどの右側に晴光荘というアパートがある。そこに山本さち子がいるのだ。

その部屋で会うのは今日が二度目である。さち子は二万円の金を酒巻から受けとった翌日に越した。越すといっても荷物があったわけではない。蒲団とトランクを一つもって、H市の運送屋から父親に運んでもらって移っただけだ。

その部屋は四畳半で東南向きの角部屋になっていた。入口からすぐ通じる階段をのぼって、廊下の突き当りに非常口があった。非常口の隣がさち子の部屋なので、酒巻は裏口から入ることができた。裏にもせまい通りがある。そこは人家の台所口や物干しのみえる裏口だった。裏口からはアパートの横をまわって表通りに行けた。これは都合のいいことである。

さち子と旅館に入るときはおぼえなかったものが、ここにきて酒巻をかすかに苦しめている。学校の教師が教え子に二万円ぽっちの金を貸して、それでずるずると情婦の関係を結んでいるといううしろめたさに通じていた。このアパートは妾はいるようだった。しかし、山本さち子のようなケースはなかったに相違あるまい。

さち子は、ひるは岩本町の会社に出ていた。五時に社がひけると都電で駒込に帰ってくる。共同炊事場で食事の仕度をする。はじめて部屋を借りた楽しみを彼女が味わっている姿はつつましくさえあった。

さち子は部屋に入ってくる酒巻を快くむかえたし、日暮里の旅館と同じ態度で接した。

「なんだか、隣が騒がしいじゃないか、学生がいるのかい」

これは最初の経験であった。ちょっと気になったのだ。

「麻雀をしているのよ。学生らしいわ」

酒巻の顔に影がさした。

「きみに話しかけてこないかね」

「T大の学生よ。炊事場であったときにあいさつするぐらいだわ。いやあね、勉強しないで、毎日麻雀ばかりしていて……」

「学生にもいろいろあるさ」

酒巻はときどき牌（パイ）を台の上にたたきつけたり、自分の手に感心したりしている声をききながら、さち子を抱きよせた。それは、かすかな新しいスリルをよんだ。

「デモに出ている学生もいるしさ、あそび呆けている学生もある。みんないろいろさ」

「先生は行かないの？」

「どこへ」

「議事堂へよ。大ぜいの先生たちが行列をつくって毎日行ってるってはなし……新聞でみたわ」

「先生にもいろいろあるさ」

と、酒巻はさち子の髪の毛を弄（もてあそ）びながら、この生活もそう長くはつづかないだろうと考えた。

その破局は、いつくるか。わかりきったことであった。さち子に男ができた日にきまっている。もし、さち子に別れ話をもち出されたら、俺は快くきいてやろう。しかし、それまでの時間はなるべく長いほうがいい。

隣で不意に笑う声がした。酒巻は麻雀を知らない。学生たちの声は、ときどきこっちの部屋の情事をさぐっているような語らいに聞えぬこともない。

「あんまり、つきあわないことだな」

酒巻は、ぽつりといった。

「誰と？」

「隣の学生さ」

「あら、嫉いてんの、先生」

さち子は両股に酒巻の小さな体をはさんでたわむれはじめた。

八時半になると帰り仕度にかかった。さち子は押入れからポケット瓶のウィスキーを取りだした。ちょっと手がふるえていた。ズボンをはきながら、酒巻は素早くその黄色いレッテルの平べったい瓶を見とめた。

「きみ、そんなものを呑むのかね」

「わるい？」

　さち子は向こうむきになってコップの底にほんの微量だけ入れ、ひと息に呑んだものか頭を大きく振った。

「いただいたものなのよ」

「へへえ、いただきものか」

　酒巻は入口のガス台のほうへ歩いた。そこに置いてあるコップをとった。

「俺にも少しついでくれ」

「ダメよ、先生には」

　しかし、さち子は酒巻の出したコップに半分ほどついだ。

「奥さんに叱られてよ」

　と、小さくいった。

　彼はふた口ほどかかって、そのコップの液体を呑みほした。と、急に咽喉がしびれ、目の前にいるシュミーズ一枚のさち子の姿態がかすんだ。気の遠くなるような陶酔が胃の中へしむ液体につれて起った。

「俺はぬけかね。風は東南(トンナン)だけでゆくか。いやあだな」

　隣から一人の学生の声がきこえた。五人の学生がいるらしい。一人がぬける。サイコロがふられて、ぬける男がきまった。

麻雀を知らない酒巻は、遠くで、そんな声をかすかにきいた。強い疲労感がとつぜん彼の感覚を押しつぶした。

3

晴光荘から表通りを出ると広い屋敷の家があった。今どき珍しいしっかりした土塀にかこまれていて、庭の欅(けやき)の枝を通りにさしのべている。そこの小暗い塀ぎわに、黒塗りの中型自動車がとまっていた。運転台から、白い丸首シャツに黒ズボンをはいた男が首をだし、晴光荘の方角を見ている。ザンギリ髪のやせた男である。男はドアをひらくと外に出た。腕時計を見た。ゆっくり歩いて晴光荘とかいた電柱の下に立った。アパートの入口は通りからひっこんでいてコンクリートの階段を上がったところにある。男はアパートの建物の横を入る暗い道を見ていた。と、急に足を早めて暗がりに消えた。先ほど、酒巻誠が歩いた道である。男は非常口の下にきた。

二階の手すりのところに、ブラウスを着た山本さち子が小柄な酒巻の体をかかえて立っていた。

「いいかい」

下から男が小さくきいた。

「うまくいったわ」

さち子の息をころしていう声と一しょに、男はゆっくり階段をのぼった。それから、腰を折ったようにしてうつむいている酒巻の体をかるがると抱えて階段を下りはじめた。さち子がドアを閉めて、ついてきた。部屋の電気は消えていた。

男は二十一、二の学生風の男である。彼は酒巻の体をしゃんとのばし、その右腕を自分の肩にかけ、右手のはしをきゅっとひっぱった。酒巻はだらんと首をまげ左手をたれていた。

さち子の白い顔が闇の中を走った。男も小道を大股で走った。表通りに出た。自動車のドア口で、さち子が酒巻の体をうけとり中に押し入れた。つづいて、さち子が座席に入った。酒巻の体はそのとき座席に横向きに寝ころがった恰好だったが、さち子が力をこめて押しおこすと、反対側の窓に音をたてて頭をぶちつけた。その拍子に硬ばったようにしゃんと体がのびた。

「お前さんにな、もたれさせるのさ」

男が運転台にゆっくり入ってきていった。

「いいかい」

「いいわ」

さち子がふるえながら答えた。

「この人、もう冷たいわよ」
「もう少しの辛抱だ」
男はバタンとドアを閉め、すぐエンジンをかけた。暗がりに灰色の煙が立ち、車は二度ほど前後に振動したと思うと、スピードが加わった。都電通りの薄明りに向かって、黒い車体は鮮明に小さくなった。

本郷三丁目の交叉点に、あご髭の生えた巡査が懐中電灯をまわして自動車をいちいちとめていた。全学連首謀者の潜伏先が近くにあり、逮捕状が八時三十分に出たため、付近の警戒は厳重であった。どんな車もとめられた。巡査はうしろに立っている私服と一しょに車の中へ懐中電灯の明りをさし入れ、乗っている人間の顔をたしかめている。

ここ二、三日前から街の警官の顔つきもどこやら物々しくみえた。ふだんなら、この人一倍長いあご髭のある巡査は愛嬌たっぷりの感じがするのに、その夜、黒い髭は異様に無気味な緊張を感じさせるのであった。駒込霜降橋を出た車が、この警戒にひっかかったのは九時四十分ごろである。
「おい、停車だ」

懐中電灯をまわして、髭の巡査は黒の中型車を運転してきた丸首シャツの若者をみとめた。うしろに年若い娘が乗っていて、顔の小さい中年男が、女にだらしなくもたれて眠りこけている。

「酔っぱらいか」

丸首シャツはうなずいた。

「この人ね、寝ちゃってんのよ」

山本さち子がガラスの中からいった。私服が一歩足をすすめて、運転台に光を入れた。

「いい気分で寝とる」

女の首にその手がまきついている。

「よし」

私服と髭は懐中電灯をひっこめて同時にいった。若者は運転台で舌打ちを一つした。

「ついてやがらア」

さち子の膝がしらがふるえている。

「早くしてね」

丸首シャツはスピードを出した。弓町から後楽園へぬける壱岐坂(いきざか)に出ると、ナイターの球場の明りが蒼い空をうきたたせて見えた。

「もうすぐだ、辛抱しな」

丸首のシャツは陽気にいった。

「便箋は、たしかにまちがいないだろうな」

「この人、手紙くれるときはかならず余分を一枚つけてくれたの、あたしの返事がほしかったのよ」

虎の門の地下鉄口から文部省前を通って霞ヶ関に出た。議事堂にのぼる坂道は白い渦がつづいていていた。学生たちの列、一般人の列、それらは二重の線になって坂をくだり、あるいはのぼり、坂の路上で氾濫していた。むしむしする暑さ、空梅雨のひくい曇った空には星はなかった。国会議事堂前の請願受付にいたる一般人の列の中には、勤めを終えたサラリーマンや娘たちの姿もみられた。中には暑くるしい家にいるよりも、夕涼みをかねて請願署名にきたといった顔つきの者もまじっていた。赤く汚れた労組の旗が筒のように細く、何本も行列の中に突っ立っていた。労働歌をうたって日比谷の解散広場に行くらしい一団がすれ違ったあと、虎の門から文部省にさしかかる行列の中に、プラカードをもった風変りな一行が目についた。

——組織をもたない方も入って下さい。

——私たちは一般市民の集いであります。戦争を二度と起こさないためにも、安保条約の反対を叫びましょう。

——どうか、一人でも多く、この行列に加わって下さい。

それらのプラカードは、主婦らしい年輩の女の汗ばんだ手で高々とかかげられていたり、子供を背負った母親の手で持たれたりしていた。

　この行列が文部省の前にさしかかるとき、列からはなれた鉢巻姿の学生が一人いた。いや、一人ではなかった。丸首シャツを着たその学生は、黒っぽい背広を着た男を抱えるようにひきよせ、自分はふらふらと歩きながら、夜の色に黒ずんで建っている文部省のコゲ茶の石段のほうへずれて行くのである。

「倒れたのかな」

　行列の中で、サラリーマン風の男がぽつりといった。

「虎の門から入ってきた人だがな。ここに今までいたんだ」

　文部省前にしゃがみこんだ二つの影を見とどけたそのサラリーマンの独り言は、隣にいる女の背中でカナキリ声をたてて泣きだした子供の声で掻き消された。行列はうしろから、うしろから、つづいてくるのである。押されて歩いて行くサラリーマンの男の視界から、文部省前の黒い石段が消えた。

　丸首シャツの男は石段をのぼりつめると、玄関前の戸のしまっている隅の暗がりに立った。それから、肩越しに手をつかんで脇腹を抱えて引きずってきた黒背広の男をかるがると下ろした。死んだようになっている男の、くにゃくにゃした腰廻りを手にし、冷たいコンクリートが化粧煉瓦の積みかさねにかわってゆく建物の腰へ、そわせるようにして男の体を向こうむきにもたれさせた。だらりとぶら下がっている男の両手を、若者はぐいとひっぱった。そして男の額にあてて組み合わせ、あたかも休んでいるかのような姿勢に装った。それから、その傍らにどっかと腰を下ろした。

行列はつづいている。一般市民の列のあとに、運送会社のらしい赤旗を先頭にした労組がつづいている。労働歌が起こった。若者は、ひとかわり行列が眼前を通りすぎるのを見とどけてから、ゆっくりと立ち上がった。

彼は石段を下りると、まっしぐらに列の切れ目に向かって走った。都電通りでは坂を下りてきた白シャツの全学連がジグザグ行進を開始した。歌声と喚声が夜の空にどよめき、小廻りに廻るいくつもの白い渦が、丸首シャツの若い男を、まるで石ころのように呑みこんだ。

4

六月六日の朝があけた。白々と夜明けの空のうす明りが日比谷の森のわか葉にあたりはじめた。永田町から霞ケ関の広い通りは、昨夜の狂乱に似た人の波がひいたあとである。通行人は誰もなかった。その静寂は、海水浴客がひいたあとの浜辺に似ていた。

七時三十分ごろ、文部省の守衛で四十五歳になる殿岡貞吉という男が、地下にある宿直室を出て玄関の受付に立ち、大きく息をすってから外に出てみた。向かいにある新しい防衛庁の建物が朝日をうけている。無数の窓が白く光っていた。

殿岡守衛は階段を下りて、ふと左側の庁舎の端に目を向けた。ちょっと体をひいた。

一人の男が建物に向かってもたれていた。手を組んだ上に額をのせ、じっとうずくまっている。薄グリーンの背広に紺のズボンをはいているが、尻はおびただしくよごれている。男は鉢巻をしていた。

〈デモ隊流れの酔っぱらいかな……〉

殿岡守衛は近よって、男の肩に手をかけようとした。と、急に足がこわばった。男の顔が草色にみえた。耳のつけねから襟首にかけて、紫紅色の斑点が現われていた。組んだ手のあたっている額の肌はロウのように白かった。

〈死んでいる!〉

守衛は髭面のあごを大きくふるわせて庁舎内にかけこんだ。

本庁と所轄署から数名の係官がかけつけた。死体が、千葉県H市定時制高校教員酒巻誠であることが判るのに三分とかからなかった。係官の一人が、上着のポケットをさぐっていて、名刺入れから酒巻誠の名刺と、そのほかに一通の遺書めいた走り書きのある便箋が出てきた。

――岸総理並びに文部大臣に死をもって抗議いたします。
――私は、教育者として今日の政治を生徒にどのように教えるべきかに迷います。
――岸総理の退陣を要求します。

それは割箸の先で書かれたような下手くそな字であった。人間が思いつめて走り書きしたふうな文字にみえた。

「自殺ですな」

ぽつりと、本庁からきた警部補がいった。

「いつか、日蓮宗の坊さんが首相官邸前で死んだね。あのときも毒を呑んでいたが、この人も青酸だな」

鑑識係が仰向けにした酒巻の顔を指でおさえたり、唇をめくったりして内腔所見をしていたが、

「その手ですよ」

と、警部補をふりかえっていった。

「前夜九時前後に呑んでいます。デモにきて興奮し、文部省前にきて思いつめたのですよ、きっと……」

死体は監察院からきた収容車に乗せられ、一応収容されることになった。

酒巻誠の死は、六日の九時ごろH市の自宅と学校に急報された。日頃からおとなしい教師であり、勤評問題の騒ぎにも、みずからは表だった言動もさし控えていた酒巻教師が、大臣宛の遺言書を書いて死ぬなどということは不思議だと同僚の誰もがいった。

「しかし、あの先生は、人にいわなかったけれど、いろいろと思いつめておられたにちがいありませんな」

校長がいった。係官は、もっともといった顔でうなずいた。

酒巻家をたずねた係官は、遺書の便箋がたしかに酒巻誠使用のものであることを確認したあと、教師が、政治について何か思いつめていた日頃の記憶がないかを細君に問いただした。

「夫は、そういえば最近、何か、私にもそわそわとして落ちつかぬふうでした。神経衰弱のような兆候はいくらか見えたようですが、しかし、あの人に死ぬような勇気があったことは不思議でなりません。よっぽど思いつめて、発作的にそのような気持になったのでしょうが……」

大柄で、てきぱきと物をいうちょっと冷酷な感じのする細君に、係官はつづけてたずねた。

「昨夜、ご主人はデモに行くといって出ましたか」

「いいえ、よく東京へは夜間の授業がすんでからも出かける日が多うございました。このごろは毎夜のように出ております」

「きっとデモでしょうな」

「そういえば、夫はいつぞやも、めずらしく夕刊の記事を読んでおりました。埼玉県の大学の先生が辞表を出されたという記事です」

「よくわかります」

と係官はいって酒巻家を辞した。

六月六日付夕刊は、H市定時制高校教員の死を三面の片隅に一段組、あるいは二段組で掲載した。この種の陳情自殺はすでにいくつも前例があることであったし、当日の夕刊はどの新聞も、日比谷公園における統一デモに撲りこんだ右翼青年と労組員の大騒乱を大きく掲げていたためである。

酒巻誠教師の死は、H市で美談として噂され、十日がすぎた。六月十五日には、議事堂南通用門近くで、東大に通う女子学生が警官隊に撲られたものか、逃げまどうデモ隊員に踏まれたものか、原因のわからないままに死んだ。白い渦の片隅で二人の命が絶えた。

前の世のための仮言葉

——えぐれた風景の中から

石牟礼道子

今朝がた夢を見ました。

夢にはテーマがついていました。

「前（さき）の世のための仮言葉」

というのです。いわずと知れた柳田国男の、「後狩詞記」を下敷にして浮上して来たものなのでしょう。

主人公は在日朝鮮の女性で、氏家郷子（さと）という名がついていました。このさいまた、水上氏の御著書を味読せねばと思っていたものですから、氏家はあの竹の人形さんを作っている人、郷子は、雁の寺の里子さんからもらったものなのでしょう。

郷子さんは日本語で話し、自分の民族語で考えるのでしたが、今しも彼女の複雑な心の風土が、生まれた土地と共に戦火にかかって燃えあがっているところです。そのような夜空を背にして、恋人を看とりながら彼女が呟くのです。

「すべては、さきの世の仮言葉……」

夢の指示によれば、それは文学のこころを云っているのだそうです。生身そのままの言葉ではもう、自分の気持を誰にも伝えられやしない……。彼女はあの「夕鶴」のつうのような気持らしいのです。で、さきの世の仮言葉を水上文学は語ろうとしていると夢の中で思うのでした。

醒めて思いました。さきの世とは、前世でありのちの世でもある、そのような不分明な所にまで思いを至して、世、というのであれば、現世はいよいよ仮初(かりそめ)めいてまいります。そんな世界に生きていて、互いの胸にとどく言葉がもしあるとすれば、仮言葉だけなのだろうと。

それから次に思いました。

夢の中から現世を恋うように、水上さんの出逢われる風土もまた、おのれを知って貰うに相応しい人を待っているのではあるまいかと。さすればそのような時に語りたい風土の言葉とは、どのようなものなのでしょう。

あるなやましさにわたしは罹ります。風土と人との間にも、互いにひき合う性というものがあって、ただならず情が移ってしまうということがあるように思えるのです。そのようなとき、人の眼に映る景色がだんだんと、あの神かくしやら、死の方に、それもあの情死行におもむくときのような色あいになってくるのはなぜでしょう。一期一会の風景との出逢いというよりも、風土とは、その生き身を促してゆかねばならぬ背景であり、終の意味での生と死を抱いている所だからなのでしょう。

　水上氏の世界では、山あいの谷も日本海の紫色のふかい海も、湖も池も、石庭さえも、どこかにえぐれたところを持っていて、このえぐれた箇所のあたりから、作家の心象には、うつつの景色のもういちまい底に、沈んでひろがる景色が見えていて、それは現世ではありえない景色です。

　たとえば、つぎのような箇所は、そのえぐれたところに湧く、原風景ではないでしょうか。

> 私は少年時代に、越後の国の親不知について、村の古老から次のような話をきいたことがある。――越後には、親不知という恐ろしいところがある。海は荒波にいく尋もの広い穴をかくしている。その穴というのは崖の下を百尺ほど下ったところにあいていて、奥の方へゆくにしたがって広くなり、おどろおどろした海水が充満していて、遠くまで入りこんでゆくと、信濃の国の善光寺の下へ出る……誰もその穴へくぐりこんだ人はいない……それはおそらく、よみの国に似ている……よみの国だから、白骨やら石ころやら、位牌や

ら、机やら、鎧やら、いろんなものが流れこんでいて、それらの物は大昔から入りこんだまま海へ出てこない……朝鮮から、ロシャから、佐渡から、能登から……海流が流しこんだ、それらの種々雑多の物が、充満している。……親不知というところは、その穴の上にある。波が荒く、山がそそりたっているのはそのためである……よみの国の上に出来た淋しい村だ。

（『負籠の細道—日本の底辺紀行』中央公論社）

遠野の世界のものたちが、佐々木鏡石という人におぶさって、柳田国男に逢いに来た（とわたしは考える）ように、歴史の黄昏の中からちいさな出来事や忘れられた風景が、自分の方から、人を選んで逢いに来るということがあるのではあるまいか、暦にない日や時計で計られぬ時間や、地図でゆけない道を通って。芭蕉やラフカディオ・ハーンも世阿弥も鏡花も、向うの方から手招きするものたちの気配を感じては、往ったり来させたりする悦びを知っていたのではあるまいかと、まあ、そんな風に考えることを、わたしは好むのです。

近代に這入る前までは、わたしたちの国では、そのような著名な人たちだけではなくて、おおかたの者がものたちの気配と共に、日常と物語の中を往き来しながらドラマチックな世界を創りあげ、その中に住んでいたと思われます。まだ幼かった水上さんに、よみの国の上にあるという親不知のことを語った若狭の国の古老も、常識の目には見えぬものたちの行き交う道を、いく通りも知っていたのでしょう。いまも八重山群島あたりの人たちが、小さな神々の通る道を、岩の陰や草むらや家の脇に持っているように。

このような資質を持っているお爺さんやお婆さんをわたしも身近に知っているのですけれども、こんな人たちは、人間の性のほかに、もひとつおおきく奥深い、風土の精とでもいうようなものを授かっているにちがいありません。水上氏もまだ幼い頃にそういうものを授けられたにちがいないのです。海の中の岩に生えて、赤い実をつけているいっぽんの樹だとか、崖の下のよみの国に流れよってて、そこから出たことのない机とかうつぼ舟とか、蜘蛛を飼うのをたのしみにしていた男の、死んでゆくときの頭と天井に、新しく張られてゆく美しい蜘蛛の網などをその作品に持って来てあるのを見れば、輪廻する生命の実相も、その生命の夢みる幻想の種々相もみな、作家自身に宿っている風土の精のなせるわざなのだろうと思うのです。あの風景のえぐれているところは、じつは作家自身の心象の、陰のほとりであって、たとえば、『金閣と水俣』には中部高地が日本海へなだれ落ちるところだという能登曽々木の浜のことが書いてあって、曽々木の浜のことはさきの『負籠の細道』にも出てくるのですけれど、作家はよほどにこの浜にひきつけられているのでしょう。その浜には、「冥途の口とも思える寂寞きわまりない磯の底に、七色に光る石の小粒が沈んでいて、石にだまされて、海へ吸われていった少女がいた」りするのです。作家もまた自分の口ともいえるところを持っていて、やはりそのような七色の小石を沈めているせいで、石を拾っては「うらにしの風」を吹かせたり、竹の精の人形さんや、人形さんの精のような女を出して来るかとおもえば、

その子ォなら、いまちょうど、煮えるところや。ここへきてみやんせのう。大ぜい子がおるで、誰が正やかみわけがきかんが、よく見やしゃんせ。

などといって、火にかけた鍋のフタを取って見せる「婆」が出てくるのでしょう。すると鍋の中に、五、六人の子供の顔やら足やら手やらが煮えている、とあるのです。こんなもののいぶりをする大鍋を持った婆や、カミソリを持って「なむからたんのとらやあやあ、耳もそろかやとらやあや、鼻もそろかやとらやあやあ」などとトラゾウさんのまわりで呪文をとなえている子狐たちのささめき声など聞けば、こちらの気持も妖しくなって来て、自分の中に久しく棲んで隠れたがっていたものが首を出し、ちいさな声で悦ぶのに気づくのです。

「ここに来てみやんせのう」などと、「口から血をたらして」、鍋のフタをとって見せられたにしても、そんな言葉づかいでおいでをされれば返事の挨拶は、若狭あたりの昔ことばでどのように返すものなのでしょう。読者もまた、それぞれの返事を呟きながら読んでいること

でしょう。

このようなものたちを身辺に連れている作家の、魂の居場所を遠くさかのぼれば、あの日本霊異記とか今昔物語の世界などにたどりついてゆくのかもしれません。

おてんとさまが賞でられて、光のうぶうぶと憩う山の頂のちょっとしたくぼみに、大切にとっておかれたのではあるまいか、と思えるほどな村の話が出て来ます。

やはり『負籠の細道』の中の短い章です。

昭和二十五年ごろ、奥美濃の秘境に安久田（あくた）という四十戸ばかりの村があった。猪の被害の視察に来て、県知事もその所在をはじめて知って、立ち小便が止ったほどびっくりした秘境であった。村は、莚一まいほどな段々畑をとても大切にしていて、ようようたべてゆけるほどだったが、桃も梅も水仙も咲き、雪も深いが春も早く来て、幸福にくらしていると、村民たちが知事に言った。ただ呑み水の苦労があるくらいだと。知事は水源地をたずねた。村から一里も先の低地で、全山石灰岩質の岩を割って出てくるわずかな湧水だった。このような辺境にいてしあわせだといい、一里も離れた先のわずかな岩清水を命の水にしている村民を見て、目頭をくもらせた知事は、さっそく村人に水道をひいてあげる約束をした。

武藤嘉門は約束して帰ると、さっそく県土木局に命じて、安久田の水路建設の計画実施を命じた。難工事であった。谷底に湧く水を、一里も部落へはこぶためには、巧妙な水路をつくらねばならなかった。測量をはじめてから、三ヶ年の歳月が費やされた。水源地から延々とコンクリートのせまいかけひが導かれて、東安久田の部落までそれが完成した時、いよいよ水門をひらいて水を送るという竣工式があった。東西安久田の部落民は、老若男女、赤ん坊までもが水路の終点に集まり、馬や牛や、鶏までもが、人びとのうしろに整列したということである。武藤知事はこの竣工式に列席して、秘書官が記してくれた祝辞をポケットに入れて部落民の前に立った。赤ん坊も、牛も馬も鶏も整列した光景を見て、知事は滂沱と涙をながし——祝辞も読まず泣き声になった。

全部落の老若男女は、静粛に佇立して、感情を押し殺して聞いていたが、やがて、知事の合図で水門があけられ、透明な岩清水が延々とつづく白いコンクリートの溝をつたって流れこんできた時、人々は山を割るような歓声と嬉し泣きにしびれた。

人も泣いた。牛馬も泣いた。草も木も泣いた。

作家にこの話をしてきかせ、案内してくれた安久田の長棟という人は、村の子どもらは、飛騨、越前境の高山を遠望する高台にあがって、狐や狸とはなしをして帰るといい、さらに眼をほそめて語りました。

小さいころに安久田口に道が出来たというので、わたしらは、つれだって山をのぼり、道を見にゆきました。夕方にようやくたどりついて、はじめて白い道を見た時はびっくりしました。なんとそれが怖しく見えたことか。勇敢なやつがひとり、眼をつぶって、その道におどり出ましたが、すぐ足をひっこめてもどってきました。それ以来、山の上に出来た道を見にゆくものはありませんでした。

わたしはこの話を久しく大切にしていて、遠野が柳田国男に逢いに行ったように、安久田の秘境のうつくしい魂たちも、水上さんを待っていたのであろうと思うのです。ここには文明と秘境とがはじめて出逢う瞬間の、いわば一回きりの神話が出来上っていて、人びとの無垢な魂や、たたずまいによってかけひの水もまた浄福を与えられています。このような世界にある至福の意味を読み解ける資質であればこそ、水俣に誰よりも先に来て下さったのかもしれません。白い道は新しい時代と文明の象徴ですけれども、村民はこれに魔性のものを嗅ぎ、「勇敢なやつがひとり、眼をつぶって、その道におどり出ましたが、すぐ足をひっこめてもどってき」たのだということのくだりに来ると、いつも心が悶えてなりません。なんと可憐な人びとでしょうか。そして、自分の不知火海を思います。似たような人びとが死んで往ったものですから。

そのご白い道をおそれずに歩いて、近代というところへ出て往った勇敢な村民もいたことでしょう。

水上氏が水俣のことに慎しみのような感情をもって関わって下さっているのは、安久田のような秘境の魂がこの作家に宿っているにちがいなく、つまり氏は、そういうものを、心のえぐれたところに置いていられるのであろうと思うのです。氏もまたよぎなく村を出た近代の人であるからには、そういう大切なものを、あの海石のようなものに変えて、歩いていられるのかもしれません。

『金閣と水俣』には左のようなくだりもあるのです。氏の生まれられた若狭の村には、釈迦浜というのがあって、「波をかぶる岩が観音さまや阿弥陀さまや、弁天さまに似ているところから、お釈迦さまのお弟子たちが、いっぱい眠っている浜だと教えられて」「盆がくると、それぞれの家の神棚のよこに棚をつくって、新芋とトマトを蓮の葉の上にのせ、仏を迎える風習があったが、夕方たいまつを焚いて川戸に流す時には、お父もお母も、仏は川からあがってくるといった。川の遠い向うは海なので、やっぱり、海は仏がいっぱいつまっているのだと、確かな気持でそう思った」。

海は念仏をとなえているように聞えていたというのですが、その日本海は、年じゅう黒い雲が沖を染めていて、「生まれた日の薄明の空に似ている」とも書かれています。生まれた日とは、どういう場所での日をいうのでしょう。「村はずれの海へずり落ちてゆく籔の中の、ひどく粗末な産小屋で、屋根は破れはて、フシ穴のあいた板囲い、産婦は砂の上にボロなどを敷いて……梁から下がった一本の命綱にすがって」そういう場所でひとりの身重女が、孤独な分娩をいとなんだであろう瞬間の目にうつった海、その日本海が、生まれた日に見た薄明の空であり、自分の中の原光景だとあるのです。これは作家である前に、産小屋の忌みと孤独に立ちあい、息を呑んでなすすべもないひとりの男、子の親の姿でもあるのでしょう。

このような原光景を抱えている作家が、水俣に心を寄せて下さっていることをどれだけ有難く思うことでしょう。

いま『海の牙』をあらためて読んでみると、くぐもった感情を押し殺して書いてあるのがわかります。すでに昭和三十四年当時、新潟水俣病や続出しつつあった公害の諸様相がきわめて慎重に、しかし的確に予告されています。当時氏が、推理小説作家という風にいわれ、ジャーナリズムの要請もあって、たぶんいくばくかの不本意を感じながらこの作品を仕上げられた底のふかいいらだち、そのいらだちある故に、個人的にいえばわたしには懐しい作品です。それは水俣にいるものたちと底を同じくしていました。

作家の心の原郷が、もはや失われたこの国の、風土と人との絆のあった世界に在ることを思えば、悶死しつつあった水俣という風土の精もまた、自分の方から、かの人のところへ、招びに往ったものと思われます。

（昭和55年1月）

（『面白半分』三月臨時増刊号「かくて、水上勉」〔一九八〇年三月〕より）

石牟礼道子（いしむれ　みちこ）
一九二七年、熊本県生まれ。六九年、『苦海浄土』を刊行、水俣病の現実を伝え、魂の文学として描き出した作品として絶賛される。七〇年、第一回大宅壮一賞に選ばれるが辞退。七三年、マグサイサイ賞受賞。九三年、『十六夜橋』で紫式部文学賞受賞。二〇〇二年、朝日賞受賞。〇三年、『はにかみの国―石牟礼道子全詩集』で芸術選奨文部大臣賞受賞。一八年、歿。

解説

高橋孝次

本書の表題作「不知火海沿岸」は、いち早く水俣病に迫って水上勉の「社会派」時代の代表作となった『海の牙』（河出書房新社、一九六〇年四月）の原型である。本作で示された作者の姿勢は、「社会派」という呼称の呼び水ともなった。「社会派推理小説という呼び名は、松本清張の推理小説界の進出につづいて、水上勉の『霧と影』『海の牙』の登場によって、はじめて定着された」（平野謙「解説」、『新日本文学全集　水上勉・藤原審爾集』第三四巻所収、集英社、一九六四年一月）とされるように、「社会派」の呼称の成立が、そもそも水上勉の登場を画期としていたという。

本書に収録した八篇は、「都市」と「犯罪」というテーマからもわかるように、いずれも推理小説の枠組みを少なからずそなえており、社会派推理小説と呼んでも差し支えないものだ。

長らく文学から距離をとるように職を転々としていた水上が、鍋底不況の余波で既製服の行商もままならなくなり、清張を手本に推理小説へ大きく舵を切って『霧と影』（河出書房新社、一九五九年八月）を書いたことはよく知られている。そして四十歳にして作家としての再出発を果たし、すぐさま推理小説の流行作家へと駆け上がる。

例えば『霧と影』の骨子は、若狭の青峨山で起きた小学校教員の墜落死と、東京の日本橋堀留町で起きた既製服卸問屋社長失踪事件が一つにつながっていく、というものだった。これは、地方と都市部で起きた二つの事件が思いがけず一つの線につながる、清張の『点と線』（光文社、一九五八年二月）から踏襲された構図である。ただ社会派推理小説の双璧とされた二人の作品には当然、共通する面もあれば異なる面もある。

水上勉の社会派推理小説といえば『霧と影』や『海の牙』、『死の流域』（中央公論社、一九六二年五月）、『飢餓海峡』（朝日新聞社、一九六三年九月）といった長篇が思い浮かぶ。しかし、本書の収録作を読めば、書き下ろしや紙誌発表後の加筆改訂などによって彫琢された長篇よりも、短篇のほうにより手法やアイデアの特徴がダイレクトに顕れているのがわかるだろう。その意味で本書は、当時の水上勉の創作手法や特色を知る格好のテキストとしても楽しめるはずだ。

とはいえ、都会で失踪した人物がなぜか遠く離れた山中で死体となって発見される、という典型的な構図や、犯人や被害者らを否応なく犯罪へ巻きこむ引き金として配置される女性の性的境遇の告白など、清張とも共通する社会派推理小説的な構成要素は、長篇と比べるとあっさりとした印象に止まるかもしれない。

「不知火海沿岸」は水潟市と東京をつなぐ線上に、失踪した保健所医師の妻結城郁子が浮上し、彼女の過去がわずかに暗示されるものの、その告白が加筆されるのは『海の牙』でのことである。「不知火海沿岸」においてはむしろ、水潟のなかで工業都市側と漁民の集落、あるいは泊京という人里離れた地が対比され、それが水潟という都市そのものの亀裂として表象されているとみたほうがいい。

また、「黒い穽」は高利貸殺しの第一発見者である太田三枝子と、犯人のアリバイを証言する宮永千鶴子、この二人の女性の性的境遇が明かされ、事件の真相が開示される特徴的なパターンを持っている。だが一方で、都市部と地方の対比をつくる日本橋の水天宮と九十九里の剃金納屋を結ぶ線は必ずしも浮かび上がってはこない。

なかでは「消えた週末」に見られる構図が、家庭教師のアルバイトから戻らず失踪した女子大生・神崎ますみの性的な身体によって、世田谷の下宿と山形県天童市の山中が結び合わされていて、分かりやすい。大学生に向けられた当時の社会のまなざしや、将棋の駒などの異色な道具立てとともに、もっとも典型的ではないだろうか。

ここでひるがえって、「社会派」としての水上と先行者・清張の相違についても見ておこう。実は当時から「清張はあくまでも、一定の時間と距離をおいてアクチュアリティを作るが、水上はその真っ只中に飛びこんでしまう」(佐藤俊「水上勉論」『宝石』一九六一年六月)と分析されていた。

「不知火海沿岸」では、執筆時点で、水俣病の原因は新日本窒素水俣工場の工場廃水に含まれる水銀であろうと見られていたものの、それに反対する調査報告もあり、命の海を奪われた漁民たちとあくまで関与を否定する工場側の衝突は継続している最中であった。単身現地入りして取材した水上は、調査をもとにすぐさま本作を書きあげているため、作品内には生々しいほどに現実の事件とのつながりが露出している。清張が事件と一定の時間的距離をおいて、博捜した客観的資料をもとに推理を展開するのに対し、水上の特徴は、一見ジャーナリスティックにもみえる社会の「いま」の出来事への、感度の高さにある。

「黒い穽」では、興国開発産業という大企業による、地下鉄認可の事前工作を目した、日本橋の水天宮一帯のビルの地上げ、地下鉄認可に向けた株式のＡＤＲ（米国預託証券）指定と資本金増資など、当時実際に進行していた日本橋周辺の都営地下鉄線（現在の都営浅草線）の延伸工事が引き起こす地域や人々への波及効果が背景として描きこまれていた。

「消えた週末」では、新たな特急の運行開始が事件の成立する背景となっている。当時の上野―山形間は夜行列車が中心だったが、本文中では明示されていないものの、一九六一年一〇月一日に運行開始された特急「つばさ」の登場によって、昼間時間に五時間半で山形に通えることになったのである。つまり、誰にも知られず、仕送りの少ない地方出身の女子大生が、平日と週末の二重生活を維持できる環境を、高度成長期の交通網は整備したのだった。

「真福寺の階段」では大地震の震動によって隠されていた遺骸が露頭するのだが、「御母衣ダムの工事現場で五人もの人が生き埋めに」という記述をみれば、当時の読者なら、それが作品発表二ヶ月前の一九六一年八月一九日に発生した北美濃地震を指すのだとすぐにわかっただろう。

「渦の片隅で」では冒頭から日米新安保条約の強行採決に対する抗議デモが描かれ、主人公である定時制高校の教師酒巻誠の「勤評闘争」に対する態度がストーリーに現実味を付与している。石川達三『人間の壁』（新潮社、一九五八〜五九年）が克明に描いた教職員組合の勤務評定反対闘争や安保闘争のような政治的情況の巨大な渦が、政治に無関心な教師酒巻の存在をかき消してしまう様子は、時代の空気を巧みに切り取っていて印象深い。

このように水上が当時の社会の「いま」を作品に採り込んでいる例は枚挙に暇がないが、それらはあくまで社会悪の告発のためではなく、人間の弱さを描き出すことを志向する。水上は『わが文学わが作法　文学修行三十年』（中央公論社、一九八二年一〇月、一四六―七頁）で、「私の本心は社会派でも何でもなかった」、「社会の隅の、いわば下積みの世界でしか働かなかった私に、社会の仕組みが透けてわかるはずもない」と語り、わかるのは「アクチュアルな社会性というよりは、弱者のロマンチシズム」だと振り返っている。それは、社会の隅で孤立し、そのために我知らず社会の動きに引き回されるほかない人々の横顔に、血をめぐらせるものだっただろう。そこに生じるリアリティの手ざわりが迫力を与え、推理小説の構造が導く真相と重なりつつ、また微妙にズレながら、読者の共感を引き出していたように思われる。

清張もまた、「一小説家などが決して、政治、社会機構の深部を知りえない」（「推理小説独言」

『文学』一九六一年四月)と書いたが、それでも清張は、「一小説家」として「社会」の「深部」にある何かを暴き出そうとする執念を描く。水上と清張の違いはここに見出せる。水上は「事実らしく事件をかきながら、そこに作者の人生観や、社会に対する考えを綯い交ぜにしてみたいと願う」(「私の立場」『文学』一九六一年四月)と書いたが、それがたとえ諦観からくる「弱者のロマンチシズム」だったとしても、社会に押しひしがれる人々や彼らが身を寄せる土地に命を吹きこむことを水上は欲するのである。そのために作者が行なったのは、自身の私的な体験的要素を、触媒として混入し、作品にちりばめていくことだった。

『霧と影』をはじめとする水上の社会派推理小説の数多くが、繊維業界を繰り返し舞台とするのもそのためだ。本書では、「真夏の葬列」、「歯」、「片眼」の三篇で、水上と同じ既製服外交員を仕事とする主人公が登場する。「歯」で失踪する、ピラミッド印の婦人靴下の製造元・東洋編物工業社長浅田米造、そして「片眼」で瀬川隆吉が勤める神田岩本町のレディメード問屋召山商店は、それぞれ、既製服の行商をなりわいとした時代の水上の後ろ盾となった、キャラバン婦人服の寺田源次郎社長と、サイ印紳士服の召田商店をモデルとしているだろう(『冬日の道』中央公論社、一九七〇年三月、六三頁)。「渦の片隅で」の酒巻の教え子・山本さち子が、酒巻の紹介で勤めるのも岩本町の繊維会社である。そもそも「不知火海沿岸」で水上がまだ広く知られる前の「水俣奇病」に強い関心を示したのも、彼が広告を取り、商品を仕入れ、自ら売り歩いた既製服の服地であるアセテート生地の製造元が、新日本窒素だったからにほかならない。水上は当時、「そんな服地をつくる会社が、まさか」(「「水俣」三十年の重さと深さ　不知火海、ふるさと若狭、それから」『朝日ジャーナル』一九八六年五月二三日)と思い、新日本窒素の知り合いに「あんたとこと同じようなものをつくっておる会社はないですか」と訊ねたという。作家の当事者性は「不知火海沿岸」でも、あるいは『海の牙』でも、作品内にはっきりと反映されてはいない。しかし、物語を駆動させる推進力や、警察医木田民平の生活を奪われた患者や漁民に寄り添おうとするエネルギーを備給しているのは、やはり、かつての繊維業界での作者の必死な経験といえるのではないだろうか。

とりわけ「真夏の葬列」は、短篇ながら水上の「社会派」時代の特色をそなえ、構成もユニークである。松戸市矢切町に住む既製服外交員・寺島伍助は、隣人の大工の棟梁・大貫長蔵のバイク事故に遭遇するが、これはほぼそのまま水上の実体験だったという。「真夏の葬列」は「この愛すべき隣人への思い出をつづったもの」だと記している(『冬日の道』七八頁)。「真夏の葬列」の伍助は、事故の瞬間を見逃してしまった目撃者の資格を持たない目撃者で、推理の主体でもない。本作は、隣組の面々で出した通夜の席を主な舞台とする会話劇の合間に、事件に関わる断片的なシーンが挿入され、交互に物語が進行していく。伍助たちは長蔵の妻子に多くの慰謝料をと熱心に相談しながら、長蔵にバイクで追突した若者が勤める浦谷薬局の主人を皆で待っている。だが酒が進むにつれ、通夜に出入りする者が不審に見えはじめ、いつのまにか未亡人のタネ子の尻ばかりを伍助はみている。彼は長蔵の死を嘆き、残された妻子に同情し、追突した若者を憎み、偽証してでも慰謝料をとってやろうと意気込むが、酩酊していくなかで次第に悲嘆や義憤の思いは猜疑や情欲と曖昧にまざりあい、結局夜中に現われた薬局の主人が慇懃な態度で香典として大金を渡すと、誰も薬局の主人を責めることなく見送ってしまうのである。いくらか戯画的な私小説的筆致と、「少しずつ知ってゆく、少しずつ真実の中に入って行く」（松本清張「推理小説独言」前掲）という推理小説的な手法とを折り合わせた、練られた構成で面白い。

ただ、いま読むと最後に提示される「神戸で捕捉された麻薬王」という事件の結末部分は、いささか唐突だ。だがこれも実は、水上が作品に埋め込んだ社会の「いま」なのだ。当時の記事「〝麻薬王〟の中国人逮捕　香港の実兄から数億円」（『朝日新聞』一九五九年六月一五日朝刊）によれば、神戸に拠点を構え、戦後最大の密輸組織を率いた麻薬王・王漢勝が逮捕されたのは、「真夏の葬列」のおよそ一年前のことだった。ここで描かれる社会の「いま」は、どこまでも皮相なものである。長蔵の死を端緒として麻薬王が捕まるのだから、水上は家族ぐるみで付き合った隣人の理不尽な死に、特別な意味を与えたいと願ったのだろうか。

水上勉の「社会派」時代の作品には、当時のさまざまな「いま」が埋め込まれ、現代の読者はそこから、過ぎ去りし昭和を知る楽しみを得ることもできる。当時は、一九五九年五月に東京オリンピック開催が決定し、一九六〇年九月に池田勇人内閣は所得倍増計画を発表、高度経済成長が「東京」というシンボルを押し戴いて猛烈な速度で進んでいく一方で、地方では「不知火海沿岸」のような公害が噴出し、国会前では「渦の片隅で」で描かれたような日米新安保のデモが繰り広げられ、時代のうねりが社会を覆いつくしていた。それらを巧みにフィクションに採り入れたことで「社会派」と呼ばれたのだとしても、水上が多くの読者を得た理由はそれだけではなかっただろう。「黒い穽」で犯人の死を知った刑事が不意にもらしたような、「社会」に対する絶望とやり場のない怒りは、水上がみずからの人生のなかに摑んだ実感である。水上は次第に推理小説的構成を離れて、あらためて「人間」を書くことへ向かう。しかしすでに、この時代の社会派推理小説の構成を持つ短篇には、水上の書こうとする「人間」が、ところどころに顔をのぞかせているのである。

水上勉（みずかみ　つとむ）
1919年、福井県生まれ。38年、立命館大学国文科中退。種々の職業を経た後、48年、処女作『フライパンの歌』を発表。松本清張の影響を受けて推理小説を書き始め、『霧と影』『海の牙』が直木賞候補となり、61年、『雁の寺』で直木賞を受賞。ほか主な作品に『五番町夕霧楼』『越前竹人形』『宇野浩二伝』『一休』『良寛』『寺泊』などがある。2004年、歿。

＊

大木志門（おおき　しもん）
1974年、東京都生まれ。立教大学大学院文学研究科日本文学専攻博士後期課程満期退学。博士（文学）。現在、東海大学文学部日本文学科教授。著書に『徳田秋聲の昭和―更新される「自然主義」』（立教大学出版会、2016年）、共編著に『水上勉の時代』（田畑書店、2019年）などがある。

掛野剛史（かけの　たけし）
1975年、東京都で生まれ、金沢市で育つ。東京都立大学大学院人文科学研究科国文学専攻博士後期課程満期退学。博士（文学）。現在、埼玉学園大学人間学部教授。共編著に『菊池寛現代通俗小説事典』（八木書店、2016年）、『水上勉の時代』（田畑書店、2019年）などがある。

高橋孝次（たかはし　こうじ）
1978年、島根県生まれ。千葉大学大学院社会文化科学研究科博士課程修了。博士（文学）。現在、帝京平成大学現代ライフ学部専任講師。共編著に『水上勉の時代』（田畑書店、2019年）などがある。

※本文には今日からみれば不適切と思われる表現がいくつか含まれていますが、作品の時代背景、および著者が故人であることを考慮し、また歴史的資料として正確に伝える必要があるとの判断に基づいて底本のままとしました。

田畑書店

水上勉 社会派短篇小説集

不知火海沿岸

2021年11月15日　第1刷印刷
2021年11月20日　第1刷発行

著者　水上 勉

編者　大木志門・掛野剛史・高橋孝次

発行人　大槻慎二

発行所　株式会社 田畑書店

〒102-0074　東京都千代田区九段南3-2-2　森ビル5階
tel03-6272-5718　fax03-3261-2263

本文組版　田畑書店デザイン室

印刷・製本　モリモト印刷株式会社

ISBN978-4-8038-0391-4 C0093